亡霊ふたり

詠坂雄二

人生で選択を迫られたとき、環境に迎合するか、もしくは自分に合わせて環境そのものを変えてしまうか。それこそが人に与えられた自由である。そして「人を殺す」という手段を選択肢の一つに加えることができれば、より自由に生きられるはずだ――。そんな信念のもと、高校在学中に人を殺すことを目標に掲げた高橋和也は、“名探偵”に憧れる同級生・若月ローコに出会う。名探偵に必要な資質とは謎に遇うことだと言う彼女を最初に殺すと決め、行動を共にするようになるが……？　鮮烈な青春ミステリの傑作。

亡霊ふたり

詠坂雄二

創元推理文庫

Ghosts

by

Ironic Bomber

2013

目次

亡霊ふたり

序章　かき氷

「気になったのはかき氷でした」

イヤフォンを耳に突っ込んだ途端に音割れした声が聞こえ、高橋和也《たかはしかずや》は舌打ちをした。感度調整がうまくいっていないのだろう。だが今さらどうしようもない。

イヤフォンのコードは制服ポケットの中のiPhoneに繋《つな》がっていた。今、その携帯電話は外付けしたアンテナで盗聴器が発する電波を捉えて、音声に変換し、彼の耳に届けている。録音もしているのだという。

——これで状況を把握してて、もしやばそうなら駆けつけてよね。

数分前に言われた言葉とイヤフォンから聞こえる声と携帯と盗聴器、すべての持ち主の真剣な顔を思い出し、高橋はため息を吐《つ》いた。その言葉に従う自分がまったくのバカに思えたのだ。

もちろんそうする理由はあるのだが、それでも。

ともかく彼はイヤフォン越しの会話に集中することにした。

彼女の喋《しゃべ》りは続いている。

「どうして先輩はあの時、かき氷を食べていたんです？　彼岸《ひがん》をすぎて季節はもう秋、かき氷を食べるには遅すぎます」

「いや、暑い日だったからさ。気温も二十八度はあったろう。動いていれば汗もかくし」

「それでもかき氷はないと思います。あれは作り方に上手も下手もない。削ってシロップをかけるだけです。そのくせ特別な道具が必要になる」

「かき氷の器械があったことが不思議なのか？　単に、夏場に使ってたのが部室《ここ》に置きっぱなしになってただけだよ。体育会系の雑さ、女子には判らないかもしれないが」

「そんなことに男子も女子も変わりはないです」

「じゃあなんだい。氷があったことがおかしいとでも？　氷はそこの冷蔵庫で」

「作ることはできる。それは確認してます。ブロックアイスの型枠も見ました。けれど1ドアの小さな冷蔵庫でしょう。冷凍室も型枠を一皿置けばそれで一杯になってしまうような」

「それがどうした」

「氷置きがありません。つまり作っておける氷の量に限りがある。具体的には、約三センチ四方のブロックアイスが十二個。盛り方で差も出ますけど、これじゃかき氷三人分か四人分というところです。どう頑張っても九人分にはならない」

なるほどと高橋は思う。昨日、曇天《どんてん》の中かき氷を喰わされたのは、その実験だったのだ。だが量を確認するだけなら別に喰う必要はなかったんじゃないだろうか。季節外れのかき氷を大量に食べたおかげで彼は昨夜《さくや》、腹を下していた。

「氷は、ここの冷蔵庫で作ったもの以外にもあったんでしょう」

「もちろん。コンビニで買ってきて作ったんだ」

「コンビニのロックアイスは一キロで二五〇円とかします。水道水から作ればタダなのに、高校生がそんなお金を払って季節外れのかき氷を食べるんですか」

「そんなノリもありだろ」

高橋は頷《うなず》いた。気持ちが走ればどんなバカだってやってのける。その無軌道振りが男子高校生だ。無駄に金を払うことにこそ価値があると思ってしまえば、思考停止でどこまでもゆく。理性だけで行動は計れない。

さあ、あいつはどう出るか。

「ごまかすのであれば、コンビニで買えるなんて言わず、ほかの冷蔵庫から拝借したって言えばいいんですよ。冷蔵庫は学校のいたるところにありますし、この部室棟に限っても、もう一台や二台、どこかの部室にあるでしょう」

ごり押しか。

高橋は呆《あき》れつつ、そうだったなとも思う。こいつは自分が正しいと思ったことを迷わず信じられるのだ。世間の常識を気にせず身勝手な行動をためらうこともない。

事実、彼女のそんな強引さで彼は協力させられていた。

声の主、若月《わかつき》ローコは行動する。

それこそ最も大事な要素であるというように。

「コンビニで買ったなんて言い出すとか、まるで校内にあるほかの冷蔵庫に言及して欲しくないみたいじゃありませんか」

沈黙が続く。先輩は反論を重ねるつもりがないようだった。若月の意見は正しいのだろう。氷は校内のどこかから調達されたものなのだ。

だがそこからがまた高橋の予想と許容を超える論理展開だった。

若月曰《いわ》く、先輩たちがその時食べていたかき氷は紫色をしていた。けれど冷蔵庫にあったのはいちご味の赤いシロップだけで、紫色のシロップはなかった。

ではどこから紫色は出てきたのか。

いや出てきたのではない。実のところそれは作られたのだ。

赤と青を混ぜることで。

赤いシロップは冷蔵庫にあった。であればあと必要なのは青色。

しかし青いシロップが別にあったとは考えにくい。なぜなら全員が紫色のかき氷を食べていたから。食べていたのは部室内、つまり他人の目を気にする必要はなく、全員が好きなように食べていたに違いない。赤と青の二種類シロップがあれば、混ぜがけをすれば紫になる。けれど、揃いも揃って九人が同じ食べ方をするとは思えない。それだけいれば好みも分かれるのが普通だ。なのに全員が同じ紫色のかき氷を食べていたということは、色に選択の余地がなかったということ。ここから導《みちび》かれる答はひとつ。

青色は、調達された氷のほうにすでについていたのだ。

シロップが一種類しかないなら食べ方は選べない。もし青い氷自体が甘かったりすれば、シロップをかけない選択もあったかもしれない。けれど青い氷は甘くなかった。そう、青いシロップを凍らせたものなどではなかった。

とはいえ口に入れるくらいだから、素性の明らかなものではあった。

赤いシロップと混ぜて紫が作れるほど鮮やかな青となると、普通の食材ではない。使われたのは食用の着色料、そんなものが校内のどこにあるか。

「家庭科室をおいてありませんよね。……ところで先輩、調理クラブの人たちから聞いたんですけど、三日前、創作料理に使おうと用意していた色つきの氷がなくなったそうです。心当たりはありませんか。できれば自発的に思い出して欲しいんですが」

返事はない。けれど不穏な気配も感じられない。高橋はノイズ混じりの沈黙を聞きながら、彼女が今いる部室棟二階の野球部部室を、そこへ続く外階段の下から眺《なが》めた。

頼まれた仕事をこなすとすればこのタイミングのはずだが——

判ったよと声が続いた。

「認める。言うとおり、あそこから氷を盗んだのは俺だ」

張り詰めていた空気が弛緩《しかん》するのがイヤフォン越しにも判る。

もういいだろうと思い、高橋はイヤフォンを外した。携帯のほうは操作が判らないのでそのままにしておく。ともかく仕事は終了。あとは若月の戻りを待つだけだ。

彼は階段そばのベンチに座り、グラウンドを眺めた。

秋も深まり、暑い盛りに怠《なま》けていた練習を取り戻そうとするかのように陸上部が走り込んでいる。サッカー部も練習試合を白熱させていた。グラウンドの向こうで、それらと遜色《そんしょく》ない運動量を誇《ほこ》っているのはハンドボール部だ。

そのほかにスペースを取っているのは野球部だが、彼らは傍《はた》から見ても明らかに練習に身が入っていない。夏の大会で尽きた精根《せいこん》がそのままであるようだ。

今、その野球部の部室に若月はいる。会話の相手は二年生の野球部部長だった。それを一年生の女子がひとりで糾弾《きゅうだん》しようというのだ。それなりの準備が要る。

その準備がつまり高橋だったのだが、その必要はなかったようだ。

まあ、幸いではあるんだろうが。

もう一度嘆息した時、ドアの開く音が聞こえた。見上げると野球部部室から出てくる若月が見えた。外通路に出たところで、彼女は室内を振り返り言った。

「紳士的に応じてくださってありがとうございます」

小柄な影が階段を下りてくる。跫音《あしおと》は軽快だ。

そのまま彼の前までやってきて、ありがとと若月は短く言った。学校指定の制服姿の中で、唯一校則から外れた装《よそお》いのスカーフタイがふわりと揺れる。渡されていた携帯一式を返しつつ、結局俺は要らなかったなと高橋は言う。

「何、気ぃ悪くしてるの？」

「そんなことはない」

「表情に出てるよ」

「こういう顔なんだ」

彼女は頷き、両手の指先を合わせて作ったボールの中を覗《のぞ》くようにした。

「ほら、自衛のための戦力は違憲にならないじゃん」

「はあ？」

「いるだけで安心ってこともあるしさ。気持ちにゆとりができるから」

助かってんだよと若月は言って高橋の肩を叩く。

「……ま、とにかく拗《こじ》れなくて良かった」

「あたしもほっとしたよ」

微笑《ほほえ》みつつ彼女は携帯を操作し、うんと頷いた。音声データを削除したのだろう。片づいた案件の記録は残さないと決めているのだ。

尋ねるなら今だという気分になり、高橋は口を開いた。

「ちょっと気になったんだけどな」

「うん？」

「さっきの推理だよ。凄《すご》いと思った」

「ありがと」

「褒《ほ》めたいんじゃない。疑問がいくつかある」

彼女が展開した論理の飛躍《ひやく》は驚くべきものだった。自分には考えつかないと思う。出会ってこれまでの一ヶ月、何度か思わされたことでもあった。

やだなと若月は顔を顰《しか》める。

「また構えなきゃいけないの？」

「大したことじゃない。かき氷に必要な氷が冷蔵庫のキャパを超えていたからよそから持ってきたってのはいい。けれど、かき氷が紫色だったのが、赤いシロップと青い氷を混ぜたからって決めるのはどうなんだ。普通に紫色のシロップ——ぶどう味かなんかがあって、探した時になくなっていたのは、使いきってしまったからって可能性もあるんじゃないか」

「いちご味とぶどう味、二種類のシロップがあったかもってこと？」

「そう」

「さっきも言ったけど、二種類シロップがあって、九人も食べる人間がいたら、必ず好みは分かれるよ。いちご味を選ぶ人もいれば、ぶどう味を選ぶ人もいるだろうし、二種類を混ぜがけする人だってきっと出てくるでしょ。目撃されたかき氷が全部同じで、しかも単色だったっていうのがあたしの推理の根幹なんだから」

なるほど。聞けばそのとおりだと思える。

だが高橋の疑問はそんなところにあるわけではなかった。そういう推理がなぜなされなかったのか。いや、なされなかったわけはない。若月はそこまで思案していたはず。

だから彼が尋ねたいのは——

「どうして真実を一発で言い当てられたのかってことさ」

「はぁ？　だから推理の結果だよ。今言ったように」

「じゃなくてな。今俺が言ったような推理だって、強引に進めることはできるわけさ。全員がたまたまぶどう味に執着があったとか、野球部には全員で同じ色のかき氷を食べる伝統があったとか。ぶどう味のシロップを使い切ったあと、改めていちご味のシロップを買ってきたんだとか。そう考えることもできるはずだろ」

「即座に否定するに足る根拠はないね、確かに」

「そういう推理は、いちご味のシロップと青い氷を混ぜたって推理とどう違う？　俺には大差ないように思えるのさ」

「ふーん」

含みのある声で彼女は頷く。彼の疑念が判ったというように。

「まあ本人らに尋ねりゃ判ることなんだろうけど、若月は」

「ローコでいいって言ってるじゃん」

「……若月は、そんなことを確かめていない。ぶどう味のシロップは部室にないと頭から決めてかかった。……いやそうじゃない。俺が思うのはこういうことだ。若月お前は、自分の出した結論が真実だと信じているんだよな？」

「もちろん。事実そうだったでしょ？」

ああそうだ。そうなのだ。だから疑問はこう言い換えるべきなんだろう。樹形図のようにいくらでもパターンを展開できるはずの推理、そこから――

「どうやってこれが正解だと決められるんだ？」

「どうって、まあ、直感よね」

「直感」

「それこそ能力なんだよ。和也君だって、毎日走り込んで、腹筋に砂袋落として、生卵をいくつもジョッキに割ったやつをごくごく飲んで――」

「ロッキー・バルボアか。そこまでハードじゃねえよ。アマチュアボクシングはポイントの奪い合いだ。打たれること前提の躰《からだ》作りは後回しになる」

「――ともかく練習して、そのポイントが稼げるボクシングができるようになるんでしょ。素早いパンチが打てたり、相手の攻撃を避けられたり。その結果、勝率が上がる。そうやって県下で二番目に強いボクサーになったわけじゃん」

階級、競技人口の少なさ、トーナメントのくじ運、そもそもの強いという言葉の意味――高橋は言い返したくなるのをぐっと堪《こら》え、それでと促《うなが》した。

「推理もそういうのと一緒だって。場数を踏めば、自分の推理が正しい方向に向かってるのかどうか、自然と判るようになるの」

「その割には――」

ここ一ヶ月ほどの彼女の行動を高橋は思い出す。こいつはいつも真実を言い当ててきたわけではない。むしろ間違えることのほうが多い。

それを自覚しているのか、まだまだだけどねと若月はつけ加えた。

「あたしは修業中。いずれは問題を見ただけでぱっと真実が摑《つか》み取れるようになるはず」

「まるで超能力だな」

「それはおたがいさま。グローブ着けてリングの中で他人と殴り合って勝つとか、あたしから見たらそっちも充分超能力だよ」

それにと彼女は続ける。推理が正しくても判らないことは残るよと。

「それを知るのも事件を解決する理由のひとつなんだから」

「——何が判らないんだ」

「どうして調理クラブの青い氷を盗み出したのか。主犯は野球部部長だったけど、動機までは判らない。いやがらせなら溶かして流しに捨てればいいのに、わざわざかき氷にして食べてる。青い氷なんて普通食べる気にはならないだろうから、野球部の仲間が協力する事情があったんだってことくらいは想像できてたけどね。……気になる？」

「いや別に」

「和也君ならそうなのかな。でもあたしには気になった。だから彼に尋ねたんだ。返答、携帯越しに聞けたはずだけど——」

「部長がお前の推理を認めたところでイヤフォン外したから」

「クールだなあ。そんなに興味ない？　いちおう説明すると、色恋沙汰があって、とある野球部員が調理クラブの女子と一悶着《ひともんちゃく》あったらしいのね」

「ひともんちゃく？」

「ぼかすよ。あんまべらべら喋っていいことのようにも思えないし」

だからいつにも増して素早く音声データを消したのかと高橋は思う。若月は説明しながら、居心地の悪さを感じてもいるようだった。

「その時のことを精神的に引きずったせいで、夏の大会で全力が出せなかったようなことがあったらしくて、その報復だったんだってさ。冷たい人だって言われて振られたから、氷だって削って甘いものをかければおいしくいただけるのだという含みを込めたとか、なんとか」

「……それ、報復として成立してるか？」

「さー、あたしに色恋沙汰は判らない。でも野球部部長は説明しながら満足そうだったよ。仲間内だけで通じてた意図を誰かに説明できることが嬉しくてしょうがないみたいだった。そういう気持ちのほうはちょっと判るし、悪くない気分」

あの人もきっとこういうのが良かったんだろうなと若月は遠い目で呟《つぶや》く。

「最近、ようやくそういうのが判ってきたとこ」

高橋は曖昧《あいまい》に頷いた。以前に聞いていたのだ。若月の夢を。

いや、夢と感じたのは侮《あなど》りで、彼女は具体的な景色として描いている。この一ヶ月ほどの付き合いで、その言葉が嘘でないと理解していた。

若月ローコは名探偵に憧《あこが》れているのだ。

不可思議な謎、怪人と呼ぶにふさわしい犯罪者、明晰《めいせき》な頭脳と行動でそうしたものと渡り合い、活躍する物語の主役である。夢想としてさえ描く者も少ないような希望を、しかし聞いた時から今の今まで高橋はバカにすることができないでいた。

理由は単純だった。似たような希望を彼も持っていたからだ。

つまり憧れの対象がいて、そうなるための布石を打とうとしていたのである。具体的には、高校在学中に必ず達成すると決めた目標があるのだった。

最低でもひとり、人を殺すという目標が。

そのためにも今しばらく若月に付き合わなくてはいけない。内心にはどうしてこうなったか問いたい気持ちもある。すべて自分で決めたことだが、そうであったとしても。

彼女の行動に付き合うきっかけとなった出来事——高橋は一ヶ月前を思い出す。

一章　廃校吏塚

二〇一一年九月、県立遠海西高《とおみにし》ボクシング部員は総勢三名であった。

活発な部活動であるとは言えない。そもそも部があること自体珍しいのだ。今年度、県下にボクシング部を抱える高校は定時制を含めても八校で、全国高等学校体育連盟に届け出がある部員の総数は四十名を下回っている。高校総体《インターハイ》の学校対抗戦に出場できる――階級ごとに選手を揃えているところとなると、わずか二校しかない。

アマチュアボクシングは高校生にとり、決してメジャーなスポーツではないのだった。

高橋和也はその希少なボクシング部の一年生である。

「走ってきます」

先輩二人に言葉を投げ、返事を背中で聞きながら高橋は物理準備室を出た。

部員が少ないせいで部室棟や武道館から閉め出され、ボクシング部は校舎管理棟にある物理準備室を部室代わりにしていた。顧問が物理教師だからこその措置である。もちろんリングはおろか、サンドバッグやパンチングボールなど、素人が思い描くような設備もない。

そうしたものが使いたければジムの世話になるしかなく、部活動としてできることはランニングくらいしかなかった。けれどそれで高橋に不満もない。まさにそうした活動がしたくて彼はこの部を選んだのだから。

管理棟から渡り廊下を通って昇降口に向かう。下駄箱を開けたところで声が聞こえた。

「和也《カズ》」

振り返ると、クラスメイトの近藤大樹《こんどうだいき》がいた。

色白で中肉中背、無気力な表情は普段と変わりない。部活に入らず怠惰《たいだ》な学園生活を送る近藤は、けれど数少ない高橋の友人だった。

「あんだよ、また走り込みか？　真面目だねぇ」

「ほかにやることもないしな」

「はは。そらどっちかったら俺のセリフだろ」

「本当にやることないなら一緒に走るか？」

「冗談。やることねーって呟く仕事があるんだ」

はっと高橋は笑った。近藤は肩にかけていたリュックを背負い直す。二人は靴に履《は》き替え、駐輪所経由で裏門へ向かうルートを歩き出した。近藤が口を開く。

「時にカズ、いつものあたりを走ってんだっけ」

「ちょい前に説明したろ。同じだよ。変わってない」

「県道を下りに走って、右手に見えてくる丘を上る道に入って、そのままぐるっと丘を一周して、また県道に出て戻ってくるコースか？」

「そう。……やけに詳しく覚えてんな」

「お前は俺の自慢の友人だ」

「なんだそれ」

「いや、ちょっと気にしててさ。気にしててっつうか、なんだ、ええと」

歯切れが悪い。いつもと違う友人の様子に気づいて顔をじっと見ると、近藤はごまかすように笑い、バカにすんなよと前置きした。

「子供じみた噂を聞いたもんでな」

「噂?」

「丘の上に私立高校があるだろ。あるっつうか、今年の春で廃校になってんだけどよ」

「……あるな。そういえば」

確かと呟いて高橋は間を置いた。いかにも学校名を思い出そうとしているかのように。

その間に割り込ませるように近藤が言う。吏塚《りづか》だよ。

「私立吏塚高等学校」

「だったかな。そんな高校、受験の時、候補一覧で見た覚えはないけど」

「俺らが志望校決めるころにはもう廃校が決まってたからな。……俺の中学じゃ結構話題になってたぜ。死神吏塚——死神のいる高校だってよ」

ふうんと高橋は応じた。友人はその理由を聞いて欲しそうだったが、彼が何も言わないでいると、こめかみを掻《か》いて続けた。

「カズ。お前が走るコース、その吏塚高校の前を通るだろ」

「ああ」

「変なものを見かけたりすることないか?」

「——は?」

「いや、だから噂があんだよ。その……吏塚高校の校舎には亡霊が出るって」

「聞いたことないぞ」

「部活に熱心なやつはこれだから。世事に疎《うと》くなりすぎだろ」

「悪いな。大体、誰が亡霊を見たんだ? あのあたり、走ってても人と会うことなんてないぞ。住人がいそうな家もないし」

「そこまでは知らんけど、ま、気をつけろ」

「だからなんにだよ」

「亡霊にだよ。相手が人ならワンツーからのコンビネーションを決めることもできるだろうけど、亡霊相手じゃ分が悪いだろ」

「……冗談だよな?」

「もちろん」

頷く近藤は、しかし言葉とは微妙にずれた表情をしていた。半分は冗談であるのだが、半分は別の展開を期待しているというような。普段は見せない表情だった。

高橋は訝《いぶか》しんだ。怠惰な学園生活は自分にも他人にも期待しないところに極意がある。その点で近藤の言動は一貫しており、友人のそんなところを彼は信頼していたのだ。

駐輪場に到着し、じゃあなを言い合って高橋はひとり裏門へ向かった。数歩歩いたところで、近藤の声が追いすがってきた。

「もし亡霊を見かけたら教えてくれよなー」

「戦って、勝てたらな」

単調なランニングは思考も単純にしてくれる。

時に陸上部かと揶揄《やゆ》されるほど普段から高橋が走り込んでいられるのは、躰を鍛《きた》える目的のほかに、そうした時間が好きだからでもあった。地図上で計測したコースの長さは十キロと少し、走り込みとしてはちょうどいいくらいである。

丘を上りきると見えてくるその校舎が、コース半分の目印だった。

私立吏塚高等学校。

取り囲むフェンスも校門も古さを感じさせない。グラウンドに雑草が野放図に茂っていることだけが、今年三月の廃校を物語っている。

高橋は速度を緩《ゆる》めた。校舎を眺めながら歩道を歩き、思案を巡《めぐ》らせる。

以前確かめた時、校門は施錠されていた。道路に面したフェンスにも破れたところはない。しかしフェンスの上部に有刺鉄線は張られていたが、乗り越えて敷地に入るのは簡単だった。

校舎の中まで入り込むとなるとどうだろう。私立高校は公立高校と違い、管理が厳重という印象がある。見える箇所に割れた窓などもないのだ。

近藤によると、亡霊は校舎に現れるということだったが——

気になるのは亡霊の正体より、誰がそれを見たのかということだった。

近藤に言った言葉は嘘ではない。この道路を走っていて誰かと会うことはまずなかった。周囲に民家などもなく、道路自体が吏塚高校のために整備されたものだからだろう。廃校となった今では通りかかる者もいないのだ。

それとも目撃者など本当はいないのだろうか。

吏塚高校には死神がいると噂されていたという。その流れで、亡霊が出るという話が目撃者もなしに作られたのかもしれない。

そうであって欲しいという想いから、高橋がそんな結論に傾きかけた時だった。

視界に小柄な人影が映った。

吏塚高校校門の真向かい、道路を挟《はさ》んで反対側の歩道に、校舎を見上げる者がいる。

通行人という感じではない。彼が視線を奪われたのは、その人影——彼女の格好が見慣れたものだったからだ。

藍色が無難に選ばれる昨今にあり、潔《いさぎよ》いくらい真っ黒な生地《きじ》のセーラー服とプリーツスカートは、彼と同じ県立遠海西高等学校の制服に違いない。時流を外れた装いは人気が高く、それ目当てに志望する生徒もいるという話だった。

そのままで均整の取れている制服を、けれどその女子生徒は一ヶ所だけ崩していた。本来なら赤い線の入った襟《えり》だけが飾りの胸元に、白いスカーフタイを巻いているのだ。

彼女は不意に視線を下げた。そして高橋と目が合うと片手を挙げ、軽い声で言う。

「よっ」

タイミングは絶妙だった。聞こえなかったことにできない間だ。

彼は足を止めて首を傾《かし》げた。クラスメイトだろうか。入学して半年、クラスの女子の顔と名前は半数も一致していない。思い出そうとする。

女子でも背は低いほうだろう。薄い唇《くちびる》とすっと通った鼻筋が目立つ。肩口に元気が感じられたが、ぼんやりした印象の瞳《ひとみ》が全体の雰囲気を和《やわ》らげていた。表情はごく自然だ。気負いもなければ緊張もしていない。高橋は首を振った。やはり見覚えはない。

今は九月、まだ暑い日もあるだろうに冬服姿でいる彼女に、彼は応えた。

「よっ」

それが予想外だったのか、相手ははっと笑う。そして、余裕だねと続けた。

「余裕？」

「驚かせたかもってこっちは思ってたんだけど」

「あぁ、なるほど」

見知らぬ女子から突然声をかけられれば警戒するのが普通か。学校から離れた場所――同級生どころか、いつもは誰とも会わない路上ならなおさら。

高橋はわざとらしく額の汗をジャージの袖《そで》で拭《ぬぐ》い、疲れてるんだと言った。

「どっかで会ったか?」

「そうそう。そういう反応が普通だよ——高橋和也君」

名前を知られている。やっぱりどこかで会ったことがあるのか。

だが彼が思案を進めるより早く、話すのは初めてだよと彼女は続けた。

「ごめんね。こういう時どんなふうに切り出せばいいか、いまいち判んなくてさ」

「何を」

「自己紹介」

やはり意味が判らない。だが彼が判らないでいることも想定内であるらしい。彼女はゆっくりと息を吸って吐き、表情を整えてから言った。

「あたしは若月ローコ。遠海西高一年C組の生徒です」

「同学年《タメ》か」

彼はA組だった。クラスが違えば見覚えがあるはずもない。

「その若月さんがどうして俺のことを知ってるんだ」

「ローコでいいって。あたしも和也君と呼ぶし」

「……なれなれしいな」

「そういうの厭《いや》? なら変えるけど」

「呼び方なんてどうだっていい。そうじゃなくて」

帯《お》びている空気が積極的なのだ。ひたすら相手をするのが当然という感じで話を進めていく。

それがまた虚《きょ》を衝《つ》くような間で拒否しがたいのである。

「なんか……おっかねえよ」

「あたしが？　名前を知ってるのが不思議だって言うなら、和也君、君は自意識不足だよ。アーンド他人に無関心すぎ」

「初対面でいきなり相手を無関心呼ばわりするやつはなんて言うんだ？」

「無神経かな」

「無関心と無神経ならおたがいさまだろ」

「だね。でも西高生なら和也君のことを知ってて不思議じゃないでしょ。同じ学年ならなおさら。校内で五指に入る有名人だもの」

そうして若月は続けた。高橋和也は高校ボクシングウェルター級で県下有数の実力者であり、来年は国体やインターハイ出場も夢ではないと目されている——などなど。

聞きながら高橋は他人事のように感じた。そうした実績への執着はあまりないのだ。

「もっと自分のことを知ったら？」

「知らなきゃいけないことは知ってるつもりだよ」

「格好いいね。まあでもそんなもんか。ひとつのことに熱中してると他人の目も気にならなくなる。あたしもそうだしね。——ちなみに、あたしのことは知らない？」

「知らない」

そっかと呟いて若月は額をこする。残念だねと。

高橋に、そのまま立ち去る選択肢はなかった。このルートはランニングコースとして、またそれ以外の理由からも大事な場所なのだ。それでと言う。

「若月さんは」

「せめてさんづけはやめてくんない？」

「若月は、こんなとこで何してんだ」

吏塚高校は人気のない丘の上にある。近くを走る路線バスもない。いいいいいいいいいいいなのに若月は自転車を引いていいいなかった。

遠海西高からここまで五キロはあるだろう。歩くには長い距離だし、時間もかかりすぎる。放課後になってからすぐランニングに出た高橋より先に到着するには走らなくてはいけないが、彼女は制服姿——それも涼《すず》しいとは言いがたい陽射しの九月に冬服だ。走る格好でもなく、汗をかいているふうでもない。

やはり自転車で近くまで来たと考えるべきだろう。恐らく上り坂で自転車を漕《こ》ぐのを嫌い、丘の下に停め、歩いてここまで上がってきたのだ。

上り坂の手前で自転車を停めたことに加え、放課後に出発して高橋より先に到着したということは、道に迷わなかったことを意味する。下調べをしていたか、来るのが初めてではないのか、いずれにしても吏塚高校を目的とした行動に違いない。

ふっふっふと若月は芝居がかった笑い声を漏らした。

「何してるんだと思う？」

面倒な問いだった。だが流してしまうわけにはいかなかった。

「おおかた亡霊が出るとかいう噂を聞いて、肝《きも》試しに来たってとこだろ」

「へぇ――」

「なんだその反応」

「いや、和也君そういうのに興味があるんだと思って。まあ八割正解かな」

「残りの二割はなんだ」

問いに答えずきょろきょろあたりを見回すと、若月は道路を渡って閉ざされた校門前で立ち止まった。そうしておもむろに校門に手をかけると、ぐいっと勢いをつけてその上に飛び乗り、軽やかに向こう側へ降り立つ。

不法侵入成立だ。

「おい！」

「大声出さないで。ちょっとした探検ってとこ。危ないことはしないから黙っててね」

そういうわけにいかない。少し話しただけで自分本位な性格は把握できた。思い留まらせることはできない。考える暇《ひま》もなかった。見すごせない理由があるのだ。

高橋は同じように校門を乗り越え、彼女のそばに立った。

「あれっ？　付き合ってくれるんだ」

「何するつもりなんだお前」

「だから探検だって。探偵って言いたいところだけどね、本当は」

探偵。日常では聞かない言葉だ。それだけに記憶に触る響《ひび》きがあった。そんなことをしてるやつが同学年にいるという噂話を聞いた覚えがあったのだ。近藤経由でだったろうか。手の込んだ冗談として聞き流したような――

道路から見えない物陰《ものかげ》まで走ると、気持ちよさそうに若月は深呼吸をして言う。

「いいね。秘密の匂いがする」

「今やってることがか」

「それもだし、この吏塚高校の匂いでもあるんだろうね」

「どういうことだよ」

「さあ。それをこれから探検して見つけようと思うんだ、け、れ、ど」

ふうんと若月は唸《うな》る。どうしたと問うと、考え中と返される。俯《うつむ》いて数秒動きを止め、それからぱっとスイッチが入ったように高橋を見た。

「この吏塚高校のこと、どこまで知ってる？」

「……ろくに知らねえよ。今年の春に廃校になったとか、それくらいだ」

「それは事実だね」

「じじつ？」

「噂じゃないってこと。今年の春、正確には平成二十二年度を最後にここは学校運営を休止したの。学校法人はそのあたりきちっと公《おおやけ》に報《しら》せなきゃいけないから、嘘じゃない」

「別に疑ってはいなかったけどな」

「じゃあどうして廃校になったかは知ってる?」

知らんと高橋は応える。本当に知らなかった。吏塚高校に興味がないわけではなかったが、死神吏塚という響きさえ初耳だったのだ。

「死神がどうたらって話は聞いたけどな」

「うーん、それは外の人が使う言葉。実体を説明するものじゃないね」

まるで自分が内の人間であるかのように若月は言い、校舎を眺めて続けた。

「とにかくまずは中に入らないと」

「まずいだろ。こういうとこはセキュリティが生きてるんじゃないか」

「生きてるだろうね。けれど通報と警備員到着のあいだにはタイムラグというものが……」

「おい」

「冗談だよ。ほら、あれ」

彼女が指し示す昇降口の扉、その隅《すみ》に警備会社のステッカーが貼ってあった。

それを踏まえて一階の窓を注視すれば、あえて外から見える位置に設置してあるのだろう、侵入を感知するセンサーらしき装置が見える。

「開ければ数分で警備員が来る。目的がはっきりしてるならともかく、あてもないのに窓を破って入っても得られるものはなさそう」

「あてがあればやる気でいたような言い方だな」

「それくらいの覚悟はあるから」

平然と若月は言い、それはそうとと続けた。

「この状況で、亡霊は校内に出ることができると思う？」

「無理だろ。というかまず、校内に出た亡霊を誰が見るんだよ。外から窓越しに見たとでもいうのか。こんな――」

誰も通らない場所で。それゆえ人を殺すにはうってつけな場所で。

「……大体、亡霊なんているわけがない」

「じゃあなんだったらいると思う？」

「なんだったら？」

楽しそうに若月は頷く。まさにそこなんだよねと。

「問いの本質、噂の正体はそこにあるとあたしは思う。亡霊が出ることがじゃない。誰がそれを目撃したのか、目撃できたかが問題なんだよ。もちろん亡霊の正体も気にはなるけれど、それは目撃者が誰かを解明することができて初めて取りかかれる謎であって、現段階で取り組んでも答が出せる見込みは少ない」

「いや俺が言いたいのは、噂自体が嘘じゃないかってことだ。……ここは昔、死神吏塚なんて呼ばれてたんだろ。そこから出た作り話なんじゃないか」

「うーん、それがいちばんありそうな可能性だとは認めるけどね、和也君、あたしはそういう結論に飛びつくのは最後にしてるの」

「なんでだよ」

「立場上というか、信念だから」

高橋の理解を待たずに若月は言葉を継ぐ。それでね。

「目撃者の問題に戻るよ。吏塚高校の亡霊は校舎に出た。まあ目撃者は外から窓越しに校舎の中を覗いて亡霊を見たのかもしれない。それか、校舎の中まで入って亡霊を見たのかもしれない。噂話はそこまで詳しく語ってないんだよ。この手の噂話で目撃した状況を語らないパターンは珍しい。実話怪談は、固有名詞がぼかされることはあっても、細部は詳しく語られてこそなところがあるから」

ぺらぺらとよく喋る。脈絡《みゃくらく》があるので聞いていられるのが救いだなと高橋は思う。

「つまり?」

「語り手は目撃者——自分について語ることを避けた。他人に喋りたくなるほど不思議な体験をしたのに、あえて細部を曖昧にした。なぜ」

「自分が見たと語りたくなかったから?」

「それはどうして?」

「侵入が犯罪だからだろ」

自分たちが今まさにその立場にある。そうだよと若月は頷く。

「それこそあたしが探検する理由。亡霊の正体は二の次。この吏塚高校校舎には、セキュリティに引っかからず中に入る方法があるかもってことのほうが大事」

「そこまで言いきっていいのか。目撃者は校舎に入って亡霊を見たんじゃなく、窓から覗いて見ただけかもしれないだろ。今さっき自分でそう言ったじゃないか」

「その場合でも亡霊は校舎の中にいたことになる。——和也君、亡霊を信じる?」

「信じるかよ。そんなもの」

信じていたら人は殺せない。

「だったら目撃者が見たものは亡霊じゃない。きっと人間。人間が校舎の中にいたならいたで、やっぱり侵入する方法はあることになる」

そうだろうか? 高橋は頷けなかった。校舎の中にいた人間が不法侵入者とは限らない。学校関係者の可能性もある。むしろそう考えるのが普通だろう。

若月がその発想にいたらなかったとは考えにくい。考えた上で無視しているのだ。まるで、吏塚高校の関係者にまともな人間はいないとでもいうかのように。

これも信念とやらが関わっているんだろうか。

「で、どうしてそんなことを気にするんだ」

へっへっへーと若月は笑う。品のない笑いで表情を崩し、けれどそれは照れ隠しに見えた。秘密ということか。高橋はため息を吐く。

「とにかく、校舎への侵入経路を探しているんだな」

「そう。あわよくば中まで探ることも考えてたんだけど。うん」

視線を上向けて彼女はひとつ頷いてみせる。校舎の外壁、屋上よりも下——四階建て校舎の二階あたりを見据《みす》えていた。

「大体は判ったかな」

「侵入経路が？」

「まだ仮説の段階だけどね。慎重に検証しないといけない。表から出入りしている姿を目撃されず、かつ手頃な足場があるところ……」

呟きながら彼女は歩き出す。条件に合致《がっち》する場所を探そうというのだろう。

校舎にあたる建物は二棟あった。道路からの人目を避けようとしてか、若月は奥側にある棟の周囲を巡り始めた。駐輪場、焼却炉、消火栓などには目もくれず進んでゆく。

「何を探してるんだ」

「非常階段とか」

「そんなのがあったって中には入れないだろ」

「そこから入るわけじゃないよ。——あ、あれかな」

若月が示す先を見れば、鉄骨製の階段が外壁にあった。だが二階から四階までしかなく、地上まで延びてはいない。非常時には梯子《はしご》を上から下ろす構造なのだろう。脚立でもあれば上れるだろうが、そんなものは周囲にない。

「あれは、上れないだろ」

みたいだねと呟いて、じゃああっちを使おうと若月は振り返った。

そちらには体育館がある。だが彼女は体育館を見ていたわけではなかった。校舎と体育館を繋ぐ外通路、その上部にある簡素な造りの屋根を見ている。

若月は外通路の屋根を支える柱に近づくと、それを拳で叩き、高橋を振り向いた。

「この屋根に上れる？」

助けを求めている感じではない。純粋にできるかどうか尋ねているのだ。

高橋は黙って見上げる。柱は金属製で、並行して雨樋《あまどい》があった。それらを繋ぐ金具部分に手足をかければ屋根まで上るのは難しくないだろう。

「まあできるだろ」

「よーし」

見ればどこから取り出したのか、彼女はゴム被覆《ひふく》付きの軍手を嵌《は》めていた。

そしてやおら柱に取りつくと、スカートの裾《すそ》を気にする様子もなく、彼にパンツを見せつけながらあっという間に屋根に上がってみせる。そのまま体重をかけて屋根の強度を確かめると、指でオッケーのサインを作った。

「大丈夫。和也君の体重でもいけるよ」

「………」

当然のように同行が求められている。ため息を吐いて高橋は柱を叩いた。

「使う？　軍手？」

見上げれば若月は両手をひらひら振っている。相変わらずスカートの裾を気にする素振りはない。さすがに隠せと高橋は言った。

「おぉごめん。――で、軍手は」

「使う」

落ちてきた軍手をキャッチして嵌め、高橋は同じ方法で屋根に上がった。

「こういうことすんならジャージで来いよ」

「それじゃ画になんないでしょ。制服のまま手ぶらでってのが粋《いき》なんじゃん」

返却された軍手をふたたび嵌め、若月は屋根を伝って校舎に近づいた。一メートルほどの空間を挟んで校舎二階のベランダがある。地上までは三メートルほどだろうか。高さに臆《おく》することなく彼女は手を伸ばして手すりに取りつき、ベランダに侵入した。

まるで猫だなと思いつつ、高橋もあとを追ってベランダに乗り移る。

「で、ここからどうするんだ」

うんと頷き、若月は二階の窓を調べているようだった。そして短く、あ、ダメだと呟く。

「何が」

「ここにもセンサーがある。……凄いな。あてが外れちゃったよ」

示された部分を見れば、確かにガラスの向こうにそれらしき装置が見えた。

「こういう設備ってお金かかるから、普通は侵入される可能性が高い一階にしかつけないものなんだよ。事実、西高はそうなってる。——私立高校はお金があるってことなのかなあ。いよいよ廃校がもったいないや」

「いよいよ?」

「さあて、どうしよっか」

「――いや帰るんだろ。もうどうしようもない」

「帰りたいんだったら止めないよ。でも気にならない？　気になるでしょ。隠してたって判るよ。じゃなきゃこんなとこまで付き合わないよね」

「……まあな」

実際には付き合わざるをえない理由があったのだが、高橋は頷いておいた。

二階ベランダに面した窓を巡り、そのすべてにセンサーがあるのを確認して、徹底してるねと若月は呟いた。そしてふっと顔を曇《くも》らせる。

「それとも、吏塚だからこそって考えるべきかな」

「……どういうことだ？」

「ちょっと説明しづらい。できないこともないけど、長くなるから今話すのは危険」

「そうかよ。――でどうする。三階と四階も調べてみるのか」

「この調子だとそっちもダメだと思うんだけど」

しょうがないかと呟く若月とともに高橋はベランダを歩き、非常階段へ出た。

地上までの経路がないのは、外からの侵入者を拒《こば》むのと同時に、生徒たちが近道として利用するのを禁止する意味合いがあったのだろう。けれど二階ベランダに上がってしまえば、それより上の階のベランダとは自由に行き来できるようになる。

そこで若月は手分けして探ることを提案した。断る理由もないので高橋は頷き、三階へ向かう。本当に侵入経路が見つかればめっけものだと思いながら。

しかし彼女の姿が視界から消えると、頭にふっとアイデアが浮かんだ。

今、ここで若月を殺してしまうというのはどうだろう。

殺すこと自体は簡単だ。行動力にあふれていても、単純な腕力は自分に敵《かな》うわけがない。こちらに武器はないが、絞《し》め殺すことならできる。そして息の根を止めてしまえば、ここは廃校だ。人目を気にせず処理を進められるだろう。

そもそも彼が若月の探検に付き合っている理由はそこにあった。

高橋は以前から、この廃校を作業場《セーフハウス》として使えないか検討していたのだ。

人の殺害は難しくない。人知れず行うこともまた。

だが屍体の処理は問題だった。そのまま土に埋めてしまえば遺留品を残すし、屍体自体も長く土中に残ってしまう。そのあいだ野良犬にでも掘り返されたらことだ。最終的に埋めるとしても、細切れにしておけば分解が早い。

しかしそうするにはそのための作業場が必要になる。

人目につかず、人ひとりを解体するだけの広さがある場所。できれば自分の行動圏内にあるといい。殺害場所と近ければなおよしだ。

廃校吏塚はその条件にぴったりなのだった。

それだけに注目を集める亡霊の噂を苦々しく思い、その噂に導かれてきた若月を疎んじたのだが――これを高橋は、彼女に付き合わされたと言い訳しながら吏塚を探索できるチャンスだと思い直したのだ。だが、さらに計画を進めてしまってもいいのかもしれない。

三階の窓を巡りセンサーの有無を調べつつ、彼はその可能性を検証した。

とりあえず殺す。屍体はいったん放置し、学校に戻る。今はランニングの途中だ。俺の戻りが遅いからって心配する先輩たちではないし、戻りを待たずに帰るだろうけど、あとで何か尋ねられたり、いつもと違うことがあったと記憶されるのも面倒だ。

犯罪は日常の中に埋めるのが理想なのである。

警察に捕まらないことはもちろん、事件自体を発覚させないことを目指すべきだ。

明日は土曜で学校は休み。親には友人と遊ぶ約束があると言えば一日自由に動ける。陽のあるうちに限っても、八時間は屍体処理に割《さ》ける計算だ。

八時間でどこまでできるか。初めての経験なので判らないが、衣服を脱がし、適当に小分けし、ここの裏手にある林に埋めるくらいはできるだろう。

しかし――高橋は眉を顰《ひそ》めた。

理想的とは言えない。ただ埋めただけの屍体は土中で長く残ってしまう。地上にそのまま放置すれば小動物や虫たちに食い荒らされることでずっと早い分解を期待できるが、発見されるリスクがあまりに高すぎる。

もっと徹底的な屍体処理を彼は考えていた。一日ですべてを一気に済ませようとするのはよくない。いや、意味がない。目的は殺しそのものではなく、屍体の隠蔽《いんぺい》まで含めた技能を身につけることなのだ。まず道具を揃えて、不審を抱かれない程度の時間を数日に分けて確保し、少しずつ進めていくのが望ましい。

「……できるよな?」

自分に訊くように高橋は呟いた。そして頷く。

覚悟は決まっている。考えなければいけないのはリスクの多寡《たか》だった。今日出会ったばかりの相手を殺すことのリスクをどう評価するか。

面識がない、偶然に出くわしたというのはプラスだろう。

これまで接点がなかったということは、彼女の失踪や死が公になったとしても、疑われる可能性が少ないということだ。

人間関係から追われることはまずない。けれど――

この吏塚高校はどうだろう。人気がないという点で、殺しに最適であるこの舞台は。

もしここへ来ることを若月が事前に誰かに話していた場合、行方不明になった彼女の家族や友人はまっさきにここを訪れるだろう。恐らく明日にはやってくる。

初めての屍体処理を、そんな状況で行いたくはない。

仮に若月が誰にも話していなかったとしても、交通経路の問題がある。若月はここへ来るのに自転車を使ったはずだ。そして俺はあいつがどんな自転車に乗っていたか知らず、探しようがない。つまり若月の自転車を放置することになる。

それがどういう状況を生むか。

自転車は吏塚高校の近く、多分丘の下にあるはずだ。屍体が見つからなかったとしても、その自転車は遅かれ早かれ見つけられる。

自転車だけあり、本人がいない。自転車の近くにある吏塚高校……そこに現れるという亡霊の噂と失踪が結びつけられてしまえば、その周囲をランニングコースにしていた、同じ高校に通うボクシング部員にたどり着くのは難しくない。

俺は走るコースを秘密にしていなかった。近藤にも話したくらいだ。

だからもし尋ねられれば、正直に、若月が消えたと思われる日時、吏塚高校の近くを走っていましたと証言するしかなくなる。

「……難しいか」

そこから先、動機の面から疑われることはないとしても、やはり行き当たりばったりな展開になることは否めない。ある程度はアドリブで補《おぎな》えるだろう。しかしその場合にものを言うのは経験だ。高橋にはその経験がまだなかった。

しかし一方、シミュレーションばかりで行動に移せない気弱さとも無縁だった。どだいリスクのない殺人などないとも思っている。

ではどこまでなら許容できるか。リスクとチャンスを秤《はかり》にかけてどう見るか。

物証さえなければ疑いは像を結ばない。どうあれ若月と面識がなかったことは事実。屍体を消し去れる覚悟があるなら、今、俺は絶好のチャンスを掴んでいることになる。

そこは冒険してもいい。だから残る懸念はあとひとつ。

亡霊だ。

廃校吏塚の亡霊。

それが単なる怪談なら構わない。

だがもし根拠が……つまりこの校内に誰かいるのだとしたら、人目がないという前提そのものが崩れてしまう。そこは確かめておかなくてはいけない。

仕方ない。もう少し付き合うか。

三階の窓にはすべてセンサーがあり、施錠もしてあった。それを確認して高橋は非常階段へ戻る。若月は四階に上がったところで彼を待っていた。

「そっちはどう？」

「ダメだ。中に入れそうなところはなかった」

「そっかあ。こっちもダメ」

彼女は唸る。考えも打ち止めなのか、顔からさっきまでの自信が失われていた。

「この棟がダメでも向こうの棟には穴があるかもしれないんだけど、同じことの繰り返しになるし、やり口としてスマートでもない」

そんなことを言い出すなら、ベランダに忍び込むことだってスマートじゃないだろうと高橋は思う。それとも若月の中では確固たる線引きがあるのか。

ふうと息を吐いて彼女は続けた。

「やっぱ二階より上もセンサーがあったってのが計算外。アイデアって呼べるような案も浮かばないし。今日のところは引き上げかな……」

ごめん和也君付き合わせちゃってと若月は言い、高橋は焦《あせ》った。

ここで帰ってしまえば殺しの機会が失われる。それだけじゃなく、俺と若月とのあいだに繋がりができてしまう。こいつ自身、今日ここで俺と会ったことを誰かに話すかもしれない。個人的な繋がりが周りに知られてしまえば、それだけ殺しづらくなる。

考え、高橋は口を開いた。

「屋上はどうだ？」

「屋上？」

「調べてみる価値はあるんじゃないか」

昼に中指を当て、しばらく若月は思案する。

「そうかもね。——あんま興味ない顔して、実はノリノリ？」

「せっかくここまで上ってきたんだ。ついでに調べてもいいだろってだけだ」

「ふうん。……でもどうやって屋上に上がるかが問題だね」

非常階段は四階までしかなかった。四階ベランダの手すりから身を乗り出して上を見ても、屋上まではかなりの高さがある。肩車などで届く距離ではない。

「ほかに手がかけられそうな場所を——」

探すしかないなと言いながら高橋が若月に向き直ると、彼女は長いロープの先端に携帯を括《くく》りつけているところだった。

「……そんなものどっから出したんだ」

若月は手ぶらである。さっきの軍手にも驚かされたが、今度のロープはざっと十メートルほどもあった。どこに隠し持っていたのか。

「四次元ポケットから取り出したんです――っと、できた」

先端に携帯を括り終えると、手すりのぐらつきを確かめ、若月は簡単にそれを乗り越えた。そうしてベランダの外側に立ちながら、迷わず首を上向ける。

地上四階、落ちれば死ぬ高さだ。高橋は声をあげた。

「おい！」

「屋上の手すりが遠いなあ……和也君、腰のあたり抱きしめててくんない？」

「は？」

「掴まりながらじゃ手が使えないし、角度も取れそうにないんだ」

「角度って、若月……」

「いいから」

急《せ》かされるまま高橋は手すりから身を乗り出し、若月の腰に腕を回した。

「いっくよー」

声とともにその体重が腕にかかる。若月は両手を手すりから離し、躰を思いきり反《そ》らしていた。あわてて高橋は手を組み合わせる。

ぐっと頬を彼女の胸に押しつける格好だが、ふくよかさは一切感じなかった。

余裕がなかったからではない。若月が制服の下に何か固いものを帯びていたからだった。それもひとつふたつではない。まだ九月だというのに冬服なのは、それらでシルエットが崩れてしまうのを隠すためらしかった。

「ちょっと勢いつけるからねー」

そう言うと、若月は投げ縄の要領で携帯を括りつけたロープを振り回す。

地上四階、中庭に面したベランダなので誰にも見られてはいないはずだが、もし見られていれば、投身自殺を止めようとするコントみたいに見えるだろう。

二度、三度と失敗を繰り返す気配と悪態が聞こえてきた。

「うまくいかないなー。もうここは思いきって——」

「おい！　無茶すんな」

さらに彼女は躰を反らした。高橋が支えるのにも限界がある。彼女の躰を支えている彼の躰を支えるものは、自重以外にないのだ。下手をすればともに地上へ落下する。殺そうとしている相手の暴挙で一緒に死んでしまう。

仮にそうなる前に手を離して自分ひとりが助かれば、なお悪い。

地上に叩きつけられての死——大きな音が響くだろうし、地面に痕跡も残すだろう。そんな展開は想定していないし、したくもなかった。

「死ぬぞ若月！」

「気にしなーい。いざとなったら手を離してもいいから」

「そんなことしたら俺が殺したって疑われ——」

「よっ——」

ぶうんと一際大きな動き――ほとんど衝撃のような振動が伝わってきて、若月の指示を待たずに高橋は彼女の躰を手すりまで引き戻した。

「……おー、いったいった」

若月は呟き、上を見ながら手持ちのロープを少しずつ送り出している。しばらくして、上方からロープの先端に括られた携帯が下りてきた。

それを手にし、ようやく彼女は高橋の顔を見る。そして言った。

「だい、せい、こう」

ドヤ顔を無視し、高橋は強引に若月を抱え、手すりのこちら側へ戻す。呼吸はどうしても荒くなる。正直、生きた心地がしなかったが、彼女は気にせずロープから携帯を外し、その両端を結び合わせて大きな輪を作っている。表情は楽しげだ。

「……携帯、壊れなかったか?」

「電源は入るね。ま、今週末iPhoneに機種変しようと思ってたから」

さてと彼女は呟いた。今度はカラビナを手に持っており、それで腰のベルトと輪にしたロープを繋ぎ始める。西高の制服スカートにベルトなどないはずなのだが、もう高橋は反応しなかった。若月は平手を額に翳《かざ》して言う。

「では和也君、行ってきます」

「……気をつけろよ」

笑顔を返し、ロープを両手で掴むと、若月は躰を左右に揺すりながらぐいぐい上ってゆく。

万が一、手を滑らせたりして彼女が落ちてきた時のことを考え、高橋は輪になっているロープの端を両手に巻き、握りしめていた。

「到着しましたー」

声がしてロープにかかっていた力が消える。しばらくすると、ベルトごとカラビナが滑り落ちてきた。同じように上ってこいということだろう。

仕方なく高橋はジャージの上からベルトを巻きつけ、ロープの強度を確かめた。

そして覚悟を決めると虚空に身を乗り出し、上っていく。

かなりきつい。小さいころに遊んだ登り棒の要領だろうと考えていたが、張りのないロープでは登り棒のように脚で体重を支えることができず、腕の力だけで躰を持ち上げなければならないのだ。体重差があるとはいえ、よく若月は上れたなと思う。躰を鍛えているのかもしれない。何か運動をしているか尋ねておくか。

なんとか屋上の縁《へり》に手をかけて上りきる。ロープのかかった手すりはしっかりした造りだった。後付けのものらしく、黒ずんだコンクリートと防水塗装ばかりの景観で、真新しい輝きを放っている。その手すりを越えて高橋は一息吐いた。

若月は校内へ続く塔屋《とうや》のガラス戸を調べていた。

「……ここにもセンサーがあるよ。徹底してるなあ」

確かに階下で見たのと同じ装置がある。さらにガラス戸の錠は、屋上側からも解錠に鍵が必要なものだった。こうまで厳重だと、校舎内で屍体処理はできそうもない。高橋は残念に思うより先に訝しんだ。なぜここまで厳重なんだろう？

「屋上から侵入する泥棒がいるとでも思ってんのか」

「あたしたちみたいな？　――かもね。それか、本当にいたか」

「どういうことだ」

若月は応えず手すりに近づくと、連絡通路で繋がった向こうの棟の屋上を眺めた。

こちらの棟の塔屋よりずっと大きな建物が見える。その壁の中央に、丸く色の変わった部分があった。何かを埋めた跡のようだ。

ぽつりと若月が呟いた。

「あれが機械室なのかな」

「機械室？」

「あそこの壁だけ色が違ってるじゃん。廃校になる前は大きな時計が嵌まってたんだよ。それを動かす機械があの建物の中にあったってわけ」

やけに詳しいんだなと高橋が言うと、調べたからねと即答する。

「中一の一二月まで、ここはあたしの志望校だったんだから」

「――は？」

若月は振り返り、ふいっと微笑んだ。憂《うれ》いを帯びた笑みだった。

「中一の一二月っていうと……」

「二〇〇八年の終わり」

高橋は思い出す。その年、その月は、俺にとっても特別なことがあったなと。もちろん偶然だろうが。それでも――

「何があったんだ？」

「吏塚高校が来年度の新入生募集を中止するって発表したんだよ」

「……あぁ、なるほど」

二〇一一年三月に卒業した生徒は、遡《さかのぼ》れば二〇〇八年四月に入学した計算になる。在校生を残して廃校にするわけにはいかないから、その年の新入生が最後の吏塚生になったのだろう。翌年から吏塚高校に一年生はいなくなったわけだ。

「その年の一二月、吏塚は将来の廃校を決めたんだよ。悔《くや》しかったな、あの時は」

「中一の段階で進学先を決めてたのか」

「夢が決まってたからね」

夢。尋ねたい気がしたが、そうすれば自分の夢も問われるかもしれない。それが億劫《おっくう》で、高橋は別の問いを口にした。

「どうしてここは廃校になったんだ」

「私立校が潰れる理由はひとつ。新入生が集まらなくなったからだよ」

「人気がなくなったのか」

「というか避けられるようになったってほうが正確だね。さっきもちらっと話したじゃん。死神吏塚の噂、聞いたことがあるんでしょ？」

「聞いたのはついさっきさ。具体的な内容は知らない」

「ここでね、短期間に生徒が何人も死んだんだよ。詳しく言うと、二〇〇六年の年末から二〇〇七年の夏にかけて。新聞に出た人数を足しただけでも八人」

「……八人も？」

それは事故で？　考え、そんなはずはないと高橋は思う。年末から夏にかけてと若月は断った。期間が長すぎる。事故ではないだろう。

しかも、どれも自然死じゃなかったんだよと若月は続けた。

「自殺した生徒もいれば殺された生徒もいる。大きく分けて三つの事件がここで起こったみたい。その都度警察の捜査が入って、それぞれちゃんと解決されてはいるそうなんだけど。ま、そんなことがあったら新入生は減るよね。二〇〇七年度の時点で定員割れを起こしててさ。二〇〇八年の新入生は定員三〇〇名のところ、八〇名くらいになっちゃったんだって。それじゃあやってけなかったんだろうね」

心底残念そうに若月は呟く。そんな学校に入りたかったのかと高橋は尋ねた。

「そんな学校だからだよ。死神吏塚だからこそ」

「だからこそ？」

「運命って信じる？」

信じないと高橋は即答した。あっははと若月は笑う。

「さすがだね。でもあたしもそう。超自然的な繋がりなんて信じない。運命を感じるのも人なら、偶然の出来事に理由を拵《こしら》えるのも人だよね」

高橋は頷いた。行動は突飛《とっぴ》だが、話の通じる相手だと思う。

「吏塚高校では短期間に生徒が何人も死んだ。普通じゃありえない。これが関連した事件なら、ひどい話ではあるけれど、まあ理解できないじゃないよね。受験生のあいだで噂になったのは、事件が数ヶ月のあいだに集中して、しかもその事件がおたがい関係ないように見えたからなんだ。関係ないからこそ、そこに超自然的な繋がりを見て、死神なんて噂が生まれたわけ。今、吏塚高校に亡霊が出るって噂があるのも、きっと無関係じゃないと思う。だからこそ不審者とか侵入者じゃなく、亡霊なんて言葉が選ばれたんだ」

「そこまで判ってて、どうして」

詳しく知りたかったんだよと彼女は続けた。

「死神が作り話だとしても、人が大勢死んだことは事実。あたしはそのひとつひとつが知りたかった。外の人に、死神なんて言葉で片づけられてしまった真実が」

「それで志望校にしたのか」

「そんなとこ。夢に少しでも近づきたかったってのもあったけど」

「夢」

空を見て伸びをひとつしながら、まさに夢だねと彼女は繰り返す。

そして振り返り、言った。

「和也君みたいにちゃんとした舞台で勝負してる人には判らないと思う」

「なら訊かないぞ」

「訊いてくれてもいいんだけど」

「どっちだ」

笑って、けれど若月は語らなかった。なんにしても遅すぎたとだけ言う。

「生まれるのがあと三年早かったら。いや、もっとかな……」

「そんなこと考えたって意味ないだろ」

世間に合わせて自分を変える。もしくは自分に合わせて世間を変える。それこそ人に許された自由だと高橋は信じている。そのための方策は多いほうがいい。

だから殺せるようになっておくべきなのだ。

人を殺せるようになれば人生の選択肢は広がる。それを彼は二〇〇八年一二月——若月が吏塚高校への進学を諦《あきら》めさせられたころに実感したのだった。

「とにかくそんなだから、廃校吏塚に出る亡霊の噂を聞いて、調べなくちゃいけないって思ったんだ。こんなこと、あたしをおいてほかに適任いる？」

「調べる必要がそもそもないように思えるんだが」

これはね、と若月は高橋の言葉をまるきり無視して続けた。

「吏塚生になりたくてなれなかったあたしの仕事だよ。もっと早く生まれて吏塚生になれてたらきっと、そんな噂になんて付き合わなかった。バカバカしく感じてさ」

「死んだ生徒たちの真実を知ってたら、確かに外で囁《ささや》かれる噂は無視するだろうな」

「うん。亡霊なんて頭ごなしに否定したと思う」

だから意外だったんだと彼女は呟く。意外？　何が？　いや和也君がさ。

「ここまであたしに付き合ってくれるなんてね。……本当は判ってたんだよ。亡霊なんていないって。さっきは目撃者のことを色々言ったけど、あれはあたしがそうあって欲しいと望んだ景色。本筋じゃない推理。廃校吏塚の亡霊は、吏塚高校が死神吏塚であり続けて欲しいと願った誰かの幻想であって、芯になる実体はきっとないんだ」

夢破れた者の喋りだった。ついさっき、屋上への侵入を決意した勢いはそこにない。それがなぜだろう。高橋の癇《かん》に障《さわ》った。どうにも気に入らない。

だから彼は言った。まだ判らないぞと。

「侵入者はいたかもしれない」

「誰が？　暴走族はバイクの入ってけない場所にはたむろしない。ホームレスは露天仕事にアクセス良好な場所しか塒《ねぐら》にしない。泥棒が盗むようなものも廃校にはない。加えてセキュリティの厳重さは見たとおり。誰も中に入れないし、入ろうともしないはず」

「それも亡霊と同じで、思い込みじゃないか。根拠はないだろ」

「そんなの――」

半笑いで彼女は首を振った。いよいよもって自信が失われている。

瞬間、高橋の背筋を駆ける衝動があった。ボクシングとは関係ない、彼個人の気質によるものだった。激しい感情の動き、他者なら殺意と名づけるかもしれないものだ。

向いた先が若月でなかったのはなぜか。あとでいくら考えても高橋には判らなかった。

「第一、確かめたようでまだ何も確かめてないだろ」

「……どういうこと」

ジャージのポケットを探った。バンデージは常に携帯している。取り出して拳に巻き始めた。1ラウンド百二十秒、そのリズムを体内で刻みながら手早く巻き終える。そして右拳を左掌《てのひら》に叩きつけ、指先が露出していることに思いいたる。

「さっきの軍手、貸してくれ」

思惑が判らなかったのだろう。判っていれば簡単に貸したりしなかったはずだ。

高橋は若月から受け取った軍手をバンデージの上から強引に嵌め、さらにジャージの上を脱ぎ、拳に巻きつけた。即席のグローブがそれでできあがる。

そして校内に続く塔屋のガラス戸に近づき、一度、目の高さに拳を当てた。そこでようやく彼のやろうとしていることに気づいた若月が声をあげる。

「ちょっと!」

無視して拳を戻し、高橋は振り抜いた。一撃でガラスに穴が開く。

くぐり抜けられるほど穴を広げるにはもう二回、拳を振るう必要があった。

「何してんの和也君!」

「センサーが生きてるかどうか確かめるんだ。ダミーかもしれない」

枠に残るガラスを蹴りで砕きつつ、腕に巻いたジャージに刺さったガラスを振り落とす。手すりのロープを回収するよう若月に言ってから、高橋は校内に侵入した。

中には饐《す》えた空気が溜まっている。終わった場所の匂いだなと思う。

ガラスの欠片が残っていないか確認してからジャージを着込むと、セーラー服の裾をたくしあげ、ロープを腹に巻きつけながら若月が入ってきた。そんなふうに収納していたのかと感心しつつ、高橋は階段を下りていった。

踊り場にさしかかったところで、待ってと声が聞こえた。振り向けば、若月は肩を上下させて荒く呼吸し、苦しそうに胸を押さえている。

俯くその顔は、下にいる高橋からよく見えた。

彼女の頰は紅潮《こうちょう》していた。

「――どうした」

「こ、心の準備が」

「今さらなんだ」

屋上に上る時は自分の身を平気で危険に晒《さら》したくせに。そう言い返そうとし、彼女が本当に余裕をなくしていることに気づく。もしかして。

「……若月お前、アドリブに弱いのか」

返答はない。ないことが返答だった。

なるほどと高橋は頷いた。彼女の行動力は自信満々に走る推理に支えられているのだろう。明晰な頭脳はほとんどの場合、現実に先行して働くかもしれない。だがそれだけに、予期しなならない状況への対応には慣れてないのだ。有能さの代償かもしれないと思う。自分に自信があるということは、そういう弱さにも繋がるのだろう。

「どっちにしろ、来た道を戻るよりこっちのほうが早いだろ」

「それはそうだけど……」

ガラスは割れている。セキュリティが生きているなら逃げなければならない。そして逃げるなら早いほうがいい。それでも、駆け足でゆく気にはなれなかった。

ついてくる跫音に高橋は尋ねる。

「せっかくだ。見ておきたい場所とかないのか」

「……お、思い浮かばないよ。吏塚は学校説明会も止めてたから、入るのも初めてだし」

それでも若月はきょろきょろあたりを見回しては、止まりがちな足をその都度強引に動かしていた。振る舞いから徐々に弱気はなくなりつつあるようだ。

その様子に高橋は少し安心して言った。

「亡霊に実体がないとしても、ここで生徒が何人も死んだことは事実なんだろ」

「うん……」

「ひとつひとつは起こっておかしくないものでも、それだけ人死にが続くのは普通じゃない。だから死神吏塚と呼ばれるようになったわけだよな」

「そうだよ。その呼び名がもう、亡霊なんだ。亡霊とでも呼ばなくちゃいけないくらい、外からは理解不能な流れだったんだから」

「けれどその亡霊に吏塚は廃校にされた」

「――えっ？」

「事件が不可解にも連続した。また起こるかもしれない。そう思うことも、理性的な対応のようでいて、実は根拠がないじゃないか。そういう亡霊に取り憑《つ》かれた中学生とその親が大勢いたせいで新入生は激減し、経営が成り立たなくなった。――違うか？」

「違わないよ」

「それなら、亡霊も現実に影響を与えるってことだ」

階段を下って一階にたどりつく。階を下りるたびに暗くなる印象があった。窓の数は変わっていないはずなのに、光の差す角度によるのだろうか。

高橋はその校舎内で、自身よりも影のほうを濃く感じた。ふと思う。

他人に語っても真剣にされない目標を持つ。

その点で俺と若月は似ている。あえて聞かなくても、この行動力と感情の浮き沈みを見れば判る。性格は、きっと焦りに鍛えられたものだろう。

追いすがる彼女の声はやはり、急いで何かを決めつけたがっていた。

「廃校吏塚の亡霊は、でも亡霊なんだよ。やっぱりここには何もないんだ」

「俺と若月がいる」

「……えっ」

「割れたガラスがある。セキュリティが生きていれば警備会社に通報もゆく。若月は亡霊には実体がないと言ったが、そんなことはない。事件は起こっている」

「起こってるんじゃなくて」

和也君が起こしたんじゃないと若月は言う。そうさと高橋は応える。

「俺たちが廃校吏塚の亡霊なんだ」

追ってくる跫音が止まった。振り向くと、若月は中指を唇に当てて少し俯いていた。

そっかと言う彼女の声が響く。

「──判ってたんだけどな」

「あ?」

若月は進み出て彼と並んだ。ともに歩き出す。そして言った。

「ひとつひとつの物語が知りたかったのも本当だけど、それとは別に、事件が連続した場所にあやかりたい気持ちもあったんだ」

「あやかりたい?」

「名探偵なんだよね」

脈絡なく呟かれた言葉に体重を感じ、彼は若月を見た。何がと訊く。

「あたしの夢。名探偵になろうとしているんだよ」

「名探偵って……夢に掲《かか》げるようなものか?」

職業とは言いがたい。ただの探偵ではないのだから。うんと彼女は頷いた。そうだね。

「実際に目《ま》の当たりにしたことがなかったら、そういう感想になるよね。……あたしはね、和也君、名探偵に会ったことがあるんだよ。謎を解き明かしてくれる存在に、子供のころ。それで憧れるようになったんだ」

実際にそういう者がいる。それはあとを追う者にとって励《はげ》みになるだろう。高橋にも実感できることだった。しかし名探偵とは。

どう理解すべきか迷う彼に若月は訊く。

「名探偵になるのに必要なものってなんだと思う？」

「考えたこともない」

「だよね。まあひとつじゃない。あてずっぽうでもいいから言ってみてよ」

「——謎を解く力とか？」

「そうだね。それもそう。あとは謎を解こうとする気持ちかな。でも考えたらそれって当たり前だよね。もちろん努力して身につけたり意識して持ち続けたりしなきゃいけないけど、本気ならそこまで困難なことでもないよ。こう言っていいかどうか判らないけれど、和也君がボクシングで勝つためにトレーニングをするのと同じだと思う。やって当然というかね。だから名探偵を目指すにあたって本当に難しいことはさ」

謎に遇《あ》うことだよ。そう若月は言った。

「ボクシングで言えば試合を組むことにあたるのかな。そういうのって簡単じゃないじゃん。毎日できることでもないし、毎週でも難しいでしょ？」

「大会以外の試合なんて、月に一回できれば多いほうだ」

「うん。名探偵にふさわしい謎も、それくらいの頻度《ひんど》であったら御の字ってとこだね」

それくらい謎は少ないんだと彼女は言い、自分の言葉に頷いてみせる。

「理屈と行動で解ける、それもあたしの解明を待ってくれている謎なんて、もう一期《いちご》一会《いちえ》どころの騒ぎじゃない。軽い奇跡だよ」

「……そうだろうな」

突飛な夢を持っているくせに、そのあたりの道理も弁《わきま》えられる。

そんな人間は現実と理想の差を直視するはめになる。だからある意味、無根拠な自信や思考停止に恵まれたほうが夢は持ちやすいのだろう。叶《かな》うかどうかは別にして、まず一歩を踏み出さなければサイコロさえ振れないのだ。

「謎に出くわすのは奇跡、けれどその確率を上げることはできる。基本的なことを言えば、自分の活動範囲を物理的にも人脈的にも広げておくこと。謎があっても、その情報さえ得られなかったら解決に嚙《か》めないんだからね」

「そうだな」

人を殺すこともそう。

殺せる人間に会えるかどうか、殺せる場所を見つけられるかどうか、それらは積極的に求めなければ得られない。黙ってて与えられるものじゃない。

「基本の次には応用が来るわけだけど、あたしはこう考えたんだ。この世にはまだ知らない道理があるのかもって。まあオカルトかな。かつて謎が沢山発生した場所には、謎の種のようなものがあるのかもしれない。呪いみたいなね」

「死神がいたから生徒が死んだというような？」

「そう。物語の苗床《なえどこ》って言った友達もいるね。その友達は小説を書いてるんだ。道理に合わないとは思ってても、もしかしてとは思う。そんなものがいれば、そしてそんなものと仲良くできれば、次から次へと謎に出会えるのかもって」

「だから忍び込んだのか」

あははと若月は笑う。そうだね。

「ほんの少しはそういう動機もあった。でも本当にいたんだ。亡霊は」

「そうさ。俺たちが」

「違うよ」

「違う？」

「あたしは探偵。亡霊じゃない。この期に及んでも認めないよ。だから亡霊の役どころは、和也君ひとりの担当。――あたしはだから、君という廃校吏塚の亡霊に会ったんだ。そうして校内に引きずり込まれた。……最初からおかしいと思ったんだ。あたしが道で校舎を眺めていたタイミングで偶然通りかかるなんて！」

そんな言い分は通らないだろう。むしろどっちかというと――

高橋が反論しようとした時だった。

重たい校門の開く軋んだ音が、二人のいる棟まで響いてきた。

警備員が到着したのだ。

◆

屋上のガラスを割ってから警備員の到着までは十分ほどだった。

この時間が早いか遅いかはさておき、セキュリティが生きていると確認できたことに若月は満足したようだった。また、廃校吏塚にあるのは窓の開閉を検知するセンサーと、あっても動体センサーまでで、オンライン管理の防犯カメラなどはないと判ったことも。

なぜそんなことが判ったか。

若月と別れて西高へ戻る道中、警備員到着後の展開を思い返しながら高橋は、やっぱりありえない行動だったと思う。警備員が到着しても彼らが校舎内に入ってくるまでには時間がかかる。その隙に逃げられるだろう。それが彼の目算だった。侵入した時と違って、内側からならガラスを割らずに窓を開けることができる。時間もかからない。

しかし若月はすぐ逃げようとはしなかったのだ。

警備会社は、異状を検知したセンサーの場所まで把握しているはず。そうでなければ広い校舎の警備はできない。最初に異状を検出したセンサーは屋上のガラス戸のはずで、その信号を受けて来た以上、まず警備員は屋上へ向かうだろう。

つまりその動線は容易に読める。

早口でそう述べた彼女は、警備員から遠ざかるどころか、連絡通路を走って道路側にある棟へ向かい、正面玄関を入ってすぐのところにある階段の裏手に隠れたのだ。警備員が気まぐれに覗き込めば簡単に見つかってしまう場所、しかも袋小路である。

だが彼女の推理どおり、玄関を開けて入ってきた二人組の警備員はまっすぐ階段を上がっていった。それをやりすごし、高橋と若月は玄関から悠々と外へ出たのである。

これだけでもありえないが、ここからが若月の本領発揮だった。

外に出た彼女は、彼に別れを告げてその場に残ったのだ。高橋はランニングを再開したが、気になり三十分ほど走ってから吏塚高校へ戻ってみることにした。

そして、二人の警備員と若月が話し込んでいる光景に出くわしたのだ。

捕まったふうではない。興味津々という顔で、彼女のほうから警備員に色々尋ねている様子だった。偶然通りかかった高校生を装い話しかけたのだろう。啞然《あぜん》として立ちつくす高橋に、彼女は手を振りつつ近づいてきてこう言った。

亡霊が出たんだってさ――と。

彼女の質問攻めに辟易《へきえき》していたらしい警備員たちは、それをきっかけに去った。そして白黒に塗り分けられた彼らの車両に手を振りながら、彼女はさらりと言ったのだ。

「あたしを見て侵入者だと判らなかったんだから、防犯カメラはないみたいだね」

「……それを確かめるために話しかけたのか」

「うん」

もしも防犯カメラが校内にあったらどうだというのだろう。

まさか亡霊を見つけるために映像を見せてもらおうとでもいうのか。尋ねればあっさり肯定されてしまいそうで、高橋はそこまで問えなかった。

結構面白いねと彼女は言葉を継いだ。

「探検がか」

「犯人になることがだよ。ちょっとドキドキできたし」

「なんであんな逃げ方をしたんだ」

「玄関から逃げたこと？　あれのほうがスマートじゃん。窓ガラスを割ったら痕跡が残るし、音だってする。そしたらさすがに警備員も音がしたほうに来ちゃうでしょ」

高橋は混乱した。会話が嚙み合っていない。

「いや割る必要はないだろ。内側から鍵を開けて逃げればいい」

「その場合でも、外から鍵はかけられないから、逃げきることはできても、どこから逃げたかはあとで警備員に判っちゃう」

「そんなことが判ったって問題は」

ないだろう――そう言おうとして高橋は気づいた。いや、あるのだ。少なくともこいつはあると考えている。逃げた経路まで隠しておきたいと考える理由が。

それはつまり――

「亡霊のためか」

「そうだよ。せっかく和也君が屋上のガラス戸を割ってくれたんだから、そこのところはいちばん気を遣わなきゃでしょ」

二人は屋上のガラス戸を割って校舎に侵入した。屋上以外はどの窓も異状がなく、探しても侵入者は見つからない。この状況で警備員はどう考えるか。

何者かが屋上から侵入し、屋上から去ったと考えるだろう。

だがなぜそんなことをしたかは判らない。目的がなんであれ、屋上から侵入するメリットはない。そもそもガラスを割って侵入するなら、一階の窓を割ればいいのだ。

侵入者は泥棒でも暴走族でもホームレスでもありえない。

亡霊の正体を吟味《ぎんみ》するために挙げた候補はどれもそぐわない。

合理的な説明が描けなければ、亡霊の物語は生き延びるだろう。

高橋は尋ねた。

「警備員と話したのは、防犯カメラの有無を確認するためだけか?」

ふふふと笑って彼女は応えなかった。

防犯カメラの有無を確かめるのに、警備員に話しかける必要はない。若月は制服姿なのだ。もしもカメラがあって映像が残っていれば、遠海西高に問い合わせがゆく。映像が残っていなければ何も起こらない。防犯カメラの有無はそれで判る。

だから若月にはほかに目的があったのだろう。恐らく――

廃校吏塚の亡霊、その噂を警備員に吹き込むという。

噂が広まれば、実体のないものに動かされた人が新たな謎を作るかもしれない。バカバカしい想像だが、わずかでも確率を上げられるなら若月はためらわない。そういう性格は短いやりとりでも理解できた。それより不思議なのは――高橋は考える。

俺があいつの流儀に付き合えたことのほうだ。なぜだろう。

なぜ俺は若月を殺さなかったのか。

校舎のベランダで考えたことは正しい。殺す条件の半分は満たしていた。もう半分を満たしているかどうかを、結局俺は突き詰めなかった。

怖《お》じ気《け》づいていたのか。

それとも、難度の高い夢を持つ若月にシンパシーでも感じたか。

高橋は首を振った。克服すべき弱さだと思う。もちろん反省は手短に済ませた。悪いことばかりではなかったからだ。彼女に付き合ったおかげで判ったこともある。

吏塚高校のセキュリティは恐らく校舎にしかない。

つまり敷地に入っただけで警備員が駆けつけることはない。

敷地内にはけれど、校舎のほかにも建物がある。その中にはセキュリティがなく、作業場として使えるところがあるかもしれない。

問題は、それを若月も知っているということ。

無論それも大した問題ではなかった。単純明快な解決法があるからだ。

若月本人を殺してしまえばいいのである。

よし。殺すのは若月にしよう。

九月のその日、高橋はそう決心した。

心には人生のステップをひとつ進めた実感がある。その感覚はまったく正しかった。殺人の最も高いハードルは、どのようにではなく、誰を殺すかの決定であるからだった。そもそもの殺人という判断まで正しかったかどうかは保留するとしても。

二章　告白の踊り場

高校のボクシング部員にとり重要な大会は三つある。

全国高等学校総合体育大会《インターハイ》、国民体育大会、そして全国高等学校選抜大会である。

一〇月中旬現在、高校総体と国体はすでに終了しており、いずれも高橋は県予選で敗退していた。彼の属するウェルター級には、県下にジュニアランキングチャンピオンがいるのだ。そうでなければ一度くらいは県代表になれただろうというのが周囲の見立てだった。

もちろん高橋は鵜呑《うの》みにしていない。

遠海西高のボクシング部は弱小である。顧問にボクシング経験はなく、二名の先輩たちにやる気もあまり窺《うかが》えない。それでいて、話せば善良だと判るひとびとなのだ。本音で彼の才能を評価しているのだろう。実に正当なアドバイスとしてジムに所属すべきだとも言われていたが、高橋にそのつもりはなかった。

もともとボクシングに興味があったわけではないのだ。

躰が鍛えられ、いくらか実戦的なスポーツ——そう限定した上で、さらに部員が少なく、自由にやらせてもらえそうだということで選んだだけである。憧れのボクサーがいたわけでも、プロスポーツを将来の職業に描いていたわけでもない。

すべては自由の獲得という夢——その手段となる殺人のためだった。

だから真面目にトレーニングもするし、公式戦——日常ではまず得られない、衆人環視下で他人を殴ることのできる機会にも真剣に臨んでいた。結果彼は、高校から始めたボクシングで県下ウェルター級第二位のボクサーとなった。だがそれを重く感じてもいない。事実から目を逸《そ》らした評価だとさえ思っている。

二位とはつまり、県予選決勝で敗れただけのこと。全国では上にどれだけいるか判らない。

高校ボクシングはマイナーなスポーツである。彼の県は比較的ウェルター級の選手が多いが、それでも公式戦にエントリーするのは六人か七人ほど。二度勝てば決勝、三度勝てば優勝だ。階級によっては選手がひとりしかおらず、県大会では試合が組めなかったり、そもそもエントリーのない階級が出てしまうことも珍しくない。

だからと全国大会に出場する選手が弱いわけではなかった。

最初の一歩を踏み出す時点で、すでに覚悟を問われているからだ。不人気なスポーツをあえて始める。それはたやすく採れる選択でもない。

「なんつっても殴り合うわけだからな」

近藤は箸《はし》を振り回しながらそう言い、大きく頷いた。

月曜の昼休み、A組教室通路側の席である。高橋は学食で買ったパンを食べていた。

同じくクラスメイトの佐々木《ささき》辰人《たつと》が隣の席で顔を上げ、そう考えると凄いよねえと応じた。

首が見えないほど太っており、脂肪で顔の造作《ぞうさく》が押し潰されている。色白で坊主頭で眼鏡をかける彼もまた高橋の友人だ。外見どおりマイペースな性格で、手にはPSPが握られていた。太っているくせに、昼食よりビデオゲームを優先させる性格なのだ。

「現実に他人と殴り合うなんて、僕にはちょっと考えられないね」

「心配しなくても、佐々木の体重じゃ公式戦の階級枠がない」

「あそうなの？　ちなみに一番重い階級って何？」

「高校ボクシングならミドル。七十五キロまでだな」

「二十キロ痩《や》せろって？　ステーキ二十五枚分じゃん。無理だよ」

「しれっと八百グラムも肉喰おうとするな。オリンピックならスーパーヘビー級まであるが」

あははと笑い、佐々木はゲーム機に視線を落としつつ言う。

「僕はルールのしっかりした戦いで充分だよ」

ボクシングはルールがしっかりしてないみたいだなと近藤が混ぜ返すと、ボクシングに限らずさあと肥満体の友人は応じた。

「現実世界のスポーツは曖昧な部分が残るもんだよ。まあしょうがないよね。現実には公正な審判をしてくれる神様はいないからね」

「ゲームにはいるか。……いるんだろうな」

ああ別にと佐々木はつけ加える。カズのことをバカにしてるわけじゃないよ。

「むしろ尊敬してる。そこはこっちの近藤《コンドーム》と一緒」

「そのあだ名はやめろデブ」

「――じゃあゴムと一緒」

「脂肪野郎《ファッツ》！」

掛け合いに高橋は笑ってしまう。笑いどこじゃないぜと近藤が仕切り直すように言った。

「時に高橋君。君は我々に報告すべきことがあるのではないのかね」

「は？」

「みなまで言わせるつもりか。友人だと思っていたのだが」

「いや……マジで何？」

わざとらしいため息を近藤は吐いてみせる。横で佐々木がＰＳＰの画面を見ながら笑った。

現実とゲーム、どちらに反応しているか判らない。

「俺の耳に最近、高橋和也が異性と交遊しているという噂が入ってきている」

「イセイとコウユウ……？」

あぁと高橋は頷いた。若月のことかと。

ともに吏塚高校に忍び込んで一月《ひとつき》あまり、彼は幾度か探偵活動に付き合わされていた。過剰下駄箱事件、季節外れかき氷事件など。正直、どれも事件と呼ぶに値しないと高橋は考えていたが、名前は絶対要るからと、嬉々として若月が命名したのだ。

そうする理由も判らないではなかった。

死神吏塚がそうだったように、事件が次々起こっているという雰囲気を醸成《じょうせい》したいのだろう。

そんな若月を殺害対象に定めた高橋は、なるべく彼女の要請に応じようと決めていた。一緒に動く様子は、傍からは友人に見えるだろうと皮肉に感じてもいたのだが、さらに深い付き合いに誤解する向きもあるようだった。

近藤は空で手刀《てがたな》を切りつつ、声を潜めて言う。

「いやもう本当すいません。高橋さん、やりまくりですか」

「直球だな」

「ぶっちゃけてあれ、減量がしやすくなったよへっへっへって感じでしょうか」

射精って生理学的に見て出血と大差ないらしいよと佐々木が口を挟んだ。近藤を諌《いさ》めているのか応援しているのか、まるで判らない。

「体重は六十六キロで安定してる。減量なんてしたことないし」

「おー、それは？　必要ならその方法も辞《じ》さないということですね？」

そこで佐々木が爆笑してみせる。いやあゴム、最高に見苦しいよ。

「友人としては頼もしい限りだけどさあ」

「うるさいデブ。お前はとにかく脂肪を装備から外せ。それでどんなスキルが発動するんだ」

「寒さ無効かなあ……」

「真面目に答えんな！」

この子は難しい年ごろだよと言う佐々木を無視し、半分真面目な話、と近藤は続ける。

「俺はコンドームとして、身をもって無為な精液を受け止めなくてはならないんだ」

「半分真面目でそれか」

というか、そのあだ名気に入ってるんじゃないか。

どうなのだろうなと遠い目で近藤はさらに言う。確かに女子との交際は魅力的だ。意識し拒むことは少子化問題的見地からしても好ましい反応とは言えぬ。

「ぬ？」

「しかしお前にはボクシングという高校生活の大きな目標がある。そうだろう？」

「そうだな」

そう思わせていたほうが便利だからな。自身に言い聞かせるように高橋は思う。正直なところ、そう釘を刺しておかないと本来の目的を忘れそうなくらい打ち込んでしまう瞬間もあるのだった。ボクシングの面白さが判らないわけではないのである。

「であるならば、色恋沙汰との優先順位はきっちりつけておくべきだろう。畏友《いゆう》、高橋和也の将来を案じ、忠告させてもらうよ」

近藤はそう言いきった。自分自身を褒めてやりたいという表情だった。

その時、佐々木のPSPが声を上げた。上手に焼けましたと。

無言で近藤は太った友人の後頭部をひっぱたく。佐々木は首回りの脂肪を震わせてそれを黙殺した。俺が発言すべきタイミングなんだろうなと察し、高橋は口を開く。

「言いたいこと全部言ったあとで悪いんだが、若月と俺はそういう関係じゃないぞ」

「……えっ？」

「ただの知り合いだ」

「いやいやカズ、俺が童貞だと思って気を遣う必要はないんだよ」

「別に俺は」

「確かに童貞だけどね俺、そのことを負い目になんて感じてない。本当だぜ」

「いや、だから」

いいよと近藤は両手を挙げて先を語らせない。

「聞いてくれ。俺の親父とお袋は十五歳の時に高校で出会ってな、おたがい一目惚《ひとめぼ》れで、それがずっと今まで続いているカップルなんだ」

「幸せそうでいいじゃないか。親同士が仲良すぎるってのも家でうっとうしいかもしれないけれど、逆よりは――」

「あぁそうさ。幸せなんだろうな。後悔もしてないんだろう。けど全部が全部めでたしめでたしでやってこれたわけじゃないんだよ」

「それもそうだろうさ。一見幸せそうでも内実は相応の苦労が――」

「二人が十六歳の時に俺が生まれたんだ」

「……」

さすがに予想外で反応に困る。高橋の頭に浮かんだのは、その歳では結婚ができないはずだということだった。男は満十八歳に、女は満十六歳にならなければ婚姻《こんいん》は――

「おかげで俺はどっちの爺さん婆さんからもお年玉をもらったことがない！」

「……そういうレベルの話なのか？」

「大事なことだろ！　結果、俺はこんなにひねくれてしまったんだ。中学まで親が二十代だったんだぞ！　それが普通の家庭だって、小学校高学年くらいまで思い込んでたんだぞ。来月で二人が親になったのと同じ歳になっちゃうんだぞ」

想像もつかないねと佐々木が言う。

「だから同情もできないや」

「ああそうかよ。デブデブデーブ！」

はいデブでーすと言いつつ佐々木はＰＳＰから顔を上げない。近藤も気にせず高橋に向き直って言った。だからカズ、友人が道を誤《あやま》ろうとしているのを無視できないのだ。

「俺は自分の子供にお年玉をくれる優しい祖父母がいて欲しいと思っている。もちろんカズ、お前の子供にもだぜ」

「童貞なのにか」

「童貞なのにだ」

「近藤君童貞なんだ」

不意に背後から言われ、近藤はびくっと肩を震わせつつ振り返った。

そこにいたのはＣ組の探偵志望者、若月ローコである。

そちらを見て固まった近藤の表情は、対面にいる高橋には判らない。判るのは、どうということもない顔でいるいつもの若月だけだ。その接近には気づいていたが、友人の反応が見たくて黙っていたのである。

しばらく固まっていた近藤は、やがてゆっくり頷いた。

「そうですよ。僕は童貞なんです」

「なんで丁寧語《ていねいご》？」

訊きながら答を待たず、若月は高橋に視線を移した。

「和也君、ちょっと時間ある？」

「昼飯中」

「あと一口じゃん。食べちゃってよ。あたしなんてお昼抜きなんだからね」

含みのある表情で近藤が高橋を見た。やっぱ親しいんじゃないかと言いたいのだろう。ゲーム機の画面に目を落としたままの佐々木も笑いを堪えているようだ。

その微妙な空気を感じ取った若月が、何、なんなの君たちはと言った。

「変な感じだけど」

「若月、こちらの近藤大樹は、俺とお前が付き合ってると勘違いしてるんだ」

「え、和也君付き合ってくれてんじゃん。いつもあたしに」

「恋人としてだ」

こいびと、と聞き慣れない外国語を口にするように呟いて、ようやく気づいたのだろう。ああそれはないよとあっさり若月は否定した。

「恋人っていうか、あい」

「あい？　愛人？」

「じゃなくて、なんだ、ほら、友達？　違うな。知り合い……でもないし、同志かな。それとも仲間、そういうものだよね？」

俺にとっては殺害対象なんだが。思いつつ高橋は言った。

「その説明だと友達で済ませたほうがいい気がするけどな」

「え。なんで」

近藤は変わらず疑わしげな目をしていた。誤解は解けそうもない。パンの最後のひとかけらを口に放り込んで高橋は立ち上がった。時計を見る。

「ひうやふみはあとふぁん――」

「飲み込んでから喋って」

「……昼休みはあと三十分だ。それで片づくのか」

「さあ」

「さあ？」

若月からの呼び出しは、かかる時間の見積もりを伴うのが常だった。なければないで構わないようなものだが、大筋は外さないので自然とあてにするようになっていたのだ。

言い訳するみたいに彼女は言う。あたしのほうで用事があるわけじゃないんだよ。

「ていうか和也君さあ、あんま女子の友達いないんだね」

「は？」

「なんか近づきがたいみたいよ」

「誰が？　誰に？」

用件が全然読めない。だが近藤と、加えて佐々木まで、どうやら若月の言うことが理解できているふうなのだ。とにかく急いでと彼女は続けた。

「あたしもこういうことは手短に済ませたいし」

「はあ」

◆

若月の用件は、高橋への愛の告白だった。

彼女自身のではない。クラスメイトのである。二人きりになりたいから呼び出してくれないかと頼まれ、若月は二つ返事で引き受けたらしかった。

ロケーションは屋上に続く階段の踊り場である。

遠海西高は屋上を生徒たちに開放していない。屋上へ続くドアは普段から施錠されていた。当然、袋小路となる屋上への階段にも生徒たちの姿はない。彼が呼び出されたのは特別教室と文化部の部室が詰まっている第三棟、その四階と屋上のあいだにある踊り場だった。

その当人――清水《しみず》という女子生徒は、眼鏡をかけ、両手でスカートのプリーツを弄《いじ》りながら、終始俯いて喋った。そのあいだ、肩まである髪がコンディショナーのＣＭに使えそうなくらい光沢を放っているのを高橋は見ていた。

そういえば屍体の髪はどう処理すればいいのだろう？　頭部解体の際に剃《そ》るべきなんだろうか。もしそうなら、短い髪のほうが始末しやすいことになるが。

やがて彼女の告白は終わった。

そこへいたるまでに状況は察せていたので、高橋の返答は短かった。

「悪いけど無理だ。気持ちには応えられない」

「……それはやっぱり、ボクシングがあるからですか？」

殺しにくいからとは言えなかった。そうだよと答えたのだが、一瞬の思案が間となって表れたのを、清水は別の意味に捉えたらしかった。

「もしかして、若月さんがいるからですか」

「いやそれは」

否定しがたくはあった。ある意味で正しかったからだ。

若月のほうが小柄で髪も短い。解体の作業量は少なくて済むだろう。加えてその行動力の高さは、行方不明になっても周囲がすぐ怪しまないことを意味する。殺したあとのことを考えても、若月を差し置いて清水を殺害対象に選ぶ理由はない。そして殺害対象にならない知り合いを増やす理由は、今のところないのだ。

「単に、そういうことを考えられないだけさ」

「……そうですか」

すみませんでしたと言って清水は足早に去った。追いついてしまうのもなんなのでしばらくその場に留まっていると、下から上がってくる跫音が聞こえた。若月だった。

「断ったみたいだね」

「本人から聞いたのか」

「聞いてないけど、顔を見れば判る。——残酷だなあ」

「俺が？　心の準備もなくいきなり告《こく》られたのに？」

「準備がないなら保留にすればいいのに。速攻で断るとか、君に興味は全然ありませんよって言ってるのと一緒じゃん」

「本音がそうだからな」

「本音を言うのが残酷だって言ってんだけど。……興味がないならないで、利用できるとか思わない？　人脈は無形財産だよ。繋げておくに越したことないというか、友達として繋いでおけば、なんかの時に役立つかもしれないじゃん」

若月の言葉のほうが残酷に思えたが、指摘せず高橋は別のことを訊く。

「友達なのか。あの清水ってのと」

「友達というか、うーん、クラスメイトだよ」

だろうなと高橋は頷いた。さん付けで呼んでいたしな。

「クラスメイトの告白に協力するなんて、案外面倒見がいいじゃないか」

「これも人脈だよ。一度利用されたってことは一度利用していいってことだからさ。……なーんて言いつつ興味もあったしね。和也君がどう反応するか」

「面倒だって思うばかりだ。普通だよ」

「そう？　面倒に思ってしまう自分に疑問を持ったりするパターンもあると思うけど。やっぱ大きな目標を見てる人は違うね」

「それはお前だろ」

若月は名探偵になるため自分の時間を費やしている。まあねと頷いて歩み寄ると、でも自覚しておいたほうがいいよと彼女は高橋の胸に人差し指を突きつけた。

「君みたいに迷わず目標に向かう人は人目を惹《ひ》くんだよ。つまりモテる」

「それも面倒だな」

「おーおー言うねえ。……でも、これでまた無用な恨みを買うわ」

「よけいなお世話だ」

「いや和也君がじゃなくて、あたしが」

しばしの沈黙が訪れた。それから、責めてんじゃないからねと彼女はつけ加えた。

「恨みもひとつの人脈だもの。何がどんな未来に繋がるかなんて読みきれないし」

「……恨まれるほどのことはないだろ？」

「さっきの近藤君みたく、清水さんはあたしと和也君のこと誤解してなかった？」

「いや、訊かれはしたけどな。否定しといたよ」

ほぉ――と若月は目を細めて高橋を見た。

「疑うのか」

「いや、あたしは信じてる」

「あたしは？　清水は信じないっていうのか」

「ううん。清水さんもきっと和也君の言葉を信じると思う」

「じゃあ一体——」

「どう思った？　彼女のこと。印象というか、性格というか……」

問いの狙いも判らないまま思い出そうとする。あまり鮮烈な印象はない。

「真面目に見えたな。断ったらすぐ引き下がってくれたし、おとなしい性格なんじゃないか」

「そうだね。おおむねそんな感じ。クラスメイトだけど、あたしに頼んじゃうくらい、恋に思い詰めることができる子なんだ」

「ずいぶん上から目線だな」

うーんと唸って、やっぱそう見える？　と若月は首を傾げる。

「前に言ったと思うけど、色恋沙汰とかいまいちあたしには判らないんだ。感情を理屈で語ろうとすると、どうしてもこうなっちゃうんだよ」

「それでよけいな反感を買うか」

ちょっと違うかなと若月は首を振った。

「清水さんは見たとおりの人だよ。あたしに感謝こそすれ、恨んだりはしないと思う。和也君のことを好きだっていうのも本音だから、君の言葉も疑わない。ちなみに、告白のセッティングを頼まれた時にも和也君とのこと訊かれて、あたしは否定してる。それを踏まえて君にも尋ねたわけだから、あたしの言葉は疑ってたのかもしれないけれど、それはそれとして、人にちゃんと感謝のできる子だね」

「お前のほうはやけに信じてるんだな」

「さっきも言ったけど、あたしにものを頼んでくれたんだよ？　それってつまり依頼人ってことじゃん。そんな人は大切にするよ」

そういうものか。いまいち納得できなかったが、夢の内容が内容なので、手段も自然と歪《ゆが》んでしまい、それが他人には理解しづらいだけなのかもしれない。

俺もそうなんだろうか。高橋は一瞬、考えた。

「清水さんは純粋なんだよ。クラスでも目立つくらいに」

そうじゃなきゃあたしに頼んだりはしないと繰り返す。若月のそうした物言いが、高橋の耳には、自分とは違うと言っているように聞こえた。

「クラスの中でさ、生徒の性格が適当にばらけてたなら、きっと純粋な子は純粋な子同士でくっつくよね。けれど高校生にもなったら純粋な子は少数派、絶滅危惧種というかね。そういう子たちってどうなると思う」

「孤立する？」

「そのパターンもあるねー。集団にとって価値がない少数派はそうなる。でも集団にとって価値ある少数派はどう？　好ましい少数派は――」

「保護される」

「だよね。護《まも》りたい、あやかりたいと思われる、単純に好かれるのがいちばん多いかな。決めつけちゃうけど和也君もそうじゃない？　ボクシング部員は少ないけど、そのことで疎外《そがい》されたりしないでしょ。むしろ好かれて友達もできる」

「それは――」

「和也君の友達は、和也君と似てる？」

高橋は友人と聞いてまっさきに浮かぶ近藤と佐々木のことを考える。二人は高校生活の目標に殺人など設定しているだろうか？　いないだろう。

「似てないな」

「でしょ？　少数派には自分と似ない友達ができる。清水さんもそう。彼女は純粋、けれど彼女の友達はそうじゃない。悪人でもないけどね、他人事だということもあり、正義感で物を考え、当人より簡単に人を疑う。つまりあたしや和也君を」

「憎むのか？」

「友達の心を傷つけた人たちなんだよ、あたしたちは」

「……迷惑だな」

「そう？　さっきも言ったように、嫌われることも人脈、敵も人間関係のうち。あたしはそう考えることにしてるよ」

彼女の夢には敵がいて構わないらしかった。探偵という言葉に、若月は高橋が考えるよりずっと多くのイメージを持っているのだろう。

確か以前、名探偵に会ったことがあるとか言っていたが——

まあいいやと若月は頷いた。

「とにかくご苦労さまでした」

「——おたがいさまだろ。こんな第三棟の僻地《へきち》まで付き合うなんて」

「しょうがないよ。告白の踊り場だから」

告白の踊り場？　高橋の問いに、知らないのと悪戯《いたずら》っぽく若月は笑う。

「遠海西高で屋上に出る経路は生徒棟、職員棟、第三棟にひとつずつで計三つ。当然、屋上に向かう途中の踊り場も三つある」

「ああ。だからいちばん近い生徒棟の踊り場で済ませりゃ良かったんだよ」

「正論だけど、第三棟の踊り場でないと告白は成就《じょうじゅ》しないとされてるんだ。生徒棟の踊り場で告白し付き合い始めた二人は遠からず別れてしまう。職員棟の踊り場でされた告白は応えられることがない。しかし第三棟の踊り場で愛の告白をしたならば、想いは成就し、二人の仲は死が二人を分かつまで、否、死をもってさえ二人を分かつことは——」

「成就しなかったぞ」

「……ま、ただの噂だからね。おまじないは叶う叶わないじゃなく、迷っている人に一歩踏み出させるところにその意義があるわけだから」

歩きながらなるほどと思う。しかし疑問は残った。

「なんで第三棟の踊り場だけそんな特別視されてるんだ？」

その問いは、しかし彼女の想定になかったらしい。おまじないと割りきっていただけ、そうした疑問の対象にならなかったのだろう。

なんでってと呟く若月はしばし黙り、それから言った。

「告白は人気のない場所でするものだよね」

「そうだな。閉鎖された屋上へ続く階段の踊り場はその点最適だ」

ドラマなどでは体育館裏がよく用いられる印象があるが、遠海西高の体育館は裏手が駐輪場になっている。敷地内を見渡せば人が通らないところはほかにもあるが、プールのポンプ室裏であったり、使われなくなった焼却炉のそばであったりと、草が生い茂り、愛の告白をするのに雰囲気あるロケーションとは言えない。

「もしかして、第三棟は特別教室と部室ばかりだからか？　生徒棟や職員棟に比べれば、普段から人が少ないぶん静かではあるし」

からくりを見破ったつもりで言ったが、ううんと若月は首を振った。

「それなら第三棟の噂だけで充分なはずでしょ」

「……どういうことだ」

「第三棟の踊り場で告白すれば恋は成就するっていう、良い効果の噂だけでいい。なのに噂は、生徒棟と職員棟では告白するなと言ってる。これはおかしい」

「考えすぎだろ。おまじないには小さな警告が付きものじゃないか」

「……おまじないの禁忌《きんき》ってさ、普通、うっかりしてると破っちゃうかもしれない具合に設定されるものだよ。順序の制限、時間の制限、あとは、ことが成就したあとに守らなければならないルールがあったりね。告白の踊り場はそれが場所の制限なわけだけど、それぞれの踊り場は離れてるし、間違えようもないはず」

「そういうものか……？」

高橋には、若月が無理矢理謎を見つけようとしているように思えた。それくらい言葉に余裕がなく、隙の多い論理に聞こえた。

なんにしても大したことではないだろう。彼はわざとらしく携帯のディスプレイを覗いて言った。もう昼休みが終わる。俺は教室に戻るよと。

◆

「た、高橋さんっ」

翌日の放課後、物理準備室でジャージに着替え、さあ走り込みに出ようと昇降口へ向かう途中、高橋は余裕のない声に呼び止められた。

振り向くと、艶《つや》やかな髪の乱れる様がまず目に飛び込んできた。当人より髪の印象が強い。やはり殺したあとの処理が面倒だと思う。確か名前は——

「ええと……清水だったよな」

「あ、そうです。ごめんなさい」

「なんで謝《あやま》る」

「いえなんとなく……」

昨日の昼にあんな別れ方をしておいて、今日すぐ再チャレンジができるほど打たれ強い人間とは思えない。高橋は首を傾げた。気まずさを超えるほどの用事か。

「まだなんかあるのか」

「そう！　ううん。私じゃないんです。若月さんのことで」

「あいつとはなんでもないって」

「そうじゃなくて、若月さんが大変なんです。喧嘩《けんか》をしていて」

喧嘩。

高橋は思わず笑ってしまう。それで誤解されたと思ったのか、嘘じゃないのと清水は訴《うった》えた。口調から丁寧語が失《う》せている。焦りも濃い。

疑ったわけじゃないさと彼は言った。それにしても――

「恨まれることも人間関係か」

「えっ」

「いや、本当だったんだなって。――若月は喧嘩ができるくらい他人と関わりたいやつなんだよ。下手に首突っ込んだってろくなことにならない。ほっとけ」

「ええっ……！」

高橋の反応が意外だったのか、清水は言葉を探して目を泳がせた。けれどすぐ決意したらしく、さらに一歩踏み出してこう続ける。

「相手は男の先輩なんです。それなのに、やけに若月さんは強気で」

「……男の先輩？」

「はい。私、書道部で、書道部って第三棟の作法室が部室なんです。部室に行く途中でたまたま見かけてしまって。昨日から少し若月さん、クラスでもおかしかったし、大声で怒鳴られても一歩も引かなかったりして――」

「それをどうして俺に？」

「だって、その……」

違うクラスの男子、それも自分が告白して振られた相手になぜ頼るのか。

話すきっかけが欲しかっただけか？　いやきっと、あいつのことで助けを求められる人間をほかに知らないのだろう。高橋は昨日の若月との会話を思い出す。

集団にとって価値がない少数派は孤立する。

もしかしてそれは若月自身のことだったのか。

あいつはクラスに友人がいないのかもしれない。

ごしごしと頭を掻き回した。面倒だと思う。必要以上に若月との繋がりを強調する行動は取りたくなかった。周囲に関係性が認識されてしまえば、殺したあとが面倒になる。

だが当人に信頼されていれば殺す時に楽ができる……かもしれない。

ある程度は許容しなければならないか。

「どこだ？」

「ですから第三棟の――ああもう！　案内します！」

頼んだと言って一緒に駆け出す。二階に上がり、連絡通路を渡って第三棟へ向かった。

第三棟に部室があるのは大半が文化部だ。運動部の部室はグラウンド隅の部室棟に固まっている。おとなしい生徒が多いだろうから、そう面倒なことにはならないはず。

そうした高橋の読みは外れた。

清水に導かれて若月を見つけた時、彼女は教室の中、遠巻きに窺う生徒たちの向こうで、上背があって精悍《せいかん》な顔つきをした男子生徒に胸ぐらを摑まれていたのだ。

驚きはしたが、立ち止まらず高橋は生徒たちをかき分け近づいていく。その場にいるほとんどは上級生のようだ。何人かが訝しげな目を高橋に向け、けれど何も言わず場所を空けた。県大会二位は大した実績でもない。アナウンスはされても全校集会で表彰されたりはしないのだ。彼を知っていたからではなく、漂《ただよ》わせている空気に気圧《けお》されたのだろう。

高橋は集中していた。彼自身意外だったが、爪先に体重を移動させ、フットワークを膝で意識し、一刻も早く二人のあいだに割り込もうと動いていた。なぜかまでは考えなかった。とにかく若月に派手なことをして欲しくなかった。

これだけ人目があれば荒っぽい真似はできないだろうが――

胸ぐらを摑んだ先輩が何か口にし、若月もそれに応えた。

まずいと両者の空気を見て高橋は思う。

二人の声は小さかった。ほとんど囁き声だ。周囲を意識しそうしているのだろう。先輩は後ろめたさか恥ずかしさから。若月は恐らくそんな先輩を慮《おもんぱか》って。まずいと思うのは、それが相手を舐《な》めているということだからだ。

衆人環視下で暴力は振るえない。相手が歳下の女子ならなおさら。だがそう考えられる人間は、自分が舐められることにも敏感だ。過剰反応しかねない。

先輩の肩と肘《ひじ》が動く。止める間はなかった。

その拳が若月の顔面を直撃した。

彼女はよろけてあとずさる。壁に背中からぶつかり、床にへたり込んだ。

外から見ていればけりはついたと判る。だが暴力には弾《はず》みがある。周囲が醒《さ》めていくほどに当人はヒートアップしてしまうものだ。

先輩は倒れた若月にさらに一撃加えようと前へ出た。

そこでようやく高橋はその肩を摑むことができた。声をかける。

「待ってください」

先輩の顔が振り向いた。女子を殴れる怒りはそう簡単に収まらない。しかも今度は堂々殴れそうな男子が相手だ。敵意はそのまま彼に向けられた。

高橋はその動きを観察した。肩と肘は連動し動いているが、下半身は棒立ちに近い。無造作に振りかぶった右の拳——清々しいまでのテレフォンパンチだ。

突き出されたそれを左掌で受けて外側へ弾き逸らす《パーリング》。

同時に右掌で相手の胸を押して距離を取った。

殺すつもりならここで喉を打って黙らせ、金的を一撃して床に倒すところだが――

シミュレーションの絵面《えづら》を無視し、落ち着いてくださいと高橋は訴えた。

だが相手の怒りは収まらない。伸びてきた手に襟元を掴まれ、ぐっと引き寄せられる。

フットワークは使えない。視界外から顎《あご》を打つ。あるいは膝を金的に入れる。そうした手が候補に挙がったが、どちらも根本的な解決にはなりそうもなかった。

一発喰らわないとダメか。

相手がふたたび拳を構えるのを見て、高橋は襟を掴まれたまま左足を一歩踏み出し、躰を右へ開いた。周囲からは、みずから当たりに行ったように見えただろう。

だが突き出された拳を頬に受けた瞬間、高橋は躰を開いて確保した首の自由を利用し頭を回転させた。殴った手応えを与えつつ、拳の威力を殺したのだ。

これで醒めなければ手を出す。

ボクサーが素人相手に先制攻撃はできない。そのための口実作りでもあったのだが――

「充分でしょう」

高橋の言葉に、相手は大きく胸と肩を動かし、周囲に聞こえるほどの深呼吸をした。

そして掴んでいた手を放るように離す。高橋が襟を整えながら倒れた若月へ近づくと、そいつが、と弱々しい声が聞こえた。振り向くと、先輩は躰を震わせ若月を指差していた。女子を殴ったことが怖くなってきたのだろう。

「そいつがよぉ……」

だがそこから先が出てこない。暴力を振るったことで追い詰められている。ことさら平静を装い高橋は言った。大丈夫ですと。

「先輩は悪くないと思います。悪いのはこのバカですよ」

若月がその声に反応し、口元を押さえていた手を離した。鼻血が掌と顔の三分の一を汚している。加えて涙目だ。何かを言おうと彼女の唇が開く。

その口に高橋は人差し指と中指を突っ込んだ。二本の指で若月の舌を押さえ、親指で顎を挟み黙らせる。なおも抗《あらが》おうと彼の手を掴む彼女を目で制した。

とにかく黙っていろと。

顔を近づけたせいで若月の血が臭う。試合で嗅ぐものと一緒だった。そのことを、どうしてだか理不尽に感じた。指先に感じる体温にも覚えがある。

振り返ると、先輩は憔悴《しょうすい》した顔で立ちつくしていた。どうしたらいいか判らないのだろう。

高橋は軽く頭を下げ、すいませんでしたと言う。

若月が抗議するように手を叩いてきたので、指を口内から引き抜いた。

咳《せ》き込む彼女に、立てるよなと尋ねる。

「――すぐ外せっての。苦しいじゃんか」

「いいから立て。――ハンカチはないのか」

鼻血はまだあふれている。興奮していれば、脳内麻薬の作用で出血が抑えられると高橋は聞いたことがあった。きっと若月はこの状態でも冷静なのだ。

「あるけど……汚したくない」

言いながら立ち上がる。肩を貸しながら高橋はズボンを探った。ポケットティッシュがあったので、中身を全部出して若月の手に握らせる。そして礼を言おうとする彼女の背を押し、教室から出した。とにかくここを離れたほうがいい。

「保健室まで付き合う」

「──和也君は？」

「は？」

「怪我。殴られてたじゃん」

先輩に聞こえないよう耳元で囁いた。

「素人のパンチだ。腰も入ってない。効くかよ」

みたいだねと呟く若月は、ほかの生徒たちを見向きもしない。鼻をティッシュの塊《かたまり》で押さえながら、ひとりでずんずん行こうとする。

高橋はその襟を後ろから摑んで止めた。

「待て」

「──あに」

顎をしゃくって振り向かせた先には清水がいた。若月と高橋より、いや、その場の誰よりあわてた表情でだ。高橋は言った。

「俺をここへ連れてきたのは清水だ。一言言っておくことがあるんじゃないのか」

若月は高橋を見て、清水を見て、少しだけ視線を泳がせてからクラスメイトに言った。

「助かったかも。ありがと」

「あ、ううん……」

それ以上の言葉を待たずに若月は歩き出した。ほとんど早足だ。どうしてだか照れたような表情を見せる清水に手をひとつ振り、高橋はあとを追う。

道中で会話はなかった。保健室に到着し、驚く養護教諭に、バク宙を失敗しましたと若月は嘘を吐いた。出血のため鼻声だったが、堂々とした喋りは疑われることもなく、しかし打ったのが頭だということもあり、鼻にガーゼを詰めた処置のあと、もし気分が悪くなるようならすぐ病院へ行くように言われて放免となった。

「もういいよ和也君、トレーニングがあるんでしょ」

保健室を出たところで、鼻のガーゼを気にしながら若月は言う。

「まだ聞いてないんだけどな。お前が殴られた事情」

「知りたいの?」

「知らなきゃいけないんじゃないのか。お前ひとりが恨まれるんだったらいいけど、この調子だと俺まで知らないあいだに恨まれることになりそうだ」

「清水さんから全然聞いてない?」

「昨日からお前の様子がおかしかったとは聞いた」

ふうんと若月は頷いた。まあそうかなとつけ加える。

「清水さんには、いつ告白の踊り場の噂を聞いたか、しか尋ねてないから」

「清水さんにはってことは、ほかの生徒にも尋ねたのか」

「告白の踊り場で告った人は大勢いるからね」

当たり前という口振りで若月は言う。ちょっと待てと高橋は思う。段々に事情が判ってきた。

純粋な性格の清水が、おかしかったと言う若月の行動、後輩女子への暴力というハードルを越え、彼女が殴られなければならなかった理由。

「――もしかして、あそこで告ったやつらに話を聞いて回ってたのか」

「そうだよ」

「……お前、凄いな」

本音だった。清水の話を聞いた時も、若月は本当に恨まれることを恐れないんだなと思った。奇妙だが、尊敬できるとさえ感じた。

殺人を目標に掲げていても、高橋は他人から恨まれることは許容できない。

彼が想定した殺人にはいくつか条件があった。

わけても満たさなければならないのは、それが自分の仕業だとバレないようにすることだった。それは当然、誰からも恨まれずにいることまで含む。要は保身が条件にあるわけだが、そうした配慮は殺人の実行を直接に阻《はば》んでもいた。

事実、殺すと決めて一ヶ月以上経ったのに、まだ高橋は若月を殺せていない。

作業場の選定、使う道具の調達などは進んでいるものの、時間がかかりすぎていることは否めなかった。在学中に達成できればいいとしてはいるが、殺人自体が人生の目標なわけでもない。殺人が難なく行えれば人生をより自由にすごせる——そうした自由の実現が目標なのだ。練習でこれだけ手間取っていたら、一体本番ではどうなるのか。時間や空間の選択肢は本番のほうがずっと少ないはずなのに。

最初の殺人だから慎重にやらなければいけない。そのための練習だという理屈もつけられるが、若月を見ていると、それもただの言い訳に思えてくるのだった。

名探偵という夢が突飛であることはいい。

自分の目標を思えば彼女をバカにはできない。だが名探偵を目指すなら目指すで、もっと穏《おだ》やかなやり方、人の恨みを買わない方法を考えるべきじゃないかと思う。そうでなくては夢を叶える前に、日常を送るのが困難になりすぎる。

いや、そういう考え方自体をこいつは遠回りと断じているのか。

「噂をいつ聞いたか、以外に何を尋ねたんだ」

「告白が成就したかどうか、あと、ほかに告白の踊り場で告った人を知らないか。そうやって繋がりをたどっていったんだけどね」

愛の告白がどれくらいの確率で成就するものか、高橋は知らない。だが成就してもしなくても、本人にとっては大事な、忘れられない想い出になるだろう。

それを赤の他人に探られるのだ。

「——殴られても文句は言えないな」

そんなこと気にしてないというように若月は応えない。高橋はため息を吐いた。

「で？　何か判ったのか」

「告白の踊り場は、今年度に入ってから流れ始めた噂みたい。最初から第三棟の踊り場という指定と、ほかの二棟の踊り場は使ってはいけないって制限があったってさ。十二人に訊いたけれど、そのうち七人がその場でオーケーをもらってる」

「いい確率だな」

「そう思う？　でもその七人のうち五人がもう別れてたし、断られた五人のうち二人は、諦めきれなかったんだろうね。繰り返し挑戦して成就してるんだってさ」

勢い込んで若月は語るが、高橋には価値ある情報とも思えない。それでも彼女は人差し指を振って続けた。今年度からってのがポイントねと。

「噂は人の口を通じ広まっていくものだから」

「廃校吏塚の亡霊みたいに」

「まあそうかな。とにかく最初のひとりが必ずいる」

「作り話って決めつけるのか？　誰かの経験談……成功談か失敗談から自然に語られるようになった可能性もあるんじゃないか」

「もしそうなら有名なエピソードになるわけで、あたしの耳に届いているはず。今年度から流れた噂ということは、風化するほどの時間も経ってないはずだし」

そうなるかと高橋は頷いた。殴られるほど徹底した聞き込みをこいつはしたんだろう。逆に言えば、そこまでして正確な由緒《ゆいしょ》が出てこないということは、誰かが意図的に作って流した噂である可能性が高いということ――になるのだろうか。

「とにかく、最初のひとりを見つけようとしたんだな」

「うん。まあ噂を流す思惑からたどればそう難しくもないと思うんだけど」

すでにあてがあるような口振りだった。鼻にガーゼを詰めながら、まだ若月にはおとなしく帰宅する選択肢がないらしい。

歩きながら彼女は言う。まっさらな状態で考えて、どうかな和也君。

「告白の踊り場の噂。一方で好ましい場所を指定して、一方で避けるべき場所を指定する。これが誰かの思惑によるものだとしたら、狙いはなんだと思う?」

「……誘導かな」

「そうだね。きっと第三棟の踊り場で告白させたいんだ、噂を流した人は」

「縁結びの聖地でも作りたかったか、それとも盗み聞きが狙いか。階段に盗聴器でも仕掛けてあるんじゃないのか」

「それはない」

「どうして」

「調べたから」

言いながら若月は制服のポケットから携帯電話大の機器を取り出した。察するに、電波探知機のたぐいであるらしい。

「少なくとも電波を発信するタイプの盗聴器はないよ」

「そうなのか。……いやでも、盗聴器って電池で動くものだろ」

「コンセントから電源を取るタイプのものもあるけど、あの踊り場にはコンセント自体なかったから、その線は考えなくていいね。それで？」

「それだと仕掛けっぱなしにはできない。電池交換が必要というか……告白なんてそうあることじゃないし、ずっと盗聴しているのも現実的じゃないだろ。誰かが告白するのを見計《みはか》らって盗聴してるとしたら、今調べたって見つからないのは当たり前じゃないか」

「だね。でもあたしが調べたのは昨日なんだ」

「……昨日？」

「昨日の昼休みに入ってすぐ」

それは高橋が清水の告白を受ける直前だ。

そういえばと思い出す。昨日、こいつは昼休みの中ごろ教室へ来たのに、昼飯は抜いたと言っていた。告白の踊り場で盗聴器の有無を調べていたから食べられなかったのか。

「なんでそんなこと。――清水が頼んだのか」

「彼女はそんな発想を持たないでしょ。あたしが頼まれたのは和也君に告白するためのセッティング。探偵の仕事として、そこに盗聴器探知は含まれると思っただけ」

そうなのかと高橋は思う。でもそれをサービスの一環と理解するには、あまりに悪意を前提にしすぎていないか。盗聴器の存在を想定したということは、盗聴器を仕掛ける発想も普段から持っているということだろう。

つまり、若月は告白を盗み聞きできる立場にあった。

「……そのこと、清水に言ったか？」

「まさか。もし盗聴器が見つかってたら、説明してほかを選ぶように勧めるけどね。何も見つからなかったんだから言うわけないよ。不安にさせるじゃん」

「ならいい」

不安にさせるという言葉に、みずからが疑われることは含まれていないのだろう。用意周到なようでどこか抜けている。常識が欠けているからか。自分も外から見れば同じかもしれない。自戒しようと高橋は深く思う。

連絡通路を歩き、第三棟へ入った。方々から向けられる視線を物ともせず若月は進んでゆく。向かう先はやはり屋上へ続く階段だった。これでまた誤解されるなと高橋は思う。

歩きながら彼女は言った。

「噂を流した人の目的は盗み聞きなんかじゃなかった。だったら一体なんだったのか。あの踊り場で生徒たちに告白を重ねさせ、何を狙ったのか」

「隠蔽ってのはどうだ？」

「……へぇ」

若月は振り向いて視線を合わせると、ふふふと笑う。

「何がおかしいんだ」

「意外だったから。和也君もそういう暗い発想したりするんだ」

「……」

「かつてあの踊り場で起こった忌《い》まわしい出来事を、生徒たちの新しい想い出で上塗りしようと誰かが試みた。——なかなか魅力的な案だね」

「もう考えてある感じだな」

「いちおうは。告白の踊り場の噂が流れたのが今年度からである以上、その忌まわしい何かは昨年度以前の出来事になる。で、忌まわしい出来事の隠蔽という動機をどう見るかだけれど、あたしは卒業してしまう人が持つ動機ではないと思う。在校生——その出来事が起こったあとも学校に来なければならない人が持つ動機じゃないかなって」

「つまり今現在、二年生か三年生だと?」

「うん。教師も含めるべきかもね」

忌まわしい出来事——告白にふさわしいということは、普段人が来ないということ。

「あの踊り場で煙草でも吸った生徒がいたか」

「その程度のことを隠蔽しようとか思うかな。それに煙草を吸うなら煙を外に出さなきゃいけない。普通、屋上まで出るでしょ」

「屋上へ出るドアは施錠されてるだろ。出たくても出られない」

高橋は決定的な反論をしたつもりだったが、そうなんだよと若月は頷く。

「問題はそこ。屋上へ続くドアは施錠されていた。……それってずっとそうだったのかな」

「違うのか？」

「昔は開放されていた。けれど去年、屋上で忌まわしい事件が起こり、再発防止のため施錠されるようになった——っていうのはどう？」

聞けば思い出す景色が高橋にはある。彼女とともに上った吏塚高校の屋上だ。

かつて多くの生徒が死んだ学校。

死は、忌まわしいと呼ぶに充分な出来事だろう。つまり——

「投身自殺でもあったか」

「……それだったら、わざわざ第三棟の踊り場と限定したことにも理由が生まれるよね。第三棟の屋上から飛び降りたからだと」

生徒の死の記憶、それを恋愛という生に繋がる物語で上書きする。

事実なら気の利いた計《はか》らいだろう。屋上が閉鎖されたことで生まれた、生徒たちが来ない踊り場という空間を利用した企《たくら》みになる。

だが若月は、そんなことはなかったんだと続けた。

「なかった？　調べたのか」

「改めてじゃないよ。忘れてると思うからもっかい言うけど、あたしは中一の一二月に志望校を変えなくちゃいけなくなったんだ。吏塚が新入生募集を中止したせいで」

「ああ、で？」

「判らない？　それから二年、県内の高校で面白そうなところはないかってずっと探してたんだよ。できれば吏塚高校に匹敵するようなね」

「凄い志望理由だな」

言いながら、俺も大差ないかと高橋は思う。

「でも、校内で生徒が自殺したとか、あるいはそれを隠蔽した結果、事故死の報道が流れたとか、この二年間、遠海西高にそんな話はなかったんだ」

「……そうか」

「もっとも、屋上での忌まわしい出来事云々がまだ仮説段階だからね。もしかしたら屋上は昔から閉鎖されてたのかもしれないし、まずはそこを確かめないと」

それは調べてなかったんだなと言うと、彼女は唇を尖《とが》らせた。

「昨日の今日でそこまで調べとけっての？」

「いや、若月なら調べているかもと思っただけさ。皮肉じゃない」

「ふうん。……ま、屋上閉鎖の時期を調べるのを後回しにしちゃったのは確かだよ。自分で、この仮説は違うだろうなって思ったから」

「それは、いつか聞いた、推理の真偽が自然と判るって話か？」

かき氷事件の時に若月はそう言っていた。場数を踏めば、推理が正しい方向に向かっているかどうかが判るようになるのだと。

だが彼女は首を振った。

「違う。きっとこれはあたしの僻《ひが》みを反映してるだけ」

「……僻み？」

「望んだってまだ、あたしの前に人死にを伴うほどの事件は現れてくれないっていうね」

寂《さび》しげな口振りだった。何度も現実に裏切られてきたのだろう。

その時、初めて高橋は若月の夢の難度を理解した気がした。今までも自分の目標と比べたりしたが、殺す相手を好きに選べる彼の目標に比べ、まず事件に出会わなければならない若月の夢は、ほとんど祈りから始まるようなものなのだろう。

だから彼女が行動的なのは、そうせざるを得ない部分が大きいのかもしれない。とにかく動いて、あるかどうかも不明な謎を迎えにゆく。人から恨まれる道を好きで選んでいるのではなく、選ばざるを得ないからそうしている。

尊敬はできても真似はできないと思う。

若月のような状態を表現する言葉は別にあるからだ。夢の不可能性を直視しつつ進んでいる時、その姿勢を称《たた》えられることは少ない。多くはこうした言葉が投げかけられる。

才能がないと。

「深刻な事件が起こらないのって世間的にはいいことだけど、あたしにはちょっとね」

鼻に詰めたガーゼを取り、血の染みを見つめながら若月は言う。すぐにまた鼻から血が垂れてきて、あわてて彼女はガーゼを詰め直した。

「それでも諦めたりしないんだろ」

「志《こころざ》してまだ四年だよ。最低でも十年は試さないと」

四年前ということは、小学六年生くらいか。そのころ若月に何があったのか。気にならないわけではなかったが、それより高橋は未来のことが気になった。

いずれ自分の手で閉ざされるだろう彼女の未来が。

「――で、これからどうするんだ」

「付き合ってくれるの？」

「さっきみたいなことをやらないって約束するなら、走り込みに行くけどな」

「どうだろね」

告白の踊り場にたどりつき、さらにその上、屋上へ出るドアに若月は向かった。

吏塚高校ではガラス戸だったが、遠海西高のそれは金属製で窓もなく、屋上の様子は判らない。ノブの前でしゃがみ、彼女はポケットから取り出したものを鍵穴に差し込んだ。

「鍵を借りてきたのか」

「ピッキングでーす」

「……借りてきたってことにしておくぞ」

三十秒ほどで錠は開いた。ドアを開けると眼前に空がぱっと広がる。視界の半分が青く、外気の匂いも含め、世界そのものが広がったように感じられる。

強めの風にスカーフタイをはためかせつつ、若月は屋上を調べ始めた。

高橋は空を見ていた。奇妙に穏やかな気分だった。さすがに校内で殺すわけにはいかない。今は殺せないということが心地いいのかもしれなかった。

「――和也君、これ」

呼ばれて振り返ると、若月は塔屋の壁を示している。彼からは見えない位置だ。回り込んでみると、灰色の壁が、そこだけ縦に長い楕円状に黒く汚れていた。何かが燃えた跡のようだが、火事にしては輪郭が綺麗だ。

「これが隠蔽したい出来事か？」

若月は応えない。黒色のそれに触れ、指先をじっと見ている。呟くように言った。

「煤《すす》というより焦《こ》げだね。塗装が燃えた跡だよこれ」

「なんか違うのか」

「燃料由来のものではないってこと。たとえば薪《まき》を燃やせば煤が出るけど、そういうものじゃない。つまりキャンプファイヤーなんかの線は消える」

「そもそも屋上でキャンプファイヤーはしないだろ」

「まあね。それに焦げは壁のみで床面にまで広がってないから、ガソリンみたいな液体燃料が零《こぼ》れて燃え広がったって線も消える。もしこれが炎によるものなら――」

「なら？」

若月は唇を触りながら呟き始めた。高橋の声も聞こえていないようだ。

「新聞記事になるほどではない、もみ消せる程度の不始末……夜なら炎は遠くからでも目撃されるから通報は免《まぬが》れない……きっと昼間、煙がほとんど出ない炎……」

アンド季節かと彼女はつけ加える。

「告白の踊り場の噂は今年度から。それが事件の隠蔽を図《はか》ったものなら、事件は三学期ないし春休みに起きたとするのが自然。つまり季節は冬から春」

「寒くてたき火でもしたってのか」

「いや、農閑期」

のうかんき？　問い返す高橋を無視し、若月は屋上の縁へ向かった。手すりに手をかけ、学外東側の景色を見渡す。高橋も並んで眺めた。

稲刈りが終わり、そこには雑草の茂り始めた田園が広がっていた。

◆

「不祥事は記録に残らない。けれど、試みの記録まで隠されるとは限らない。そう思って、去年の文化祭のしおりを図書室で探してみたんです」

第三棟の廊下、とある教室の前。高橋は壁に背をつけ、ポケットのｉＰｈｏｎｅへと繋がるイヤフォン越しに若月の言葉を聞いていた。彼女が服に忍ばせた盗聴器は、自身の言葉を今度こそクリアに拾い、電波に変えている。

屋上を訪れた翌日の放課後だ。

推理の目処《めど》が立ったことを彼に告げた若月は、細かな点を詰めて動き出したのだ。流れで、当然のように高橋も同行することになった。

彼女の推理は続く。

「去年の文化祭で、こちらは面白い展示品を出したみたいですね。一見、こちらの部活動とは関係ないように思えますけど、平面を組み合わせて立体に仕立てることを考えれば、確かに裁《さい》縫《ほう》の技術が必須ですものね」

そうだねと相手の声が微《かす》かに聞こえた。衣装製作協力で、演劇部の下請けみたいに思われるばかりでもつまらないからさと声の主——女子生徒が喋っている。

高橋は顔を上げた。教室入口の表示には被服室とある。家庭科の授業などに使用されるそこは、放課後、手芸裁縫部の部室として使われていた。

「昨年度の卒業アルバムを見ました。そこにあった文化祭の写真でも取り上げられていましたね。大成功だったようで」

「ま、部長としてはちょっとした自慢だよね」

相手は満更でもない様子だ。声の主は手芸裁縫部部長——一〇月現在、ほとんどの部活で三年生は引退しているから、二年生だろう。

けれどと若月の声は続ける。

「文化祭では成功でも、そのあとが良くなかったんじゃありませんか」

「うんまあ——そうかな？　……あれ、でも君って一年生だよね」

「はい」

「なのにあのことを知ってるの」

「あのことっていうのは、屋上の事件のことですよね」

「そうだけど……そんな有名？　事件と言えば事件なんだろうけど、長く噂になるようなことでもないと思ってたんだけどな」

「あれがあったせいで、屋上が封鎖されるようになったんじゃないですか」

「……あーそうか、そうだね。今年から屋上に出られなくなったのは、あれが原因だったのか。言われて気づいたわ」

　まあでもさと相手は続けた。仕方ないっちゃないんだわ。

「じき卒業だったんだもの。そりゃ、ちょっとははめを外したくなっちゃうよ」

「今年の三月に卒業した先輩がたの仕業だったんですか」

「うん。つまり私の二つ上。──後輩を一切誘わなかったんだから、先輩たちも悪いことだって判ってたんだよ。悪ノリしてても気配りはできたんだから、尊敬できるし自慢もできる先輩たちなんだ。私にとっては」

「屋上でやろうとしたのは、グラウンドでは準備の最中に止められてしまうからですね」

「だろうね。とにかくちょっとした悪戯のつもりだったんだと思う。苦笑いで終わるくらいの。まあ、塔屋の壁を焦がしちゃったのはまずいけどさ」

　高橋はあれっと思った。壁を焦がしたことは問題ではなかったのか。

だとしたら失敗というのは――

「風が強くて、予定より遙か先、遠海市街まで飛んでっちゃったんだよ、あの気球」

熱気球。

ＬＰガスを燃焼させて熱した空気を抱えて膨《ふく》らみ、空に浮かぶ乗り物だ。

日本では熱気球は航空機に含まれない。だが操縦には十八歳以上でないと取得できない免許が要る。ために去年、手芸裁縫部が作った気球は無人のものだった。

人を乗せなければバスケットは不要。熱源になるバーナーも不搭載で、結果として求める浮力も少なくてよく、気球の袋――球皮は小さくできる。実際に作られたのは、気球と聞いて思い浮かべるほど巨大ではなく、四人用テント程度の大きさだった。

それでも文化祭では見事に空に浮かんだのだ。

手芸裁縫部部長は言う。

無人であるため操縦はできない。地面にロープで繋いで固定せざるを得ず、文化祭では好評だったけれど、それは風変わりなアドバルーン、ないし凧《たこ》としての評価だったという。それが先輩たちには不満だった。自分たちが作ったのは気球である。帰ってこなくとも、浮かべるのではなく飛ばしてこそ意義をまっとうできるんじゃないか！

そこで卒業を控えた先輩たちは行動に出た。

屋上に気球、ガスボンベ、バーナーなど機材一式を持ち込み、ゲリラ的に飛ばしたのだ。

そして成功した。誰もそこまで望んでいないよと言いたくなるほどに。

飛ばすのはアルミの骨組みと防気塗装された布地、姿勢制御のための砂袋だけだ。継続して暖かい空気を送り込めないので、長くは飛んでいられない。当日の気圧配置は典型的な冬型のもの――西高東低であり、風は西北西より吹いていた。であればきっと学校東側に広がる田園のどこかに落ちてくれるだろう。稲刈りの終わった田んぼに落ちたところで被害は出ない。そんな読みもあったらしい。

だが空に上がった気球は流れに流れ、緩やかに高度を下げつつも、事態に気づいた教師に囲まれた手芸裁縫部員たちの見えないところまで飛び去ったのだ。屋上から飛ばした分だけ高度に下駄を履かせたスタートだったことに、誰も思いいたらなかったのである。

市街地に落ちた気球は、けれど特に問題を起こさなかった。サイズが小さかったこともあり、新聞の地域面を騒がせることさえなかった。

「それでも学校としては対応しなくちゃいけない。ただお咎《とが》めは、気球を飛ばしたことについてではなかったんだ。そっちはむしろ快挙なわけだからね。だから校内で火を使ったことを咎められたみたい。屋上が校内かどうかは意見が分かれるとこだけど、塔屋の壁を焦がしたのは事実。それでも停学とかにはならなかったんだから、寛大な処置だよ」

「……そのことを隠蔽したくてあんな噂を？」

「噂？」

「告白の踊り場の噂です」

「告白の踊り場……は知ってるけど、それが今の話とどう繋がるの？」

若月は繰り返す。先輩たちのせいで屋上は閉鎖された。その記憶を薄れさせようと、屋上が閉鎖されたことで生まれた、人気のない踊り場を用いた噂を流したのではないかと。

だが相手は笑い、考えすぎだよと言う。

「そんな話は聞いたことない。もちろん部員みんなに確かめたわけじゃないし、先月引退したひとつ上の先輩たちの、先代の偉業に対するコンプレックスも並々ならないものがあったけどね、あれは基本自慢したいことであって、隠したいことじゃないんだから」

「……そうですか。……そうですよね」

高橋はイヤフォンを耳から抜いた。聞くに堪《た》えなかった。

やがて被服室のドアが開き、若月が出てきた。唇を噛んでいた。

ガーゼは詰めていなかったが、まだ鼻は腫《は》れている。差し出されたiPhoneを受け取り、頭を振った。彼女が何か言うより先に高橋は口を開いた。

「ほとんど合ってたみたいだな」

「……半分だよ。それも意味のない合い方でさ」

「そうか？　凄いと思ったぞ。壁の焦げ跡ひとつで気球が飛ばされたことを推理するなんて、俺には絶対できない」

「……去年ね」

「うん？」

「去年、あたし、西高の文化祭に来てるんだよ。それで、手芸裁縫部が大きな風船みたいなのを空に浮かべてたのを見てるんだ。その時は気球だと知らなかったけれど、そういうわけだから、別に推理の結果じゃないんだよ」

そうなのかと高橋は思う。いや、そうであったとしても。

「もし気球を見てても、普通なら繋げる発想がねえよ。繋げたとして、そこから文化祭のしおりや卒業アルバムをあたって答え合わせしようなんて考えない」

でもと呟き、また若月は唇を噛む。高橋から視線を逸らして続けた。

「肝心な、告白の踊り場とは関係なかったんだ」

「肝心なことか？ 関わるきっかけになったってだけで、別件だろ。それに、今言うのは卑怯だが、踊り場の噂は答のある謎じゃない。俺は最初からそう思ってた」

本音だった。それでもなお彼女が屋上に出て、見つけた焦げ跡から推理し、手芸裁縫部に行き着いたことは、ひとつの物語になっていると高橋は思うのだ。

それだけでこいつは満足できないのかと。

あたしだってと若月は言った。

「そう思わないじゃなかった。いちばんありそうなのは、他愛のない嘘が、吐いた人の思惑を超えて発展しちゃったパターンだろうってさ」

「そうなのか」

「でもあたしはね和也君、そこに企む犯人を期待したんだ。構想を持って計画を立てて、人を欺《あざむ》こうとする犯人をね。――バカげてると思うでしょ」

高橋は黙っていた。バカげてるとは思わなかった。彼自身がその犯人であるからだった。彼女の望むような、冷血な殺人者たらんとしていたからだ。

若月の望む犯人はすぐそばにいる。

だが彼女が望む事件が計画どおり実行された時、彼女はこの世にいない。それは喜劇だろうか、悲劇だろうか。わずかのあいだ高橋は自問した。自答にはいたらなかった。

「名探偵になろうとして、事件どころか犯人まで求めるなんてね。和也君、はっきりお前は異常だって言ってくれてもいいよ」

「――若月」

いやごめんと言って彼女は片手を挙げた。

「愚痴《ぐち》るつもりはないんだ。そういう自分を改める気もないし」

そのまま笑って高橋の肩をぽんぽん叩く。まるで彼のほうが落ち込んでいるみたいに。

「それにこんなことの繰り返しで、まったく成果がなかったわけじゃないんだ。少なくとも、和也君と知り合うことはできた」

「なんだそれ」

「本音。わりと」

普通の高校生のように照れながら彼女は続けた。とにかく、ありがと。

「もうこれ以上は告白の踊り場のことは考えないよ。昨日みたいな無茶ももうしないから、今日は部活動にいそしんで」

「別にそこまで心配してるわけじゃないけどな」

「はは。それツンデレ？」

若月は穏やかに笑う。その言葉も信じられた。高橋がふと尋ねてみようと思ったのは、だから何かを探ろうとしてではなく、興味からでもなく、ただの間繋ぎだった。

「去年、西高の文化祭に来たのはどうしてだ。志望校だからか？」

「そんなとこだね」

「どうして西高を選んだんだ？」

「――急に何？」

「吏塚高校が新入生募集をやめて、ほかに期待できそうな高校を探したってのは聞いた。それでどうして西高なんだ？　吏塚高校が近いからか？」

「そういうわけじゃないよ。いや、調べてみたら近かったから、選ぶ理由のひとつに数えはしたけどね。でも最初の衝動は別」

そこで若月は口ごもった。ちらちら高橋の様子を窺い、なかなか先を続けようとしない。

「どうした」

「……いや多分、言っても判らないよ。和也君には」

「言わなかったら絶対に判らないけどな」

「そうだけど」

「無理に聞きたいわけじゃない。大事にしてることならいい」

軽々しく喋りたくもないんだろと続けようとし、若月の問いに遮《さえぎ》られた。

「佐藤誠《さとうまこと》って知ってる？」

高橋は凍りついた。出てくることを想定していない名前だったのだ。彼がその名前を知らないわけがない。だから首を横に振った。

「……心当たりないな。有名人か？」

「有名って言ったら有名かな。三年前に自首して捕まった殺人犯だよ。百人殺しとか言われてる。当時かなり騒がれたと思うけど」

「――あったような気もする、それが？」

「やっぱ興味ないよね。こういうの。でもいちおう言うと、その佐藤誠の母校なんだよ。この遠海西高は。十五年くらい前、のちの大量殺人犯が通ってたんだ。それで何かを期待したってわけじゃないけど――いや、やっぱり期待したのかもね。もう誰も覚えてないにしても、そうした因縁はあったほうがいいとか。佐藤誠にはまた別に興味を持つ理由もあってさ、そんなこんなで西高を選んだんだ。偏差値も足りてたし」

説明の後ろ半分を高橋は聞き流した。そんな彼の様子を、興味がないためだと若月は解釈したらしい。頭を振り、それ以上は続けなかった。

昇降口にさしかかったところで、彼女はじゃあまたと言った。応じて別れ、物理準備室へ向かいつつ、やはり彼は思考をうまくまとめることができなかった。

つまりとなんとか思えたのは、ランニングの最中、吏塚高校の前を通りすぎたころだった。

俺が若月と西高で出会ったのは必然になるのか。

……それはさすがに言いすぎか。

志望動機に共通点がある。せいぜいそう言えるくらいだ。

高橋は無理に頷いた。何ひとつ了解はできない。だってそうだろう。もしこれが運命なんてものなら、若月は俺に殺されるために西高を選んだことになってしまう。

そして俺も、若月を殺すために西高を選んだことになってしまう。

三章　見えない爆竹

佐藤誠。

そのありふれた響きの名に似合わない行い――長年にわたり大勢の人間を殺したことによって宣告された死刑判決を確定させ、今現在は拘置所で死刑を待つ身の彼と、高橋は別に面識があるわけではなかった。彼について、報道された内容や、ネット上にあふれている怪しげな噂以上の情報を知っているわけでもない。

それでも高橋にとってその殺人犯は尊敬に値する人物だった。

人格は問わず、その行動によって。

といって、殺した数が重要なのではない。数を競うなら、佐藤誠以上に殺した人間はいるだろう。時代が変われば常識も変わる。戦争の時代に目を向けるまでもない。高橋がその殺人犯を尊敬するにいたった理由はほかにあった。

二〇〇八年一二月、佐藤誠は突如として警察に自首し、みずからがかつて犯した殺人の記憶を語った。その数は八十件以上あり、その自白に一定以上の信頼がおけると判ると、一躍報道は勢いを増した。次々と明らかになる事件の内容よりその件数に世間の興味は向いていたが、中学生だった高橋の心を捉えたのは、佐藤誠が殺人を犯した動機だった。

駐車場の入口に路上駐車されて迷惑だったから、床屋でいつも話しかけられ相手をするのが面倒だったから、行きつけのフードチェーン店のメニューを変えようとしていたからなど、常人ならその解決に殺人など選ばないような理由が大半だったのである。

知識人たちはそこに佐藤誠の異常性を見た。他者を自分と同じ人間だと認識できない冷血の思考だと。だが高橋はそう思わなかった。

報道は複雑な出来事も単純にしてしまう。彼の殺人には重たい動機によるものもあっただろうし、人らしく他者を恨む気持ちもあったに違いない。動機のひとつひとつもまったく理解ができないわけではないのだ。

ただ普通なら殺人という行動にいたらないというだけで。

だから佐藤誠に異常な点があるとすれば、殺人に対する抵抗感のなさだけだ。それ以外は他人が自分の感性に引き寄せて語ったものだと高橋は考えた。

佐藤誠は、知人に挨拶《あいさつ》したり近所を散歩したりするように殺人に及んだ。殺害はもちろん、屍体の始末まで手際よく行い、自白した事件についても、ほとんどは物証となる屍体を発見できなかったため、起訴が見送られたほどだという。

そうしたことができる人間はどのような景色を見ているのだろう。

動機のあんまりな日常性を思えば、佐藤誠が常人の感性も持っていたことに疑いはない。その上で人を殺し、自首するまで警察に捕まることがなかったのである。

現代社会で彼ほど自由な人間はいないのではないか。

中学生の高橋はそう考えた。そして同じようになりたいと思ったのだ。

佐藤誠が初めて殺人を犯したのは高校生の時だったという。それなら自分も高校生になったら人を殺そう。そう考え調べるうち、佐藤誠の母校が同じ市内にあると知った彼は、運命的なものさえ感じてその高校——遠海西高を進学先に選んだのだった。

入学後、図書室に並んでいた過去の卒業アルバムをあたり、そこに若い佐藤誠の姿を見つけた時、自分が正しく目標に向かっていると高橋は感じた。そして躰を鍛える目的でボクシング部に入ったのだ。それから今まで、ほとんど計画どおりにことを進めてきた。

ほとんど。つまり計画外だったこともある。

「六十六キロです。先輩」

「……マジで？　見間違いとかじゃなく？」

ボクシング部に二人しかいない二年生、その片割れである林《はやし》が目を瞑《つむ》ったまま訊き返した。五分刈り頭に色黒な肌、肉づきの良い躰つきと、いかにもボクサー然とした風貌《ふうぼう》の持ち主は、体重を認めたくないらしかった。部員不足で部費も少ないボクシング部に台秤《だいばかり》の計量器などあるはずもない。使用しているのは市販のアナログ体重計である。

その針が示す数字をもう一度見て、間違いありませんと高橋は言った。

「……そうか」

体重計の上の林はすでにパンツも脱いで全裸である。およそ文明人の姿ではない。

だっはっは、ともうひとりの二年生、川上《かわかみ》が高らかに笑った。平均的な体格に、眠たげな目とにやけた口元が特徴の先輩はスポーツ刈りの頭を掻き掻き告げる。

「だから言ったべ。お前ろくにトレーニングしねえくせに喰いすぎなんだよ」

「いや、喰うだろ逆に。喰わなかったらトレーニングなんてできねーもんよー」

胸を張って林は言うが、それで問題が解決するわけではない。

週末に控えた新人戦——全国高校選抜県予選会に、遠海西高ボクシング部員、川上、林、高橋の三人は、それぞれライト級、ライトウェルター級、ウェルター級でエントリーしていた。林の属するライトウェルター級は六十四キロまで。現状二キロのオーバーである。

どうすんだと、すでにライト級の制限をクリアしていた川上が尋ねる。

「階級かけて高橋とスパーでもすっか？」

「ふざけんな。俺がこいつに勝てるわけねーだろ」

「じゃあと二キロどうするよ」

「ちと待ってろ。クソしてくる」

林は全裸のまま物理準備室を出て行った。少しして、女子生徒のものらしい悲鳴が聞こえてくる。川上は爆笑し、高橋もさすがに苦笑を堪えられない。

「まーたお前が上げてくれた部の評判を先輩が落とす流れだわ」

「……いや、俺《おれ》のほうは救われてますよ」

「は？　なんでよ」

「真面目にやってばっかだと、敬遠されることもあるみたいなんで」

「皮肉か」

「本音っすよ」

「……ま、みんなに好かれるボクシングってのもどうかと思うけどな。俺はほかから後輩褒められるたび、ボクシングが団体競技じゃなくて良かったと心底思ってるわ」

「やめてくださいよ。そんな言い方」

いやマジでなと川上は半笑いで言う。

「どうして俺と林しかいねえ部にこんな逸材が入ってきたんだって感じんのは普通だべ。高橋お前、なんでボクシングやろうと思った？」

「躰鍛えるためですよ。本当、それだけです。先輩はどうなんです」

「俺は普通だよ。強くなりたくて格闘技やろうと思っただけ。空手は型稽古《かたげいこ》ばっかだって話だし、柔道は寝技覚えるのが面倒そうだったしな」

「剣道は」

「男は素手だべ。……いやすまん見栄張った。臭い防具着けるのが厭だったんだよ」

林先輩はと訊けば、あいつは漫画の影響だという。

「まあ、試合で必殺技名叫ばないだけマシと思ってやってくれ」

「俺は何も言ってませんよ」

で？　と川上は笑って続けた。正直どうよと。

「今度こそ野崎《のざき》に勝てそうか？」

どうですかねと高橋は答えた。本音では無理だと思っていたが、期待してくれている相手になかなかそうは言えなかった。

川上が言う野崎とは野崎健吾《けんご》、高橋と同じウェルター級の選手であり、全国ジュニアランキングチャンピオンだ。学年はひとつ上の二年生、高校総体と国体で二年連続優勝し、すでに四冠を達成している。震災の影響で今年の高校選抜が中止になっていなかったら、五冠を達成していただろうとも言われていた。

その野崎と、高橋は三度戦っている。五月に行われた関東大会県予選、六月の高校総体県予選、七月の県国体予選である。そして三度敗北していた。

優勝をことごとく野崎に阻まれてきたという見方は、けれどフェアじゃないと高橋は考えている。高校ボクシングの大会はトーナメント式だ。マッチングに運が絡まないわけではないが、マイナーなスポーツであるためエントリーは少なく、数人で優勝を競うことになる。当たる確率は最初から高いのだ。それでも全敗している彼が期待を集めるのには理由があった。ほとんどの試合をレフリーストップ《RSC》かノックアウト《KO》で勝利している野崎に対し、高橋は今まで二度、判定勝負《PTS》に持ち込んでいた。

負けはしたが実力はそう離れていないと周囲は見たがるのだった。

確かに実力は近いかもしれない。だがそれは本人にしてみれば、相手との差がより明瞭《めいりょう》に判るということでもある。だからこそ高橋は野崎に勝てないと思っている。

今でも思い出すのは、最初の関東大会県予選の時だ。

高校からボクシングを始めた高橋にとって最初の大会で、最初の試合でもあった第一戦、野崎と当たった彼は、ほとんど何もやらせてもらえずレフリーストップで負けたのである。ボクシングはなんてレベルが高いんだ——試合の途中から高橋はそう思っていた。戦った相手が特別だったと知ったのは大会が終わってからである。組み合わせの段階で顧問と二人の先輩は気遣い、野崎の戦績を教えなかったのだ。

ともあれ、鍛えた躰と技術の競い合いがボクシングだと考えていた高橋はその時、これは擬似的な殺し合いだということを学んだのだった。

殺し合いである以上、ルールで制限されないすべてが許されるし、情も涙も意味を成さない。フットワークとフェイントで敵の定石《じょうせき》を無化し、ルールという暴力を押しつけ、他人を慮らないことが許される、それがボクシングだと。

それを厳しいとは感じなかった。むしろ当然だと思えた。自分には合っていると。

そういう意味では、野崎健吾は高橋にボクシングの面白さを教え、毎日のトレーニングに励む表向きの理由まで作ってくれた存在と言える。

頼りねえなあと川上は言った。

「選抜で野崎に勝ちたくて今まで頑張ってきたんだべ」

「向こうも気合い入れて獲《と》りに来てると思うんで」

高校選抜の本大会は毎年三月にある。高校の部活動は通常三年の秋で引退であり、留年しなければ二度しか挑戦できない。野崎はそのチャンスを昨年度、震災のためになくしていた。事実上、今回が最後の選抜なのだった。

「待たせたな！」

がらがらと音を立てて戸が開き、全裸の林がずかずか入ってきた。そのまま体重計に乗る。

「どうだ高橋！」

「……六十五・五キロです」

「五百グラム減ったぞ。どや！」

足んねーよ全然と川上が応じた。

「小便とうんこをそんだけ出してきたのはすげーと思うけども」

「あと千五百グラムだろ」

よーしと呟き、林は物理準備室の片隅に転がっていたポカリの空ペットボトルを取り上げた。内容量表示には1・5ℓとある。

「あとはこいつを満たせばクリアだ。そうだな？」

「物理的に考えりゃね」

「……精液の比重って1でいいのか？」

「知らん。ここで出すなよ」

おーけいと言って林はペットボトルの蓋《ふた》を外し、器具なしで装着すると、再度物理準備室を出て行った。しばらくし、さっきより鋭《するど》い女子生徒の悲鳴が響き渡る。

「……普通に犯罪ですよね、あれ」

「ペニスケースは民族文化だ。言い逃れはできるべ」

「いやマジで林先輩、計量大丈夫なんですか」

「大丈夫じゃね？　毎回毎回、なんだかんだで本番じゃ絞《しぼ》れてっから」

それよりもと川上はにやけ顔で続けた。精液で思い出したんだけども――

「彼女とは最近どうなん？　ほら、若月っつう」

「あれは彼女じゃないですよ。友人です。色んなとこで誤解されてますけど、精液から連想するような関係じゃ全然」

「そうか？　でも見た目は可愛いだろ」

「可愛い――」

のか？　高橋は特にそう思ったことはない。若月の姿を思い浮かべてみる。

おとなしくて小柄なら大抵のものは可愛く感じるだろう。しかし彼女の場合、外見より先に派手な行動が目についてしまうのだ。よくよく思い出そうとしても、パーツのひとつひとつが小さく整った顔立ちよりも、殴られ鼻を腫らしている姿が、小柄で痩せた躰つきよりも、それを着膨れさせている各種道具を仕込んだ制服が出てきてしまう。

時折見せる同い年の女子らしい喋りも、滔々《とうとう》と語られ、成立しているのかどうかも怪しげな推理に比べると、どうにも印象が薄かった。

それを置いておいて外見しか見ないのなら――

「まあ、可愛いですね」

「彼女にしちゃえよ。友人ってことは、向こうも憎からず思ってるわけだろ」

「そんな気にならないですよ。多分、おたがいに。あいつはあいつでやりたいことを持っているし、俺だって今はボクシングに集中したいんで」

「ボクシングねえ……」

意味ありげに呟く先輩に、何かと高橋は尋ねる。

「まあ俺とか林はあんま真剣じゃねえよ。ボクサーって自負もない。けどよ高橋、お前も実のとこ大概《たいがい》じゃね？」

「どういうことすか」

「本気でボクシングやりてえなら遠海西《ウチ》なんて選ばねーべ。リングどころかサンドバッグもない。毎年部費は縄跳び新調して終わり。大会会場までの電車賃も自腹、走り込みのほかはバスケ部からくすねてきたボールで腹筋叩くくらいしかやることもねえ」

「それは——知ってるでしょう。俺がボクシング始めたのは入学してからだって」

「知ってっけど、それならそれでジム通いとかすりゃいいんだ」

それも何度も勧められていたことだった。

「……あんま親の金を遣いたくないんですよ」

「判るけどな、逆に言やあその程度ってことでもあるだろ。いや、責めてるわけじゃないぜ。何度も言うけど、俺なんかいい加減だからよ。——ただなんつうか、もったいないと思うこともあんのさ。せっかく才能あんのに」

「大したことないですよ。才能ってのは、それこそ野崎みたいなのを言うんだと思います」

「まああれと比べちまうと厳しいかもしれんが、それでもやりようによっちゃ勝てないこともねーべ。試合見てっとたまにそう思うぞ」

「やりようっていうのは……」

「高橋、怒るなよ?」

何がですかと問い返すと、唇を尖らせて川上は続けた。

「お前の試合、野崎戦じゃなくても、見てると、あぁ高橋流しにかかったなって思う時がちょくちょくあんのよ。ツメりゃ即決められるはずなのに、いきなりリズム崩して相手のパンチもらっちまったり、フットワークをやめちまったり」

高橋は困ったような顔をしてみせた。極力表情をごまかそうとしてだ。内心では、見られているなと思う。これだから油断ならないのだと。

川上の見立ては正しかった。

ボクシングは躰を鍛えるためにやっていた。決して勝つためではない。だから試合も、本気でこちらを倒しに来る相手を倒す練習だと考えていた。普段のトレーニングでは得られない経験だ。人を殺す時、どれだけ役立つか判らない。

だから高橋は時に、わざと余裕をなくした試合運びをすることがあった。

勝てるギリギリのラインを狙ってパンチをもらってみたり、足捌《あしさば》きに自分で制限を設けて勝負してみたり。もちろん相手の技量を見切った上でやるわけだが、傍からは手を抜いたように見えてしまうかもしれなかった。

「……スタミナ切れですよ。いつもペース配分考えず飛ばしちゃうんで」

「あんだけ走り込んでるくせに、二分3ラウンドが保たないってのはおかしかねーか？」

課題ですと応えたが、川上は明らかに納得していなかった。別によ、と言う。

「ボクシングじゃなくたっていいのさ。ほかに真剣になれるものがあんならそっち行けばな。真剣にはなれる人間だろお前。それが色恋だっていいと思うぜ」

「いや本当に、ボクシングだけですよ俺は」

半分は本音だった。少なくとも野崎戦は常に全力でぶつかっている。正確には、全力でぶつからざるを得ない。相手の動きに対応し、思い浮かぶ戦術を試すだけで手一杯なのだ。ラウンドはいつもあっという間にすぎる。それでもやはり勝ちたいという気持ちはそう湧《わ》いてこないのだが——今はそれでいいとも考えていた。

まだ始めて一年目、大会は来年も再来年もあると。

今は他人を、若月を殺すことに頭を回しておきたい。高校生のうちに成すと決めた目標をまず片づけてしまいたい。ボクシングに真剣になるのはそのあとでいい。

川上はため息を吐いた。まあいいやと言う。

「選抜は今までと違って1ラウンド三分だかんな。気ぃつけろよ」

「はい。——走ってきます」

高橋は物理準備室を出て昇降口へ向かう。トイレの脇を通った時、手を洗っている林と出くわした。腰にタオルを巻いており、さっきより露出度は下がっているが、ペットボトルは装着したままなのでとんでもなく見栄っ張りな外見になってしまっている。

「おう高橋、ランニングか」

「そうですけど……ペットボトル外したらどうすか。みっともないですよ」

「お前は格好つけすぎだけどな！」

「え？」

振り返り、だははと林は笑う。そして続けた。

「今くらい素直に生きようぜ。歳喰えば厭でも嘘吐きまくるんだからよ！」

言われる心当たりがありすぎ、高橋は何も答えられなかった。殺人計画を見抜かれているとは思わない。一般論として言われているだけだろう。しかし、それでも。

なんだか今日はやけに先輩たちに諭《さと》される。

「彼女がいるなら性欲爆発でもいいんじゃねーのかな！」

「……川上先輩にも言われましたけど、若月のこと言ってるんなら誤解すよ」

「誤解されてーなー高橋、俺もよー」

わっはっはと笑いながら濡れた手を振り振り、林は物理準備室のほうへ歩み去った。

なんだかなと思う。クラスの友人たちには比較的若月との関係は正確に伝わっていたが、学年が違うと誤解を解くのも時間がかかるということか。

大体と高橋は指折り数えてみる。前回あいつと会ったのは告白の踊り場の一件だ。ということはもう二週間以上顔を合わせていない。

……二週間以上？　高橋は改めてそのことに気づき、首を傾げた。

クラスが違うのだから会わないのが自然である。けれど知り合ってからは毎日のように話していた。大抵は、向こうが何かしら面倒事に首を突っ込んでおり、それに付き合わされるという格好で。それがここしばらくなくなっている。

もしも面倒事を抱えているなら付き合わされるはずだ。つまり若月は、名探偵にふさわしいと思える事件に現在、出会えていないのだろう。

それも見るに堪えない景色だな——わりと本音で高橋は思う。

行動しない人間が出会いのなさを悔《く》やんでいるなら自業自得と思うだけだ。けれど若月がそうでないことを彼は知っていた。バカげていると見られがちな夢に見合う愚かさを備え、一心に行動する姿を見てきたのだ。だから観念的なことも考えてしまう。

あいつを殺害対象に選んだことは、あいつに見合ったことなのかもしれない。

殺してやろう——そんな思い上がったことは思わない。それでも、自分の命が狙われることを、若月という人格は拒絶しないだろう。歓迎さえするかもしれない。できればもっとフェアに行いたいとも思う。けれどそんな感傷で計画を危《あや》うくする気はなかった。やる時は一瞬。なるべく短く、苦しませないことが成功にも繋がるのだから。

殺人の準備も徐々に整いつつあった。

できれば週末の新人戦までにけりをつけたいと高橋は考えている。それまでに若月を始末できればすっきりした気持ちでリングに臨めると。

なのに最近会わない。その姿も見かけない。まあ――

「殺されてなきゃいいさ」

そう呟く。気取りが半分、本音がもう半分だった。

そのせいか、昇降口を出て裏門へ向かう途中で若月の姿を見つけた時、彼は思いのほかほっとしている自分に少し驚いた。

彼女はグラウンドでジャージにビブス姿の生徒と話していた。陸上部が使っている一画だ。ジャージ姿の群の中、ひとりだけ制服なのでよく目立つ。

若月は陸上部だったのか？　高橋は考える。運動が不得意には見えないからそうであっても不思議はないが、それなら制服姿というのは解《げ》せない。マネージャーでもジャージには着替えるだろう。見たところ何かを交渉しているふうだ。

しばらくして陸上部員数人がコースのスタートラインに立った。タイムを計る準備が整ったのか、ゴールラインに立つ部員が手を挙げている。

若月はスタートラインの横で部員から何かを受け取り、それを天に掲げた。

スターターピストルだ。

そういえばと高橋は思い出す。最近、放課後によく音が鳴っていたな。

大会が近くなればどの部も本格的な練習に切り替える。文化部にとって吹奏楽部の演奏がそうであるように、グラウンドを使う運動部にとって、陸上部の鳴らすスターターピストルの音はひとつの風物詩になっていた。

よーいという若月の声が聞こえ、立ちのぼる煙に遅れて火薬の爆《は》ぜる音が届く。

走りは真剣そのものだ。とりわけ短距離を全力で走る姿は人を惹きつけるものがある。なぜだろう――高橋が考えていると、若月は用件が済んだのか、部員にスターターピストルを手渡し、俯きながらこちらに向かって歩いてきた。

近くまで来ても、考えごとをしているらしく高橋に気づく様子がない。

「よお」

声をかけると彼女は一瞬見当違いな方向を向いて、やっと彼に気づいた。だが反応が鈍い。見つかって困ったような、喜んでいるような、複雑な表情だった。

「何？　和也君」

「いやそりゃこっちのセリフ。――陸上部に入ったのか」

「あたしが？　まさか。あたしみたいなのは部活に入ってる暇ないよ」

「今、スターターやってたじゃないか」

あれはと言い、少しだけ若月はためらった。それから視線を逸らし、うんまあと続ける。

「銃声を聞きたかったから」

「銃声？」

「陸上部が使うスターターピストルって、双発式って言って、二発火薬を鳴らすんだよ。引き金の引き具合で二つある撃鉄がずれて落ちるから、音もずれて鳴る、パパン、ってね。ちなみに水泳部もスターターピストルを使ってたけど、あっちは電子式。引き金を引くとスピーカーから音が鳴るんだ。水場で使うから、火薬だと湿気《しけ》ちゃうんだろうね」

「……それが？」

「知りたかったんだ」

「なんで」

「……ちょっとね」

「またなんか探ってんのか」

「そんなとこ」

若月は話したくないようだった。それなら無理に聞き出すことでもない。じゃあと手を挙げて高橋が行こうとすると、週末、大会なんだよねと彼女は尋ねてきた。

「ああ。次の日曜と、その次の土曜日曜だ」

「――で、勝てそう？」

「組み合わせによってはいくつか。優勝は無理だ。絶対に勝てないのがひとりいる」

「絶対に勝てないとか、ボクシングであるの？」

「あるさ。格闘技なんだから」

そういうもんかと呟いて若月は頷く。まあ頑張ってよと続けた。

「応援してるから」

「……へえ」

「何その反応」

「いや、そういうこと言われたのは初めてのような気がする」

勝てよとか負けるなといったことなら普段から言われていたが、応援してる、とは。

実際言われてみると、他人事のような響きに苛立《いらだ》つのが半分、力が湧いてくる気がするのが半分だった。あっそうとふてくされたように若月は言う。

「あたしは一回も言われたことないけど」

「言われたいのか？」

「べっつにー」

「——頑張れとか言うには本気すぎるからな、若月は」

彼女は俯いて上目遣いになり、それからまた目を伏《ふ》せて言った。

「まるで自分はボクシングに真剣じゃないって言ってるみたいだけど」

「いや、ただ、若月には負けるってだけさ」

彼女は答えない。どこか不自然なものを感じ、大丈夫かと高橋は尋ねる。

「また何かに手間取ってるようなら」

「いや、大丈夫。じゃあ」

そう言うと若月は小走りに去っていった。

やはり何かおかしいと思う。ただ、考えて判るようなことでもない気がした。疑問を解消したいなら同じように動かないといけないのだろう。だが今は他人に気を取られている場合でもない。高橋にはやらなければならないことがあった。

◆

雑木林と呼ぶのをためらうほど鬱蒼《うつそう》とした景色だ。ところどころ竹藪《たけやぶ》も見える。その中を、高橋は方向感覚を頼りに進んでいた。今は木漏《こも》れ日《び》でうっすら明るく、藪の中でたどるべき獣道の所在も判るが、いつもそうとは限らない。日が暮れたあと、灯りもなしに進まなければならないことがあるかもしれない。

植生の雰囲気を覚えて大体の方角を意識していれば、大筋で間違うこともないだろう。そう広い林ではないのだ。ゆるやかな傾斜の中で草木が密度濃く茂っているため先は見通せないが、地形図と方位磁針が手放せないような深さはない。

やがて横方向に広がるフェンスが前方に現れ、そこからぐっと視界は開けていた。吏塚高校の敷地である。フェンスの向こうに人気はない。

フェンス上部には有刺鉄線が張り巡らせてあった。プライヤーでもあれば切れるが、それだと目立ちすぎる。そう考えた高橋は、一ヶ所だけフェンス下部を掘って潜《くぐ》れるようにしておいた。そこを抜けると、グラウンドの隅にある部室棟の裏手に出る。

敷地全体を俯瞰《ふかん》すれば、校門から校舎を挟みほぼ反対側だ。高橋は舗装道を通らず林を突っ切って上ってきたのだった。このルートなら正面から侵入するより人目につかない。

舗装道から外れる時だけ気をつける必要があったが、林は丘の裾まで広がっている。見られたとしても、丘の上の吏塚高校とは繋げにくいはずだった。

高橋は部室棟の裏手に並ぶ窓のひとつに手を伸ばし、そっと縁を押さえながら横に力を加えた。窓が音もなく開く。あらかじめ潤滑油《CRC》を差しておいたおかげだ。

桟《さん》に手を支《か》い躰を持ち上げ忍び込むと、土埃《つちぼこり》が舞い上がった。

広さは十畳ほど。がらんとしており、表に貼られたサッカー部という表示だけが往時の名残《なごり》だ。備えつけの棚《たな》には今、少しずつ高橋が持ち込んだ道具が並んでいる。

若月とともに吏塚高校に忍び込んでから以後、彼はランニングの合間に吏塚高校を探っていた。まずは斜面の林を抜けて裏から侵入するルートを開拓し、それから敷地内で作業場にできそうな場所を探したのである。

若月との探検で校舎は無理と判っていた。しかしほかの建物はどうか。

体育館、武道館、プール脇の脱衣場などはきちんと施錠されていた。一見して校舎のようなセンサーはなく、ドアの造りも頑丈そうではなかったから、その気になれば破れただろう。だが強引な手を使えば痕跡を残してしまう。

そこで次に目をつけたのが部室棟だった。

さまざまな運動部が使っていただろう二階建ての建物は、生徒たちの荒っぽい使い方を想定して建てられたのか、鉄骨剝《む》きだしの大雑把な造りで、ところどころガタが来ており、それらをその都度無計画に改修したせいで、色々な粗《あら》がそこかしこに窺えた。

サッカー部部室の入口がダイヤル錠で施錠されていたのも、その粗のひとつだった。

ダイヤル錠は四桁で、番号を000から順に試していくと、三十分とかからず開けることができた。あとは中から窓のクレセント錠を開け、ダイヤル錠を元どおり施錠するだけで、いくらでも窓から侵入し放題になったのである。

調べてみると、そこは絶好の場所だった。

入口の引き戸にはワイヤーの入った磨りガラスが嵌め込まれており、外から中の様子は容易に判らない。天井には蛍光灯があり、壁にコンセントもあったが、電気は来ていなかった。しかし音を出す電動工具など元から使うつもりはなかったし、電気が来ていないということは、センサーの監視もないということだった。むしろ好都合である。

そういうわけで高橋はそこを作業場に定め、道具を揃えていったのだ。

ランニングの最中や下校時に立ち寄って少しずつ運び込んだのは、ガムテープ、ビニルシート、ビニル袋、バケツ、洗剤、スポンジ、ウエス、筆記具、ペンチ、包丁、ハンマー、ライター、着火剤、木炭、ナイフ、ドライバー、折りたたみ鋸《のこ》とその替え刃、麻紐、スコップ、万力、ハサミなどなど――思いついたものは洗いざらいだ。人体の解体処理など未経験で、何が本当に必要か想定しきれなかったせいでもある。

それがようやく一段落ついたところだった。

解体処理の準備は整った。水道が使えないのは残念だが、廃墟同然の場所を利用する以上、そのあたりは高望みと割りきるしかない。

屍体はここで解体し、裏の林にばらまく。そうすれば分解も早いだろう。林では鳥獣の屍体もちらほら見ていた。細菌と虫以外にも食い荒らしてくれるものたちがいるのだ。肝心なのは人体と悟られないほど細かく分けること。あとはゆっくり作業すればいい。そのための作業場、そのための練習なのだから。

高橋はジャージのポケットから小振りの砥石《といし》を取り出して棚に置いた。問題は——

「殺しをどこでやるか」

吏塚高校の敷地内で、とは決めていた。ここなら一緒に忍び込んだことがあり、若月を呼び出す理由をでっちあげるのも簡単だ。廃校吏塚の亡霊の正体が判った——そんなことを言えばついてくるだろう。そうしてどこへ誘導するべきか。

いちばんいいのはこの作業場だろう。屍体を運ぶ手間が省《はぶ》けるからだ。

しかし亡霊を餌《えさ》に誘《おび》き寄せるとしても、俺のほうからあいつを呼び出すのはうまくない。警戒されてしまうかもしれない。できれば向こうから呼び出されたい。

若月のほうから吏塚高校へアプローチするよう仕向けるのだ。

謎を調べている時、あいつは常識を平気で飛び越える。だがそうして知り得たことを広く報せようとはしない。事件の解決後、律儀に音声データを消していた彼女の姿を高橋は思う。クラスに友人も少ないと察せられるその言動とともに。

あいつには、調査中の謎について話せる相手がきっとほかにいない。

つまり謎解きの最中なら秘密裡《ひみつり》にここへ来させることができるだろう。そうなれば、殺せたあとの展開が楽になる。計画が成功すれば若月は世間的には行方不明となるが、その時、彼女が最後に会った人間として認識されずに済むかもしれない。

自分だけが彼女の謎解きに付き合わされているという意識が高橋にはある。そこからの発想だった。ボクシング様々だと思う。若月が俺を特別視したのはそのせいだろう。初対面の時からこっちのことを知っていたくらいだ。

では、具体的にどうやって若月を誘き寄せるか。

廃校吏塚の亡霊は幻想。すでに彼女はそうした理解に及んでいた。もう一度意識を向けさせるのは難しい。それとなくな誘導では弱いだろう。

ほかとの絡みで調整すべきだ。謎が涸《か》れれば、弱い誘導にも乗るかもしれない。

だが今現在、若月は何かに取り組んでいるふうだった。さしあたって真剣になれる謎をまたどこかで見つけたのだろう。

まずは、そちらを片づけなければならない。

◆

「見えない爆竹のことか？　それ」

翌日の昼休み、昼食中の話のネタとして、銃声に関する噂を聞いたことがないかと高橋が話を振ると、近藤は訳知り顔でそう言った。

「カズお前、あんなことに興味があるのか」

「あんなことって、よく知らないんだけどな」

「怪談話さ。西高七不思議のひとつだよ」

「七不思議？　そんなもんがあるのか」

「いやない」

「ない？」

「あるのかもしれないが俺は知らない。今のは嘘だ。ちょっと盛ってみた」

「……見えない爆竹云々も嘘か？」

それは本当だと言い、なあデブと傍らでＰＳＰを操作する佐々木に尋ねた。本当かって言われるとどうにも答えようがないなあと肥満体の友人は応じる。

「でも聞いたことはあるねえ」

「だろ？　――な、カズ、本当だったろ」

「いや、お前が嘘を吐かなければ最初から疑わなかったんだが。……どういう噂なんだ」

「爆竹みたいな破裂音が鳴るんだってよ。誰も何もしてないのに」

「どこで」

「どっかで。いや冗談じゃなく、場所が判ってたら怪談話にならないだろ。原因不明で、けれど破裂音が聞こえるとこが肝らしい」

「原因不明の破裂音なんて聞いた覚えないんだが、近藤はあるのか」

いやあと友人は頭を振り、天井を眺めた。そういやないなと言う。あるじゃんと横から言ったのは佐々木だ。朝方早く来ると聞こえるよと。

「どこでよ」

「グラウンド。パパンって。ここ最近だけれど——」

「それは陸上部の朝練だろう。スタートの合図じゃないか」

「きっとそうだね。近所迷惑だよなあっていつも思うんだけど」

若月が探っていたのはその見えない爆竹の噂で間違いないと高橋は思う。陸上部のスターターピストルを撃たせてもらっていたくらいだ。

考え込む友人の表情で察したのか、ははーんと近藤は目を細めた。

「さては若月絡みで、また変なことに首突っ込んでんのか」

「いや」

「遠慮するなって。認めてしまえば楽になるぞ」

「ここ最近はろくに話してもいない。避けられてるみたいでな」

ほう！　と満面の笑みで近藤は応じた。あれか、喧嘩でもしたのか。

「……物凄く嬉しそうだな」

「そんなことはないよカズ。ただなんと言うべきか。いや俺はずっとお前のことを信じていたよ。信じてはいたがしかし、小人《しょうじん》のこれは切なさだろうね。人の弱さというものを常に案じてしまうものなのだよ」

「言ってる意味がさっぱりなんだが」

さすがに見苦しいよと佐々木が口を挟む。自分でも気づいたのか、ごまかすように近藤は顔面をごしごしこすり、そうだと呟いた。

「カズ、そんなに気落ちするな。きっと若月は生理なんだよ」

「……あれって二週間も続くのか？」

「いや知らんが」

近藤は真顔で、どうなんだそこんとこデブと佐々木に振った。佐々木は、ググりなよコンドーム性教育でも大事なとこじゃないかコンドームと応じる。

ひどい会話だと高橋は思った。

というか二週間も話してないのか、と近藤は我に返ったように言う。

「言ったろ、避けられてるんだ」

「……あぁそうか、なるほど」

「何がなるほどだ」

「それはあれだよカズ。おんなごころだ。判らないか？」

「だから何が」

「お前の大会が近いことを知って、邪魔しないようにしてるのさ！」

近藤は決め顔で静止する。どやぁ、と横で佐々木が効果音を呟いた。無言でその頭を近藤が叩き、首筋を覆《おお》う脂肪が震えるところまでがおきまりの流れだった。

な？　と友人から同意を求められても、そうなのか？　と高橋は返すほかない。

確かに昨日会った時、若月は大会が近いことを確認してきた。

けれどあいつがそんな気の遣い方をするだろうか。若月は悪人ではない。夢のために自分を犠牲にはしても、他人を犠牲にしようとは考えないだろう。そこは自分と違う。

ただその一方で、他人を気にして行動を控える心の持ち主でもない。そうであればもう少し空気を読んで動くはず。最初から思いもしないのか、あえて考えないようにしているのか、ともかく若月は自分がどう思われるかを考慮しないのだ。

なんだよ不満かと近藤は言う。

「……いや、若月はそんなキャラじゃないように思うんだが」

「キャラじゃないことを不意にするから萌《も》えるんじゃないか。なあデブ？」

「そうだね。ちょっと判りやすすぎる気がするけれど」

俺もそう思うと高橋が同意すると、疑うな、と近藤は力強く続けた。

「信じろカズ。若月はお前のことを想っている。俺には判る！」

友人は腕組みをし、自分の言葉に繰り返し頷いてみせた。

まあいいさと高橋は流した。それよりもだ。

「教えて欲しいのは見えない爆竹のほうさ。それは有名な噂なのか」

「そこそこ有名だろ。そういう話、ボクシング部でしたりしないか？」

「聞いたことない」

「そうか。ボクシング部は特殊だからな。いい意味で、もちろんいい意味でだぜ」

判ってると応え、二人の先輩の顔を高橋は思い浮かべる。色恋沙汰ならともかく、学内の不思議な噂に興味を持つような人たちではない。

噂話に関連し、告白の踊り場のことを思い出しながら尋ねた。

「その噂は昔からあるのか？　それとも最近になって出てきたのか」

「昔からあるんじゃね？　俺が聞いたのは入学してすぐのころだし、教えてくれた二年生も、自分はその音を聞いたことはないって言ってたけど」

出くわしたことがないのに噂を知っているというのは、どういうことだろう。

告白の踊り場は生徒に損得が絡む噂だった。噂自体に知っておく利益があるものだ。だから広く知られていたのだろう。

けれど見えない爆竹は違う。怪談としてあまり怖くなく、知っておく利益もない。

そんな噂が広まったのは、きっと実際に出くわした生徒がいたからだろう。つまりそれなりの歴史があり、実際に音が聞こえたところがあったわけだ。そうでないと噂にならないし、伝えられない。聞いた者がいなければ――

……聞いた者？

「近藤はその見えない爆竹の音、聞いたことないんだよな」

「ない」

「佐々木もないんだな？」

「ないねえ。……放課後にしか現れないとかじゃない？　ほら、僕もコンドームも帰宅部だからとっとと帰っちゃうし」

「いや、それなら俺は聞いたことがあるはずだ」

高橋もないのと佐々木に問われ、ないと答えかけ、いやと思う。

「爆竹がどっかで鳴ってるなと思ったことはない。不思議に思ったことはないというか、火薬が鳴るのは不自然でもないからな」

スターターピストルのことを思い出す。

火薬の鳴る音が放課後に聞こえれば、きっとスターターピストルだと考えて不思議に思わない。ほとんどの生徒がそうだろう。だからその現象が不思議なものとして成立するのは、陸上部が本格的な練習をしていない時期に限られるはず。

今はその時期ではない。それなのに若月は動いている。

確かあいつは双発式がどうこう……音の鳴り方を気にしていた。もしかしてそれは、陸上部が練習している時も見えない爆竹の音を聞き分けるためなのか。

……待てよ。何かおかしい。

「どうしたカズ、急に黙り込んで」

「いや、ちょっと便所」

高橋は立ち上がった。思考が走り出しそうで、足踏みをしていた。頭だけで推理するのは苦手だと思う。答を知るのにもっと単純で効果的な手がある時は特にそうだ。

判らなければ直接聞けばいいんだ。若月に。

廊下を小走りに駆け、高橋はC組へ向かった。

入口から教室内を窺って彼女の姿を探す。席の半分ほどが埋まっていた。ほかの生徒は早々に昼食を済ませ、遊びに行ってしまったのだろう。

若月の姿はない。

代わりに視線が合ったのは、清水だった。

おとなしげな雰囲気の彼女は友人たちのお喋りを聞きながら昼食をとっていたが、高橋を見つけると目を伏せた。友人たちがそんな清水に気づいてこちらに目を向けてくる。そして彼を見つけると、俯く清水の肩に手を乗せて何か囁いた。

面倒なことになりそうな気がした。

とにかく若月はいない。そう思って高橋が踵《きびす》を返そうとすると、すっと清水が立ち上がった。友人たちが感嘆の声をあげる。

とたとたと彼女はこちらに近づいてきて、こんにちはと目を見て挨拶した。高橋はあぁと応える。話題がないので黙っていると、尋ねられた。

「何か私たちのクラスに御用が？」

「若月は今日来てないのか」

えっと呟いて、清水はクラスに目を向ける。追って高橋もそちらを見た。清水の友人たちが彼女に向けて握り拳を見せつけている。ガッツポーズのようだ。

「午前中はいたんですけど……」

「いないならいいんだ。大した用事があったわけじゃ」

ないと言おうとし、ごめんなさいと清水に謝られた。そして、ちょっといいですかと廊下に出て窓際まで引っ張られる。友人たちの目を気にしての行動らしい。

そこでもう一度ごめんなさいと言って、彼女は続けた。

「若月さん、クラスでちょっとその……浮いてて、昼休みとか、あんまり教室にはいないんです。すぐどっか行っちゃうみたいで――」

「……清水は委員長なのか」

「え？　いえ、クラスでは美化委員ですけど」

「なら謝るようなことじゃない。……いや、委員長だったとしても若月はあんな性格だ。クラスで浮いてるのは自業自得だろ」

「でも――」

邪魔したなと言って立ち去ろうとした高橋は、制服の袖を清水に摑まれた。思いがけない引き留めだ。振り向くと、彼女はそれでも何か言い出しかねる表情でいた。

どうしたと促すと、やっとひとつ頷いて口を開いた。

「……さっきはああ言いましたけど、私、昼休みに出ていく若月さんを見てたんです」

そこでまた口ごもる。まさか、一緒に昼食をとろうと誘わなかったことを気に病んでいるんだろうか。そんな思い上がりには付き合えないと思う。

だが清水の言葉は彼の予想を裏切るものだった。陰口《かげぐち》になってしまうかもしれないんですと前置きし、こう続けたのだ。

「若月さん、教室を出る時――バッグの中から何かを取りだして、それをスカートの腰のところ、ちょうど服の裾で隠れるところに差してったんです」

「そうか。何を差してたかは見えなかったか?」

「見えたんですけど……見間違いかもしれないし、もしそうだとしたら、私、若月さんのことを内心でどんなふうに感じてるんだろうって思って、自分のことが怖くなってしまって、だから忘れようとしたんですけど――」

「何に見えたんだ」

「折りたたみの、そのう……ノコギリみたいだったんです」

◆

折りたたみ鋸の用途は限られる。

対象は主に木材やプラスチックだ。人体にも使えないことはないだろう。携帯性と刃の取り替えやすさから、高橋も折りたたみ鋸を一本作業場に用意している。清水の話を聞いてから午後の授業のあいだ、頭を占めていたのはそのことだった。まさかという疑いが拭えない。若月も、人体を切断しようとしていたりするのか。

根拠はない。隠しごとをしている後ろめたさから来る邪推《じゃすい》だ。判っていてなおそうした空想に囚《とら》われてしまうのは、最悪の景色から目を逸らしたいためでもあった。空想にはさらに先行するものがあったのである。

折りたたみ鋸が、若月が用意したものならいい。けれどもしそうでないとしたら。

あいつが持っていた折りたたみ鋸が、俺が用意したものだったとしたら。

作業場があいつに発見されてしまっていたとしたら。

「……最悪だ」

放課後、いつものコースを走りながら高橋は呟く。空想の景色は奇妙な現実感を伴っていた。若月の行動力を知っているからだ。

廃校に平然と忍び込むその性格と好奇心が、何かの拍子にあの部室棟へ向けられたのかもしれない。ひとたびそうなれば若月はあっさり忍び込むだろう。利便性から高橋は作業場の窓の錠を締めていない。行く手を遮るものは何もないのだ。

そこで、最近運び込まれたと思《おぼ》しき道具の数々を見つけた若月はどう考えるだろう。その部室だけ窓の錠が開いているのだ。建物の所有者ではない誰かがやったことだと読まないだろうか。その目的を察しようとしないだろうか。

置いてある道具ひとつひとつは物騒なものでもない。だが合わせて考えた時、彼女がどんな物語を思いつくか、高橋には想像できなかった。

ランニングコースを逸れて斜面の林を進む。焦りを行動で黙らせるように先を急いだ。

吏塚高校敷地のフェンスを潜り、部室棟の裏に到着したところで、彼はいったん息を整えた。周囲に人の気配がないか探る。——何も感じなかった。

作業場の窓の下へ進み、そっと中を覗く。

やはり誰もいない。

高橋は窓を開けて忍び込んだ。注意深くあたりを見回す。

変わった様子はなかった。折りたたみ鋸は棚にあり、使われた形跡もない。

やっぱり考えすぎだ。こめかみをひとつ叩き、高橋は窓から外に出た。そして閉めようとしてふと思いつき、葉っぱを一枚拾って窓と窓枠のあいだに挟んでおく。自分以外の誰かが窓を開け閉めすればそれと判るように。

フェンスを潜り、林を抜けて、ランニングコースへ戻りながら足取りは軽くなっていた。ひとつ懸念が晴れたのだ。けれど西高が近づくにつれ、別の懸念が湧いてくる。

若月はなぜ折りたたみ鋸を持っていたのか。ものがものだ。学内で使うとは思えない。何かを切断するか、破壊するために使うんだろうが——

あるいは清水が案じていたとおり、別の何かの見間違いだろうか。

判らないものの、最悪の可能性は否定できたので心に余裕があった。そのおかげで、裏門から昇降口までを歩くあいだに、高橋は気づけたのだった。

陸上部が鳴らすスターターピストルの音に紛れ、別の破裂音が響いていることに。

最初は気のせいかと思った。だからグラウンドを見た。

陸上部がスターターピストルを鳴らしている。距離があるので、音は銃から立ちのぼる煙よりも遅れて聞こえる。ゴールでタイムを計測する係は、だから音ではなく煙を見てストップウォッチを押すと聞いたことがあった。

煙と音はずれているのが普通。

そのせいで、そこに別の破裂音が紛れ込んでも不自然に感じないのだ。

事実、彼以外に不審を感じて足を止める者はいない。けれど——

高橋は耳を澄ます。やはり音はスターターピストルの煙とまったく関係ないタイミングで鳴っていた。音の質も違っている。陸上部のスターターピストルは双発式、つまり二つの音が続けて鳴っていたが、不審な音のほうは単発なのだ。そのせいだろう。陸上部員たちも、タイミングを惑わされたりしてはいないようだった。

しばらく高橋は耳を傾け、不審な音に規則性を見出そうとした。

だが見えてこない。音は数秒おきに連続することもあれば、一分以上間が空いたりもする。音量も大きかったり小さかったり、微妙に一定していない。

若月の言葉を思い出す。水泳部が使っているスターターピストルは電子音が鳴るものだったと。それ以外に言及しなかったということは、ほかにスターターピストルを使う部活はないのだろう。少なくとも彼女はそう考えている。

音の正体がなんであれ、鳴っているのは屋外だ。校舎内ではない。

そう考え高橋はあちこちを巡ってみた。

だが不思議なことに、その不審な音は移動してみても聞こえ方があまり変わらないのだ。そのせいで発信源が特定しづらい。そもそも破裂音は方角が判りづらいものだ。鳴っているのが一ヶ所であることは間違いないようだが──

十分ほどもさまよっただろうか。途方に暮れて高橋は空を見た。

その目に一筋、流れる白いもやのようなものが映った。

薄い煙だ。目を凝《こ》らさなければ雲に紛れてしまうほどの。

それは第三棟の屋上から立ちのぼっているようだった。

「……あ」

高橋は走り出した。そうかと思う。発信源が屋上なら、破裂音は上から降ってくることになる。けれど人の耳は左右にある。位置が判りづらいのも当然だ。

そして屋上は普段閉鎖されており、生徒や教師の意識の外にある空間だった。今や、かつて手芸裁縫部の先輩たちが気球を飛ばした時以上に顧《かえり》みられることがない。

鳴らす目的、鳴らす者の正体、そうしたことは一切判らない。

けれど第三棟へ入り、階段を駆け上がって屋上を目指すことに疑問はなかった。

また校舎に入って新たに判ったこともあった。その音は、校舎内にいると響き方がこもり、いよいよ陸上部のスターターピストルと区別が付かなくなるのだ。校舎内からでは、そもそも不審だと思いづらい仕組みになっている。

最後の数段――告白の踊り場から屋上へ続く階段を上がりながら高橋は思う。

屋上へ出るドアは開いているのか？

もしそこで後ろ暗いことが行われていれば、それをしている誰かは屋上側からドアを施錠しているだろう。閉まっていたらどうする。俺にはピッキングなんてできない。

いや、その時はそれこそ若月に言えばいいのだ。あとは探偵の仕事だと。

それこそあいつの望みだろうし、こっちの利害とも一致する。若月を誘導し殺すため、今抱えている案件を解決させること。それが俺の目的だ。

頷いて高橋は屋上へ続くドアに手をかける。ノブを摑み、捻った。

あっさりドアは開いた。開けた瞬間に一際大きな破裂音が正面から聞こえ、あわてて高橋は屋上に出た。ドアを閉めてそちらを見やる。

天へ昇る煙の発生源が、前方五メートルほどのところに置かれていた。

膝の高さくらいまでしかないドラム缶だ。

側面の文字を読むと、塗料の下塗り剤《プライマー》が入っていたものらしい。空になったその中で何かが燃えていた。緑色をした棒状のものが何本も突き出て、陽炎に揺れている。火搔き棒の用をなすものかと思ったが、それにしては数が多い。

パン、と大きな音が鳴った。やはりドラム缶から聞こえてくる。

高橋はなかなか一歩が踏み出せなかった。理由のひとつに、そのドラム缶のそばに誰の姿もないことがあった。

不審なのだ。何もかも。

自分こそここに誘き寄せられたんじゃないだろうか。そんな疑いまで浮かんでくる。

それでも意を決し近づいた。ドラム缶のそばに小振りなバケツがある。中身は水のようだ。消火用だろうか。さらに近づくと、徐々にドラム缶の中が見えてくる。

そこから突き出た緑色で棒状のもの――

「……竹か」

手で握れるくらいの細さの竹を、五十センチほどに切り揃えたものだった。

それがドラム缶の中で火に焼かれている。煙は出ているものの、水気があるせいか、盛大に燃えているという感じではない。

その時、また大きな破裂音が鳴り、竹が揺れた。

火薬ではない。竹そのものが破裂しているようだ。けれどなぜ――

高橋には解せなかった。どうして竹が爆ぜるのかも、ここでこんなものが用意されていることも、最も肝心な、誰がこれをやったのかも。

……誰がこれをやったか？

首を振った。それだけは明白だと思った。竹は鮮やかな緑色をしている。伐り口も乾いてはいない。ここにあるのは伐りたての竹なのだ。

そして竹を伐るには鋸が必要だろう。

「――和也君？」

不意打ちだった。とっさに高橋は振り返る。

自分が出てきたばかりの塔屋、その屋根に見慣れた姿があった。

屋根に上るための梯子などない。エアコンの室外機だろうか、すぐそばで唸りをあげている機械を足がかりに、軽やかに屋根から下りてきて若月は彼の前に立つ。

どうしてと尋ねようとした時、また竹が破裂し、ひゃっと彼女は声を上げた。

「慣れないな、やっぱ。——危ないんだよこれ、普通に」

喋りながら近くを通りすぎた時、高橋はその肩を摑んで引き留めた。若月の頰を見て目を細める。ボクサーの視力がそうさせたのだ。

そこに、筋状の擦《す》り傷《きず》と内出血らしい痕があった。

「顔、どうした」

「あー、ちょっと一撃喰っちゃって」

「誰にだ」

えっ、と驚いたような表情を見せると、違うよ勘違いしないでと若月は答えた。

「自爆だよこれは。——竹ってさ、伐る時に用心しないと危ないんだよ。こう自重でしなったところを伐ると、しなりが解放されて跳ね返ってくるんだ」

まあこの太さだからこれくらいで済んだんだけどとつけ加える。

自分が伐った竹を火にくべていることを隠そうともしない。彼女はそのまま水の入ったバケツを持ち上げ、そっと中身をドラム缶に注《そそ》ぐ。そして竹の一本を火搔き棒のように使って火が消えたことを確認しつつ、高橋に背中を向けたまま言う。

「で、和也君は犯人じゃないよね?」

「犯人? なんの」

「見えない爆竹」

「……見えないのは話のほうなんだが」

「知らないって言ったりしないでよ。見えない爆竹のこと。──それ知らないって言われたら、あたしはもう話ができないから」

声にはどこか切羽詰まった響きがあった。似合わない響きだと高橋は思う。弱々しい印象さえあったのだ。まるで背中を向けているのは火を消し止めるためではなく、顔を見せたくないからであるかのような。

「──知ってるさ。昼間近藤に教えてもらった。ランニングから戻ったらそれらしい音が聞こえてな。探したら煙が見えたから、来たんだよ」

「そんなことが気になるんだ」

「昨日、若月が気になることをしてたからな」

「あたし?」

「陸上部のスターターピストルがどうのこうのって言ってたろ。あれがなかったら、そもそもおかしな音が聞こえてることにも気づかなかった」

そうと若月は頷き、ごめんねと続けた。気を遣わせたみたいで。

「試合が近いって知ってたから、邪魔したくなかったんだけど」

「……なんなんだよその竹。火薬でも仕込んでるのか」

「何もないよ。ただ伐ってきただけ」

「けれど凄い音を立てて——」

そこでようやく若月は振り返った。予想に反し表情はいつもと変わりない。

少し笑って彼女は言う。竹って中が空洞じゃん。

「節ごとに分かれてて、閉じた空間になってる。だから水筒として使えたりするわけ。それを、穴を開けたりせずそのまま火にかけると、中の水分や空気が膨張して——なのに逃げ場がないもんだから、竹の強度を超えた時、ぱーんって弾けるんだよ」

「ただ火にかけるだけであんな音が出るのか」

「そう。『爆竹』のネーミングは、そもそもそこから来てるんだって」

高橋は首を横に振った。原理は判った。だが理由が判らなかった。

「どうしてそんなことをやったんだ」

「引っかけようとしたんだ」

「誰を」

「犯人を」

犯人——見えない爆竹を鳴らしていた誰かをか。

「スターターピストルの音と違うとはいえ、陸上部があれだけ音を鳴らしてる中で、注意しなくちゃ聞き分けられない音を気にしてしまう人がいるとしたら、音を鳴らしている犯人くらいでしょ。噂を知ってるってだけじゃそこまで気にしない。魅力ある語り方はされてないしね。犯人が悪戯でやってたとしても、別の目的でやってたとしても、そのまま聞きすごしたりせず、必ず音の元を探ろうとすると思った」

「で、罠を張ったってわけか」

「そう」

それにしては大がかりだと高橋は思う。屋上とはいえ校内で火を使うのだ。見つかればただでは済まない。そのことは、手芸裁縫部の一件で若月も判っているはずだった。

「実際、犯人はこの手口で音を立ててたのか？」

「判らない。あたしは見えない爆竹の音なんて聞いたことないんだ。犯人が本当にいたとしても、市販の爆竹を鳴らしたのかもしれないし、大きな風船を割ったのかもしれない。パーティ用のクラッカーって手もあるね」

だったらなぜと高橋は尋ねようとし、燃え残りの竹をビニル袋に移しつつ、汚れた手をじっと見つめる若月の、妙に鬼気迫る様子に遮られた。

もし犯人がいたとして、平和的に音を鳴らす手段はいくらでもあった。

もちろん、犯人を誘き寄せようと音を鳴らす若月にとっても。

けれど平和的なんて言葉に意味を見出さなければ——物語を追求し、大がかりな演出をこそ魅力に感じていれば、そのあたりの価値観は反転する。

「昨日からやってたんだけど、来たのは和也君だけだよ。でも和也君はこんな悪戯するほど暇じゃないよね。だからきっと犯人はもう西高にはいないんだ。まあ不思議でもない。それなりに歴史ある噂らしいし」

若月はまとめにかかっていた。

言葉は正当だと思いつつ、高橋は据わりの悪さを感じた。自分が付き合わされなかったことに加え、言葉にしにくい理屈がまだあるように思えてならなかった。

「最初に音を鳴らした犯人は、もう西高には残っていない……」

「そういうこと」

「……若月」

「うん？」

振り向く彼女は表情だけ見れば普段どおりだ。つまりこんなことにはよく出くわしているんだろう。だから高橋は自分の気づきを質すことができなかった。

古い噂だから、始めた誰かは西高にもういない。

そのとおりにせよ、それは行動する前から予想できていたはずだ。少なくとも、その確率が高いとは思っていただろう。なのに若月は動いた。

実際に自分で不審な音を聞いたのならその行動も判る。

だが若月は聞いたことがないと言った。そうした噂があるというだけで動くには、見えない爆竹という謎には魅力がなさすぎる、とも。

彼女を動かしたのは音の正体などではなく、それを鳴らす犯人の素性だったはずだ。罠を仕掛けたのも、犯人がいることを前提としたからこそ。

どうして犯人がいることを前提にしたのか。

見えない爆竹らしい音が鳴っている――誰かからそう聞いたからだ。探偵の依頼人かもしれない。そいつは確信をもって若月に伝えたんだろう。

恐らく陸上部の部員だ。陸上部がスターターピストルを鳴らしている季節、見えない爆竹が本当に鳴っていたら、最初に気づくのはスターターピストルを使う本人になる。そいつの話だからこそ、若月は信じたのだろう。

依頼は勘違いによるのか、悪意によるのか。

結果だけ見れば無駄足を踏んだ格好だ。顔に擦り傷を作り、校内で火を使う校則違反を犯し、得るものはなかったのだ。

けれどそのことからの気落ちだけでは、今の様子は説明できない。

恐らく若月は予想していたのだろう。依頼が空っぽなものであることを。

だから俺を巻き込まなかったのだ。無駄足に終わると判っていたから。

それでもなお、わずかでも事件に出くわす可能性があるなら動かず済ませることはできなかったのだ。今回は嘘でも、将来の依頼まで嘘とは限らないから。

謎に遇うためには人との繋がりが大事。

そこには悪意を持って近づいてくる者との関係も含まれる。それほどこいつは事件に――探偵にふさわしい事件に飢《う》えている。探偵としてありたがっている。

どうしてそこまでと高橋は言った。

「探偵になりたいんだ」

動きに無駄が多すぎる。見通しも暗い。実現は見込めず、見込めたら見込めたでより大変な景色に出くわすことになるだろう。顔面を殴られ、しなる竹に打たれるくらいじゃ済まないことに。もちろんどんなリスクだって、見合う理由があるなら負える。

高橋が殺人を選択肢に含められる人間になりたいと望むように。

その理由はきっと彼のそれに輪をかけて大事な、若月にとって人生の芯になるほど大切なことなのだ。簡単に教えてもらえるとは思わない。けれど——

「このままだと、なんだろう。若月、俺はお前を説得しそうなんだ」

「説得？」

「もうやめろって」

「……あっは」

「そんなことはしたくない。お前の情熱が嘘とも思えないし、それに」

「——あたしに自分を見てるわけ？」

高橋は言葉に詰まった。予想していない指摘だった。そうなのかと思う。

若月は子供のころ名探偵に会ったことがあると言った。そして目指すことにしたのだと。

俺にはない。佐藤誠と面識はない。

だからその人格は、彼について語られた言説を通じてしか知らない。きっと本人とは隔《へだ》たりのある、偏見に満ちた言葉を通じてしか。

それが判っているから、行動だけを評価したのだ。平然と他者を殺した殺人犯、そこにはより広い自由があったに違いないと。それが間違いだと思ったことはない。疑ったことさえない。ただ信じ、夢に向けて準備を進めてきたのだ。

実現の難度を言えば、名探偵のほうが困難だろう。

なのに若月に慎重さはなかった。思慮深さは随所に見てとれるが、それで補いきれない軽率さのほうが強く感じられた。

そんなことで夢が叶うのか。いやむしろ、そうでなければ叶わないのか。

高橋は判断を下せないでいる。下せば自分にも跳ね返ってきそうだからだった。慎重にことを運ぼうと気遣いながら、実のところ成否が問われるところまで一度も進んだことのない自分が、若月と裏表の関係にあるように思えたからかもしれない。

少なくともこいつは動いている。

効率が悪いように見えても、結果を嚙みしめている。

返答を迷う彼に、突然、若月は両手を合わせて頭を下げた。

「ごめん。そんなわけないいね」

「――あ?」

「和也君は結果を出してる。あたしと違ってね。卑下《ひげ》するわけじゃないけど、それを凄いとは思ってるよ。本当、マジでごめん。きっとあたし今、機嫌悪いんだ」

若月は疲れていた。予想していても、成果がなかったことは堪えるのだ。

今回のことばかりではないのかもしれない。高橋は想像する。

破裂音を響かせる手はほかにいくらでもあった。

それでも、ピッキングで侵入した誰もいない屋上、そこで竹を火にくべ、爆ぜる音を聞きながら若月は待つことを選んだ。犯人の不意を衝こうと、塔屋の屋根に身を潜めながらだ。待つあいだ、立ちのぼる煙でも眺めていたのだろう。

それ自体、気晴らしになる景色だったんじゃないか。

逆に言えば、そんなことがしたくなるくらい疲れていたんじゃないか。

長いあいだ抱いてきた夢、実現のための行動と、繰り返す失望。

萎《な》える瞬間がないはずはない。探偵が必要とされるような物語のない現実、一向に現れてくれない謎に苛立つことだってあるはずだ。

そう思い、高橋は尋ねた。今まで尋ねないようにしてきたことを。

「名探偵なんて、本当にいるのか？」

「疑う？」

「いや若月をじゃなく、その……なんというか……」

「この世にいるのかってことだね。いるんだよ。それは確か」

「なんて名前なんだ」

「月島凪《つきしまなぎ》」

つきしまなぎ。なぜだか高橋は、初めて聞いた名だという気がしなかった。

凄いんだよと夢見るような口振りで若月は言う。

「和也君は知らないだろうけどね、その筋だと結構有名な人でさ。前に話したの覚えてる？佐藤誠って殺人犯。彼が自首するきっかけを作ったのも彼女だって噂があるくらいでね。あたしはそれを信じてたりするんだけど」

それで高橋は思い出す。佐藤誠に関する噂にそんなものがあったなと。

屍体を残さず、ほとんどの殺人を完全犯罪として行ってきた殺人犯を捕捉したのは、警察ではなく民間の探偵――それも女性だったという。

「両手に何も持ってなくてさ。それでも頭の回転だけで目の前にあった謎を解いて、ありようとしてそれがごく自然だったんだ。格好良かったよ」

高橋は頷いた。多くの道具を持ちながら若月はサブバッグなど使おうとしない。制服の型崩れも厭《いと》わずポケットに詰め、躰に括りつけ、手ぶらでいようとする。

そこに目指す理想があるのだろう。

「――若月は、月島凪になりたいのか」

「なりたいっていうか、彼女がやってたようにやりたい。そんなとこ」

「そうか。それなら――」

やっぱり俺とお前は裏と表、いやむしろ天敵同士なんだな。

高橋は確信を深めた。こいつを殺そうと考えたことは間違いじゃなかったと。

であれば、もっと真剣に向き合わなくてはいけない。試合までに終わらせようなんて軽い気持ちで殺すべきじゃない。そんなふうに消化してしまっていい相手ではない。

言い換えるなら、綺麗に若月を殺して疑われなければ、それはこの上ない成功ということだ。これほどの練習相手は望めない。

「それなら、何？」

「動き続けるしかないな。うまくいかなくても」

「——厳しいなあ。さすがって言うべき？」

くたびれた笑いを漏らして若月はドラム缶の水を捨てると、それを右手に持ち、左手に燃え残りの竹を入れたビニル袋を提げ、彼の横を通りすぎていこうとする。

タイミングを盗むのは簡単だった。高橋は言った。

「ローコ」

「えっ？」

足を止めた若月の手からドラム缶とビニル袋を奪う。彼女は驚いた顔をしていた。まっすぐ視線を合わせて高橋は、手ぶらでいろよと言った。

「それが理想なんだろ」

「……でも、だって」

「それと、人手が要るなら言え。変に気ぃ遣うな」

「それは――」

「俺はお前が夢を叶えるところが見たい」

言って高橋は先に歩き始めた。

とまどったような間を置き、若月の跫音が追ってくる。

ドラム缶と燃え残りの竹の始末を手伝うあいだ、若月は何度か、か細い声でありがとうと言ったが、高橋は一度も彼女の顔を見ようとはしなかった。

見てしまえば嘘が嘘でなくなってしまいそうだからだった。

四章　勝敗判定

月島凪について、ネットで調べて判ることはそう多くなかった。

確実なのは、二〇〇九年まで月島前線企画という会社を経営し活躍していたこと、現在は行方不明で会社も畳《たた》んでしまっているということ。仲間が何人かいて、中でも荒事を得意としていた藍川慎司《あいかわしんじ》という男が有名であることなど。

それ以外は怪しげな噂ばかりだった。曰く、さまざまな事件を警察に先駆けて解決している。有能ではあるが、常識や秩序を一切顧みることがない性格である。いやそんなことはない。あんなに人間味のある人はいない。行方不明の現在、実は日本におらずリビアにいる。違う北朝鮮だ。そうではなくミャンマーで見たなどなど。

そうした噂が語られるほど物語を投影される存在ではあるようだった。

噂を半分でも信じればまさに物語の主役となる人間だ。現実にはとてもいそうもないが、もしいたなら脅威だろう。実行後も発覚しない殺人を企図している者にとって。また憧憬《しょうけい》の対象だろう。その活躍を信じる者にとって。

もちろん実際に彼女はいたのだ。噂の内容はともかく、その存在まで高橋は疑う気になれなかった。佐藤誠が自首し、死刑宣告をくだされているからだ。

佐藤誠を見習おうとしている彼にとっていちばんの不条理は、その犯罪が露見したことだった。それも自白という形でだ。佐藤誠の殺害隠蔽は徹底していて、検察はその犯行のほとんどを起訴できなかったという。黙っていれば逮捕もされなかったはずだ。自白を良心の呵責《かしゃく》によるものと信じるには、彼の犯行はあまりに冷静すぎた。

佐藤誠が自首した理由は、これ以上逃げきれないと観念したからだと言われている。

だが高橋は信じていなかった。理由はあったにせよ、何かひどく想定外のものだったに違いないと思っている。それこそ名探偵のような存在がいたのではないかと。

逆に言えば、そんなものがいなければ彼は今も自由に殺し続けていたはずだ。

殺人犯の天敵としての名探偵。

もしローコがそこまでの器なら問題は深刻だ。けれど――

高橋は思う。ローコは名探偵と呼べるような人間じゃない。その名にふさわしい事件に出会えないからではない。そんなふうに判りやすく説明できることではなく、もっと微妙な、それでいて根本的に足りない部分がある。

本人も判っているんじゃないだろうか。

きっとその正体は、実在した名探偵への憧れだ。ローコが語ったことは本当だろう。本当に、月島凪に影響されてあいつは名探偵を目指そうとしたのだ。

けれど憧れでは同じ地平にいたれない。最初の一歩を踏み出すきっかけにはなっても、動機として握り続けるには、夜見る夢のように頼りない。

高橋は自分を振り返って思う。俺は佐藤誠本人に憧れたわけじゃない。尊敬しているが、不思議にも思っている。彼には殺人を平然と行える技量があった。他人よりずっと自由に生きられたはずだ。それなのに八十人以上を殺す人生を送るはめになった。

どうしてそんなことになるのだろう。

理想が高すぎたのか、殺人以外何ひとつ取り柄のない人間だったのか、人を殺すのが好きだったのか、それとも、そもそも自由な人生を送るという展望がなかったのか。

なんにしてもそこは見習えない。武器を持ちながらそれに使われるばかりの人生に見えるからだ。俺はそうはならない。人を殺すことそのものに振り回されたりはしない。

行く先に人生の目標を定め、それを叶える技術として殺人を習得する。

つまりその目標を見つけることも並行して進めないといけなかった。判っている。だから今の俺は殺人の習得だけ見て動いているという点で――

「一緒なんだ」

探偵としてありたいため、謎ばかり探しているローコと。

あいつのことを軽んじられない。放っておけない。ちょっとした暇があるといつも考えてしまうのは、きっとそれが理由だ。

「何が一緒なんだ?」

川上の問いに、高橋は一気に現実へと引き戻された。周囲のざわめきが耳に戻ってくる。

コーナーに持ち込まれた椅子に座り、息を整えるあいだ意識を外してしまったが、今は新人戦決勝、1ラウンド目が終わったあとの貴重なインターバルだった。

向かいに座る対戦相手は野崎健吾。ウェルター級ジュニアチャンピオンである。

「――いえ、滑るのは相手も同じだって」

「リングか」

川上は高橋に足を上げさせ、ブーツの裏に松ヤニを塗った。

汗でリングが濡れているのは事実だが、困るほど滑ったりはしない。嘘を吐いたことが後ろめたく、すいませんと高橋は謝った。バカと川上は応える。

「集中しろ。ポイント、勝ってるとまでは言えねーけど、食いついてはいけてる。それにスタミナでは確実に分がある。勝てるぜ」

セコンドアウトのコール。川上は高橋の肩を叩き、椅子を持ってリングを出た。

背にかけられる言葉は定番のものだ。

「かっけーぜ。遠海西《ウチ》みたいなとこから県代表が出たらよ」

ですねと高橋も心で頷いた。部員は三名。顧問はボクシングの素人で具体的な指導もなく、ルールで二人まで許されているセコンドもひとりのみ、それも部員同士がおたがいに付いているのだ。名ばかりのボクシング部であることは間違いない。

先輩二人――川上と林はすでに試合を終えていた。川上は昨日のうちに判定で負け、顔面を腫らしている。林は今日午前中に行われた試合後、救護室にいるはずだった。無理な減量が祟《たた》り、アマチュアボクシングでは珍しいＫＯ負けを喫《きっ》したのだ。

彼らの敗北を見て、けれど高橋は悪い気がしなかった。それぞれ真剣に試合に臨み、持てる技術で勝ちにゆく姿は気持ち良かった。対する自分はどうしたって不真面目だ。試合に集中しなければいけない時に、ローコのことを考えてしまっている。

いくら自分の夢に関係してくると言っても——

ゴングが鳴った。

野崎が詰めてくる。このラウンドで決めるつもりだろうと高橋は察した。スタミナではこちらに分があるという川上の言い分は正しいのだ。

今年度新人戦、ウェルター級のエントリーは六人だった。

公式戦はトーナメントが基本になる。エントリーが六人では、優勝までに二勝必要な選手と三勝必要な選手が出てしまう。もちろん組み合わせはくじで決まるので、不均衡ではあっても不公平ではない。そんなことに文句を言う者もいない。

高橋は優勝までに三勝が必要だった。対する野崎は二勝でいい組み合わせだった。

試合数だけ見れば野崎に有利だが、初戦の相手が悪かった。開始早々、頭を下げてのバッティング、続けてローブローを繰り出してきたのだ。いずれも反則行為である。野崎が躱《かわ》したのでレフリーは警告を出しただけだが、命中していれば失格だったろう。アマチュアボクシングはルールの運用に厳格なことで知られている。

避けた野崎にダメージはなかったが、以降は相手の反則を警戒するようになった。終わってみれば大差の判定勝ちだったが、疲れる試合ではあったに違いない。

三日にわたって行われる新人戦の、それが二日目——昨日のことだった。

肉体的な疲労は残っていないだろうが、精神的に構えるところがあるのかもしれない。試合開始直前、リングで野崎と向き合った高橋は、おやっと思ったのだ。

いつもよりほんの少し気負いが多く肩口に見え、いつもよりほんの少しフットワークが強ばっているように見えた。緊張しているのかもしれない。野崎にとっては最後の高校選抜であり、初戦の展開でリズムを崩されてもいる。

——昨日のあれ、やっぱ野崎潰しだったみてーだわ。

今朝、会場で聞いた話だと前置きして林はそう語った。反則負け覚悟で再起不能にする狙いが相手選手にあったというのだ。今回の試合を捨てて来年度を見越して打った布石か、野崎個人に対する恨みか、それは判らないがと。

勝利を重ねていればそういうこともあるかと高橋は思っただけだった。そのことで今日の試合が有利になるとは思えない。野崎の初戦を見学していて印象に残ったのは、相手の反則より、その反則を初見で見切った野崎の凄みだった。

反則行為は、威力よりも想定外の攻撃であるところに強みがある。つまり普通は避けられるものではないのだ。それを野崎は避けた。事前に相手がそういう手を使ってくることを想定していたのか、純粋に反射神経の賜《たまもの》か、なんにしても凄まじい。

リングで対峙《たいじ》し、普段と違う野崎を見ても、だから高橋に勝つ自信はなかった。動きが多少淀《よど》んだところでどうなるものでもない。だからいつもどおり学ばせてもらうつもりで立ち向かったのだ。倒そうなどと考えず、ポイントは取れたら取ろうと思う程度で。

1ラウンド目、開始早々にラッシュが来た。

捌いても捌いても終わらない。ヒットするまで終わらないんじゃないかと思えるほどで、いつ止まるか判らず、反撃のチャンスも窺えなかった。体重の乗っていないジャブを選び、相打ち覚悟で手を出すしかなかったのだ。それでも三つもらうあいだに二つは返せただろうか。冷静に勘定しているうちに1ラウンドは終わった。

ポイントでは負けていた。だが手数を放ったぶん、野崎のほうが疲れている。

焦っているんだろうか。高橋は訝しんだ。2ラウンド目が始まっても相手の戦法は変わらなかったのだ。本来のスタイルではない。人となりを知るわけではなく、数度リングの上で拳を合わせた仲でしかないが、それでもそう感じた。

高橋はボクシングをざっくりと、時間の割り算だと考えている。

一秒をどれだけ細かく刻めるか問われた時、九つ刻める者は、七つ刻める者より有利になる。相手より多くのタイミングを見ることになるからだ。

もちろんそれだけで勝負は決まらない。そうして数えたタイミングから、相手が対応できない瞬間——隙を見つけ、自分の攻撃を割り込ませる。相手も当然同じことを狙ってくる。だから実際には、自分の隙を潰しつつ相手の隙を狙う形になる。その読み合いに勝てばパンチはヒットし、ポイントとしてカウントされるのだ。

高橋が一〇刻むところ、野崎は一三刻んでくる。経験でそれは判っていた。

対戦相手が自分より時間を細かく刻めるのであれば、そのぶんをほかで補わなければ勝てない。読み合いで鋭く相手を上回るか、パンチを重くして一撃の威力を増すか、持久力を頼りに常に動き回って己の隙を潰すか。

いずれも有効だが、ボクシングとしては脇道だ。

誰に語って同意を得たわけでもないが、時間の使い方を競うのがボクシングだと高橋は信じていた。ルールはそのために整えられている。狭いリングに押し込められ、拳しか攻撃手段と認められず、上半身しか叩けず、転んだだけで試合が中断する。そうしたルールは戦術を限定し、相対的に時間の密度を高めるためのものなのだと。

だからこそ違和感を覚えていた。

野崎は誰より時間を刻めるボクサーだ。才能によるのか努力によるのかは判らないし、興味のあるところでもないが、王道を行く者は小細工を弄《ろう》する必要がない。相手を上回る割り算で得た時間で隙を読み、手数を揃え、試合を組み立てるだけだ。

その結果、勝ちが自然と転がり込んでくるのである。

今、野崎が取っている戦術はそうではなかった。ラッシュを繰り返し勝ちを急ぐ。それは割り算の結果が劣勢なボクサーが、読み合いを避けて勝負をかけるスタイル——間断なく手数を放ち、相手のしくじりを待つやり口だ。外から見る分には派手だが、勝負の実体としてはサイコロを投げ続けるようなものである。

失望にはいたらないものの、高橋は驚いていた。

それでもカウンターの隙を潰してくるのはさすがだが、ずっとその調子でいけるわけはない。事実、1ラウンド目よりも2ラウンド目のほうが捌きが楽だった。目が慣れてきたという以上に、野崎の手数が減っている。疲れているのだ。

ポイント的に2ラウンド目はほぼイーブンだと高橋は感じた。このままゆけば3ラウンド目は有利に運べるかもしれない。

「勝てるぞおい！」

2ラウンド終了後のインターバル、コーナーで高橋の頭をタオルで拭きながら川上が言う。声には興奮が滲《にじ》んでいた。ヘッドギアを乱暴に嵌め、なおも先輩は言う。

「マジで勝っちまえ」

「——できたら、はい」

川上は笑ったようだった。怒ったような諦めたような声で続ける。

「高橋お前、色々考えてることがあんだべ。わかんねーけど、勝たねーと見えてこないもんもあると思うぜ。お前なら勝てるし、今なら勝てる。できたらじゃなく勝て。考えごとはまず勝って、取り返しつかなくなってからだ」

「はい！」

セコンドアウトのコールで川上がリングを出てゆく。

本当に勝てるのか、それでも高橋は怪しんだ。ポイントではまだ負けているだろう。泣いても笑っても最終ラウンド、野崎がいつものスタイルに戻れば絶望的だ。

だがもしもこのままなら――

野崎が突っ込んできた。右左右《ツー・スリー・フォー》の三連。すべてに肩が入っている。止まりを予想し、一歩下がりたいところを高橋は半歩に留めた。そして右フック。

綺麗に相手の頰に入った。ダメージを与え、ポイントにもなったろう。

お釣りのように返ってきた野崎の左を肩で受ける。さらに右が続くと読み身を屈《ダッキング》めた。頭上を拳が通りすぎていく。

ボディ目掛けて左右《ワンツー》を放った。左は入ったが右は叩き落とされる。凄いなと高橋は思った。右を空振りしといて左でそんな反応ありなのか。

だがスリーまで繋げなかった判断は間違っていない。繋げれば無駄打ちになったろう。

頭は冴《さ》えている。読みも当たっていた。ポイントも稼げている。勝てる。そう思う。

距離はこのままでいい。野崎の手数は減り、対応できるパターンも増えていた。ヘッドギアの奥、瞳に浮かぶ闘志に陰《かげ》りはないが、動きに淀みが出ている。

あと何分だ。まだ二分はあるか。それだけ凌《しの》げば勝てる。

そう思いながら、なお高橋は勝利の手触りに魅力を感じられないでいた。

なぜだろう。さっきの川上の言葉を思い出し、考えるのは勝ってからでいいと頷きつつ、対峙する野崎を敵としてでなく、尊敬の対象として見続けてしまう理由はそこにありそうだった。

そんな自分を否定する気持ちも湧いてこない。

疑問に思うほど、浮かんでくるのは若月の姿だ。

夢を目指すことを迷わないあの性格は、憧れが生んだものだろう。

憧れでは同じ地平にいたれないと感じつつ、そのありようを否定しづらいのは、憧れでもなかったら真剣に目指せはしないと思うからだった。あいつは真剣に名探偵を目指している。先を問わず今だけ見れば、それが事実だ。

一方俺は――俺は、目の前の野崎を尊敬できても、同じようにできるとは思えない。勝てると感じても、それが自分の実力によるものだと思えない。相手が運悪く転んだだけだと思ってしまう。だから真剣になれないのか。

勝つこと。対戦相手より強くあること。そういうことは俺の動機にならない。

殺人とはルールの否定、舞台の否定、つまり勝負の否定だ。

社会における反則――それも見渡す限り、時代や文化によって扱いに差が少ない、かなり普《ふ》遍《へん》的《てき》に定められてきた反則である。それだけに効果は抜群だ。成功すれば勝負は決まる。いや、勝ちが認められなくなり、勝負そのものがなくなる。

そんな反則を身につけたい。

身につけて、けれど何がしたいのか。高橋の思考は同じところをさまよう。

俺はローコと一緒だと思った。憧れを武器に、乗り越えようとまでは考えず、同じような姿を目指すあいつが、人生の具体的な目標も見つからないまま、ただ自由を得るため殺人を習得しようとする自分と重なると思ったからだ。

だが違う。ローコの憧れは、ローコを動かしている。

俺が欲しがった自由は、俺を縛っている。自在に人を殺せるならより自由な人生が送れるだろう。だが同時に、ただの一度でも露見すれば、自由は根こそぎなくなるのだ。自由を求めたために自由を手放すことになる。

だから俺の目標は最初から矛盾しているのかもしれない。

――

野崎は限界らしかった。動きが精彩《せいさい》を欠いている。

そのぶん高橋の対応は余裕あるものになった。その余裕に引きずられ、思考は試合と関係ないところを巡ってしまう。

まずいとも思う。舐めた動きで勝てるほど野崎《このひと》は甘くない。

なんとか思考と試合を重ねようとした。見える景色に集中しようとする。

そして無理に考えることにした。この試合に勝てれば――到底勝てると思っていなかった相手に勝てたら、これまでと違うことが判るかもしれない。川上先輩が言ったように、勝って初めて見えてくるものがあるかもしれない。

1ラウンド目は負けていた。2ラウンド目はまあ引き分けだろう。3ラウンド目は今のところ勝っている。ここで大きく差をつけられれば勝てる。

それには前へ出る必要があった。

当初の目標――試合を立って終えることを考えず、こちらから攻めてポイントを取りにゆく。

それができるだろうか。高橋はためらった。勝利のために安全策を捨てる。ボクシングの勝利にそこまでの価値があるか。いい、いい、あると信じられるか。

正念場だと思う。ここが境だと。

野崎のストレートをステップで避ける。カウンターでレバーを狙いに行こうとしたところでクリンチを喰らった。荒い呼吸が耳に届く。抱き合う格好になって視界から敵が消え、意識に景色が戻ってくる。一瞬のことだ。

その一瞬のあいだに、リングの外、向かいの観客席で、立って観戦する人影を高橋の視力は捉えた。人影は両手をぐっと握りしめている。声は上げていない。試合に熱中しているのだ。見たことある制服だなと思った。すぐ遠海西高のものと気づけなかったのは、校則にない白いスカーフタイがその襟元に目立っていたからだ。いや待てあれは——

レフリーに引き剝がされたところで正体に思いいたる。

ローコじゃないか。何しに来たんだ。

会場は県営の競技場だった。誰でも見学はできる。入場規制をしたり料金を取る必要があるほど人は集まらない。地方紙の取材は来ているが、それは今日が最終日だからだ。表彰式の写真を撮りに来ただけだろう。全国まで進めば別だろうが、高橋の知る県予選はこんなものだった。指示や怒号こそ飛び交うが、人の密度は高くない。

若月がなぜここにいるのか、本当に判らなかった。あいつが首を突っ込みたがる謎がここにあるのか。もしや幻覚じゃないか。そう考えたほどだ。

しかし見られていると気づいた刹那《せつな》、高橋の迷いは晴れていた。

考えても判らないことは考えれば判ると信じてるやつに任せればいい。今は試合を終わらせよう。純粋に勝ちに向かおう。そう思えた。

芯になったのは対抗心だろう。野崎に対してのものが半分、もう半分は若月に対してのものだ。迷わないという一点で俺はこの二人に負けている。冷静でいるぶん遅れているのだ。同じところで戦えることをまずは証してやる。

まったく自然にそう考え、高橋はみずから距離を詰めていくことにした。


「ありえねーべ」

後輩のグローブを外しながら川上が言う。珍しく感情を露《あら》わにしていた。悔しくないかと問われ、けれど高橋はぴんと来ない。

「どう考えてもお前の勝ちだったぜ」

試合結果は高橋の判定負けだった。

試合終盤、こちらから踏み出しての攻撃は成功したと思っている。ゴングまで切れ目なく手を出し、大幅にポイントを稼いだ実感もあった。ポイントを稼ぐのではなく、倒すつもりで前に出たのだ。野崎を超えたとは感じなかった。

それを捌ききられたという想いのほうが強い。

そのせいだろうか。ジャッジが野崎の勝利を告げた時も、そう意外には感じなかった。印象に残ったのは勝敗の結果より、その瞬間に野崎が見せた驚きの表情と、高橋に向けた視線に潜む感情のほうだった。自分はどんな顔をしていたんだろう？　今になって気になるのもそんなことだった。判定に抗議したい気持ちはない。

「おぅ、どうだった？」

林が戻ってきてそう言った。午前中のKO負けから、ようやく起き上がれるまでに回復したらしい。眸差《まなざし》こそ晴れ晴れとしたものだが、顔面いたるところにガーゼが貼られている。尋ねておきながら雰囲気で察したのだろう。またダメだったんかーいと天を仰いだ。

いや勝ってたぜと川上が即座に応じる。

「判定だったけどな、ひいき目なし、高橋のが稼いでた」

「あんだよ……ミスジャッジ？」

「ミスならいいけどな。わざとじゃねえかと思ったぜ」

「まああっちは最後の選抜だしなあ。国体とインターハイ獲っといて選抜だけなしってのも、可哀想っちゃ可哀想だわな」

ジャッジが野崎のキャリアを慮って勝たせた。そういう推理を述べる林に、どうだかなと川上は応える。それもあんのかもしれねーけど。

「高橋が見くびられたからって気もする」

「どういうことよ」

「有利に試合運べたのは実力じゃなく、運が良かっただけと思われたんだ」

「……あぁ、あっちは初戦の相手がクソだったからな」

「あれがなけりゃ野崎がリズム崩すことはなかった。県代表として送り出すのに、高橋じゃ勝てないと判断されたとかな。つまり政治だ。リングにそんなん入れっとかありえねーよ」

バンデージを自分で外しながら、けれど高橋は先輩たちの会話を他人事のように感じていた。それよりほっとしている自分を見つめることに忙しい。そうだよなと今さらに気づいたのは、新人戦は高校選抜の県予選も兼ねているということだった。

もし優勝していたら、関東選抜に出場することになっていたのだ。

いったんそこに気づけば、判定の正否を考えることも憚《はばか》られた。川上の言うような思惑があったとすれば、その判断は正しかったことになるからだ。

俺には選抜を勝ち抜く気がなかった。野崎に勝つことしか考えていなかった。

それは、目の前の勝負にのみ集中できるというレベルの話ではない。もっと重要なものが自分に欠けているという気づきだった。

勝てるはずなのに勝てなかったのは、そのせいだ。

そこでようやく影の薄い顧問が現れた。負けたのは残念だが準優勝は名誉な結果である。そんなようなことを言った。はいと高橋は答え、川上と林は黙って俯いていた。

表彰式を待ちつつ、ふと高橋は思った。ローコはなぜ来たのだろう?

彼女を見て生まれた対抗心から、勝とうと考え前に出たのだ。気づいてなくても結果は変わらなかったかもしれないが、来た理由を訊きたかった。

そう思って高橋は競技場のあちこちを歩いたが、若月の姿は見つからず――そうしているうち表彰式が始まり、シャワーを浴び損ねてしまった。

表彰式のあと、汗流したいので先帰ってくださいと川上と林に言うと、二人は待ってるからシャワー浴びてこいと言ってくれた。後輩を思ってかどうかは怪しかった。判定への憤《いきどお》りが収まらず、喋り足りないのだ。帰路でも愚痴られるに違いない。

早く済ませようと向かったシャワー室には先客がいた。背の低いスイングドアで仕切られた個室で、壁に手を突いて俯き、頭からシャワーを浴びている。

背筋の流れと肩幅で、野崎健吾だとすぐに判った。

高橋は隣の個室を選んでコックを捻った。それで野崎がこちらを向くのが気配で判る。皮肉に取られないよう言葉を選んで言った。

「初戦はひどかったですね」

返事がない。当たり前かと思う。こっちは向こうを知っていても、向こうがこっちを知っているとは限らない。決勝で当たった高橋ですと言い、小さく頭を下げた。

「――知ってるよ」

「光栄です」

野崎は躰を反転させ、シャワーを背中に当てた。初戦がひどいって言ったなと続ける。

「あんなのは大したことじゃない。知っていたしな」

「……そうなんですか」

「事前に聞いてた。本人が色々なとこで、手段問わず俺を殺すとほざいてたって」

「それなら、やめるようにも言えたんじゃ」

「はっ。言って聞くようなやつがボクシングやるかよ」

いやと続けてちらっと野崎は高橋の顔を見る。お前はそうなのかと呟いた。返答を期待された問いではなかった。野崎は続けた。

「反則で来ると判ってれば対処はできる。反則頼みなんて、どだい大した相手じゃない」

「……自信ですね」

「謙虚さ。怖いのは本当に強い相手、何をしてくるか読めないやつだ。——お前みたいな」

高橋は迷った。買いかぶりですと言うのも違う気がした。今日の試合に限れば、善戦したとも思えていたからだ。ありがとうございますと言った。

「ふん。——今日のジャッジ。納得できたか」

「少なくとも自分は、はい」

そうかと野崎は応え、感情の籠《こ》もらない声で、俺は納得できなかったと言う。

「けれど不思議でもなかった。意外だが、どこかで予想もしてたんだ。今回、採点法はジャッジペーパー式だった。それには気づいてたか？」

「いえ、全然」

「……そもそもジャッジペーパー式を知ってるか？」

いいえと応えると、そんなもんかと呟いて野崎は説明を始めた。

「ジャッジひとりひとりがラウンドごとにどちらが優勢か判断して、優勢なほうに二〇点をつけて、劣勢なほうにはファイト内容に応じた減点をする。その点数を3ラウンド分合計して勝敗を決めるのがジャッジペーパー式だ。有効打を数えて比べる採点と違い、ラウンド内容を総合的に見るぶん、ひとつひとつのパンチの評価が軽くなるんだ。終わったあと採点を確認したら、勝敗を決めたのは2ラウンド目の点数だったよ。1ラウンド目は俺。3ラウンド目はお前に点が入った。そして2ラウンド目——大して差がないように見えたあのラウンド、ジャッジは全員俺を優勢として点を入れてたんだ」

「なるほど……」

2ラウンド目は同点。高橋はそう踏んで戦っていた。採点方法なんてそもそも頭にない。元から結果を理不尽には思わなかったが、それで頷けるところもあった。

「ジャッジペーパー式でも、引き分けと見れば双方に同じ点をつけていい。2ラウンド目がそうならなかったのは、俺が終始攻めてた点を評価したからだろう。パンチのヒットで言えば、そっちのほうが数を取っていた。採点方法が違えば勝ってたのはお前さ」

本音だと思った。ことボクシングに関する限り野崎は嘘を吐かないだろう。今の会話だけではない。リングでの戦いぶりから高橋はそう信頼していた。

野崎健吾は本物のボクサーなのだ。だから採点方法まで気にする。今まで圧倒的な勝ちばかり収めてきたはずなのに、そういうところにも気を配る。

高橋はそこまでこだわれない。ポイントで勝敗を決めること自体、ゲームを成立させるためのルールと考え、結果が多少実情と違ったところで仕方ないと思うからだ。だからこそ俺はこの人に届かないんだろうなという実感とともに。

　今だって負けを悔しがるより、なぜ野崎がそんなことを話すのかが気になっている。

　いやそれよりも――

「どうしてスタイルを変えたんです」

「……やっぱ気づくか」

「変えずに今までどおりだったら、俺の完敗だったと思います。躰の調子が悪いとかじゃありませんよね。わざわざしんどいスタイルにしているんですから」

　野崎は口ごもった。何かためらうようにちらっと高橋を見て、言った。

「一年の時は敵なしだった。インターハイだろうが国体だろうが負ける気がしなかった。視野が狭くてものを知らなかったのもあるけどな、実際に怖いと思うことがなかったんだ。二年になってからも、負けると思ったことはない」

　だがと野崎は続け、シャワーのコックを締めた。怖いと思うようにはなったと言う。

「最初は恐怖だと判らなかった。ちょっとした違和感、厭な予感みたいなものだ。試合が終わってから、ああ俺はびびってたんだと気づく。あとで気づくぐらいだから大したことじゃない。それでも感じた。――高橋、お前との試合でだ」

「そいつは……なんて言ったらいいか」

「遠海西なんて誰も、俺もマークしちゃいなかった。そこからいきなりお前みたいな一年が出てきた。気合入ってるようにも見えないのに、肝を押さえたボクシングをやりやがる。しかも相手が誰だろうと——俺が相手でも佇《たたず》まいが変わらない」

「こちらの全敗ですよ。いつも勉強させてもらってます」

「初回以外、ポイント差だろ。スタイルの我流ぶりはずっと変わらない。その変わらなさも不気味だ。当たるのもどうしてだか決勝が多い」

「単なるくじ運だと思います。エントリーが少ないんですから」

「それでも続けば厭なもんだぜ。俺は、全国大会より県予選のほうがずっと緊張する」

だからさと野崎は続けた。だから？　そう、だからスタイルを変えたんだ。

「ポイントなんて最初から狙わない。打ち続けて、お前をKOかレフリーストップで負かしてやろうと思ってな」


帰路、先輩二人の会話を適当に聞き流しつつ、高橋は野崎の言葉を思い返していた。

冗談には聞こえなかったし、世辞《せじ》を言う性格とも思えない。

言葉が事実なら、野崎も外から見えるほど冷静な人間ではないのだ。KOで勝ったところで二勝ぶんになるわけではないのだから。それとも、試合ではなく、怖いと思う気持ちに勝つためにKOを狙ったと考えるべきか。

だとしてもその恐怖には実体がない。

勝利を危うくしてまで狙うなんて間違っている気がした。

間違っては――けれどいないのか。野崎健吾は勝ち続けているのだ。気分で勝利を危うくしても、その過程を超えて結果を出している。

他人がどう考えたところで、本人の中では充分正しいのだろう。

だとしたらやはり俺も動くべきか。うまくいったなら全部が肯定されるのだから。

すぐにでもローコを殺してしまうべきか。

……いや惑わされるな。

失敗した時のデメリットは試合に負けるのと比べものにならない。そうでなくても、野崎のやり方が自分にもできると考えるのは危ない。

野崎は野崎のやり方で成功した。ＫＯにこだわれば勝利が危うくなることは判っていただろう。その上で、それでもやろうと決めたのだ。見習うとしたら、ＫＯを狙ったことじゃない。試合前に決めたことを最後まで通したことのほうだ。

俺も俺のやり方を貫くべきだ。

準備に時間をかけ、タイミングを見計らい、好機を待つ。

そしてその時が来たら迷わず殺す。

時間はある。卒業までまだ二年以上あるのだ。若月は逃げたりしないだろう。それこそ誰かに殺されたりしなければ。

「そういや高橋、見てたぜー」

林にそう言われ、彼は現実に頭を戻した。普通列車の車内である。席はちらほら空いているが、三人はつり革を使っていた。

何がですと訊き返す。本当に判らなかったからだが、またまたという顔で林は続けた。

「彼女だよ。若月っつったっけ？　会場に来てたろ」

「……あぁー、はい」

「やっぱ気づいてたんじゃん」

「いや、いるなあとは思いましたけど」

「何言ってんだ。お前の応援に来てくれたんだろ？　誘ったんじゃねえの？」

「んなことしてませんよ。格好悪い」

かっけえなーと横で川上が叫んだ。車内の視線が一斉に集まる。迷惑な男子高校生たちを、誰もがすぐさま見なかったことにした。程度の差はあれ三人とも顔を腫らしている。関わり合いになりたいような外見ではない。

「いやもう高橋お前、どこまで格好良くなるの？　相対的に俺らがずんどこずんどこ格好悪くなってくんだけど」

なー、やってらんねーよなーと隣で林がわめく。二人ともとても嬉しそうだ。

いやちょっと待てと何かに気づいたように川上が手を挙げた。

「本当にお前、応援に来てくれとか言ってねーの？」

「言ってませんよ。前にも言いましたけど、あいつとは別にそんな関係じゃ」

「それ誘いもしねーのに向こうから来てくれたってことじゃねーか！」

川上の指摘に、うわっと林ものけぞった。

「なんだその高校生活！　ＴＥＮＧＡが空から降ってくるようなもんだぞ」

「そのたとえはよく判りませんけど……」

「伝わらないことがまた羨《うらや》ましいわ！」

先輩二人はひとしきり笑い合ったあと、静かになった。

なあ高橋、と川上がしんみり言う。

「マジで彼女のことは大事にしとけ」

「そうそう。悲鳴をあげて逃げてかない女子ってだけで凄いもんだぞ」

「……林先輩の場合はあれ、わざとやってんじゃなかったんですか」

否めん、と林は重々しく言う。突っ込み待ちか本音かまるで判らない。こう考えるべきじゃないかなと川上が横から助け船を出した。

「悲鳴をあげて逃げていかない女子が、林の人生には存在しなかったんだ。それを認めたくなくて、悲鳴をあげて逃げていく反応が正しい振る舞いを普段からするようになったんだと」

「そういうことだっ！」

今度は突っ込み待ちだと判った。否定しましょうよと高橋は言った。

「二人ともボクシングに熱心で、彼女を作る暇がなかっただけでしょう」

「お、お前……言って良いことと悪いことが……」

「抑えろ林、ここでキレたら本当に俺ら格好悪い先輩になっちまう！」

笑い声が続き、また不意に静かになった。

さっきからテンションが続かない。さすがに疲れているのだ。

最後の力を振り絞るように川上が口を開いた。

「中学ん時の友達で今も会うやつがどれだけいる？　人間関係っていつ切れちまうか判らないぜ。マジで彼女じゃなかったとしても、嫌ってはいねーんだろ」

「それは、まあ」

「だったら大事にしとけ。話ができるうちに」

それはそうだと高橋は思った。殺してしまえば関係は切れる。

言い換えれば、俺はあいつが死ぬ日を知っているわけだ。死人に口なし。悔いが残らないように、訊いておきたいことは訊いておくべきだ。さしあたってはどうして会場にいたのか。本当に応援に来ただけなのか。別に狙いがあったんじゃないか。

先輩たちの想いとは違う意味ながら、高橋は判りましたと神妙な顔で頷き、二人も安心したのか、若月の件はそれ以上持ち出さなかった。

◆

翌月曜の昼休み、高橋はC組に出向いた。

昨夜は疲れており、学外で若月の携帯にかけるのもためらわれた。それで直接会いに来たのだが、C組に彼女の姿はなく、清水に尋ねると、今日は朝から姿を見ていないという。

「休みか」

「だと思います。……携帯にかけてみたらどうですか」

「いや、そこまでのことじゃないんだ」

実のところ、これまで高橋のほうから若月の携帯にかけたことはなかった。番号は知っているが、そんな機会がなかったのだ。休日に会うような関係ではないし、会う時は大体向こうからやって来るか、偶然出くわすパターンが多い。

そうですかと清水は呟き、それからおずおずと訊く。

「顔腫れてるの、ボクシングですよね」

「ああ、まあな」

激戦だったみたいですねと言われ、高橋は苦笑で応えるしかなかった。

大した怪我ではない。ヘッドギアに守られていたし、そもそも頭へのヒット自体が少なかった。唇が切れて頬が腫れただけだ。先輩二人はもっとひどいありさまだし、さらに言うなら、いつかの若月のほうがずっと痛々しい風貌だったろう。

「結果はどうだったんです」

「負けたよ。決勝で」

「決勝ってことは、いくつか勝ったんですよね」

「二つな」

「……凄いですね。本当に。私はその、人が殴り合うのとかは、見るのもダメですけど」

「そんな感じだよな」

ごめんなさいと清水は謝った。なぜ謝られるのか判らなかった。

高橋は最近の若月の様子を尋ねようとし、やめておいた。もしそれを尋ねれば理由を訊かれるだろう。そうすれば昨日、大会会場に若月がいたことも話さなければならなくなる。取り立てて理由はないが、なんとなくそれが厭だった。

「邪魔した。サンキュ」

「……いえ」

首を傾げて清水は応えた。これといって表情はないのに悲しげに見えた。なぜだろう。答は出ないと思いつつ、考えながら高橋はC組をあとにした。

翌日も、その次の日も、若月は学校に現れなかった。

病気だろうか。事故に遭《あ》ったなどの大事であれば噂になるはずだ。気にはなったが、他クラスの担任教師に確かめるのも億劫だった。いよいよ彼女の携帯にかけてみようかと考え始めた水曜の放課後、教室を出たところで高橋は呼び止められた。

痩せた色白の男子生徒だった。薄い眉と垂れ目が特徴とも呼べない特徴の顔立ちだ。緊張しているのか、いつもそういう感じなのか、無表情だった。

彼はかすれた声で尋ねてきた。

「高橋君だよね」

「そうだけど……」

「僕は糸井《いとい》っていうんだけど、若月さんから預かってるものがあって」

「ローコから？」

「これなんだけど」

差し出されたのは小さな封筒だった。市販品ではなく、ルーズリーフを折って糊《のり》づけし、それらしい格好にしたものだ。あて名はなく、受け取って眺めても事情が察せなかった。

確かに渡したからと言って立ち去ろうとする糸井を、あわてて高橋は引き留めた。

「待ってくれ。話が見えない」

「……僕はそれを君に渡してくれって言われただけだから」

「いつだ」

「月曜の朝かな」

「月曜はあいつ、休みだっただろ」

「そうなの？　クラス違うから判らないけれど、朝一に昇降口で渡されたんだ」

月曜、清水は、若月の姿を朝から見ていないと言っていた。二人とも嘘を吐いていないのなら、若月は朝だけ学校に来たことになる。

……わざわざこの封筒を糸井に託《たく》すために？

「本当に俺あてなのか？　何も書いてないけど」

「そう言われて渡されたから。和也君にって」

「和也って名前は珍しくもない。ほかの誰かかもしれない」

するとと糸井は不思議そうな顔をしてみせた。それから俯いて言う。若月さんが和也君って言ったら君のことだろうにと。

「僕は何度か彼女から君の話を聞いてたし、和也君ってだけで伝わると思ったから、若月さんもそう言ったんだと思うよ。彼女は論理的な喋り方をする人だから」

それはそうかと高橋は頷く。だとしても――

「俺に渡したいんだったら直接渡せばいい」

人づてにというのも解せない。いや、解せないと言えば、月曜に渡されたものが水曜に届くこともそうだ。……それともその二つの疑問は同じ根から来たのか？

高橋の予想は当たった。糸井はこう答えたのだ。

「直接渡せば、すぐに読まれちゃうと考えたんだと思うよ。……判らない？」

「何がだ」

「詳しい事情は君のほうで判ってるもんだと思って言わなかったけど、若月さんは『水曜までに自分が封筒を取りに来なかったら和也君に渡して』と言ったんだ。彼女とのあいだで何か打ち合わせがあったんじゃないの？」

「打ち合わせって……」

高橋の呟きを問いかけと解したのか、愛の告白の返事とかさと糸井は言う。

「――いや、そんなことはない」

「そうなんだ。まあ若月さんにそういう古風なやり方は似合わないと思ってたけど。……とりあえず読んでみたら？」

高橋は頷いて封筒を開けた。糸井が立ち去ろうとしたのでふたたび引き留める。

「……まだ何か？」

「読み終わるまでいてくれ」

「なんでさ。その手紙は僕あてじゃないよ」

「厭な予感がするんだ」

最近、自分が避けられていることに高橋は気づいていた。原因は判らない。実害がないから考えないようにしていたが、学校に来なくなる上、妙な方法で手紙を渡されるとなると、考えないわけにはいかない。

封筒に入っていた便箋《びんせん》――ルーズリーフを四つに切って小さく畳んだものだったが、そこに書かれていた文章は短かった。読みやすい字でこう書いてある。

アスカ2を撲滅《ぼくめつ》してきます　ローコ

「アスカ……に？」

それともアスカツーか？

どちらにしろ意味がとれなかった。ローコという署名は判る。撲滅という言葉も判る。けれど目的語が判らない。なんと発音するのかさえ。

糸井にルーズリーフを突き出した。彼は厭そうに受け取り、それでも一瞥《いちべつ》した。

その表情が変わるのを高橋は見すごさなかった。問う。

「なんだよアスカって」

「さあ……」

「俺にこの手紙を渡す役割に、あいつはお前を選んだ。論理的な理由がそこにあるんじゃないのか？　約束を守ってくれると信頼していたことのほかにも」

「……たとえば？」

「その文面の解説ができるとか」

糸井は便箋を高橋に突き返すと、俯き、両手で思いきり頭を掻き回した。あぁー、と人目も憚らず声をあげる。どうしようもないというジェスチャーに見えた。

「なんだ。どうした」

「……面倒なんだよ！　本当にもう、僕は若月さんに関わりたくないんだ。体力と時間を使わされて神経すり減らすばっかりで、そうじゃなくても元気がないのに、頭の半分にはいっつも彼女が居座ってる。はっきり邪魔なんだ」

対話を期待しない口調で一気に言い、糸井は不意に黙る。しばらくしてあげた顔は無表情に戻っていた。息だけが少し荒い。

「時間をドブに捨てる気はあるの？」

「は？」

「あるなら僕も覚悟を決めるよ。彼女のために時間をドブに捨てる気があるの？」

「……日曜に大会が終わったばかりだ。しばらく部活は休んでも構わない」

大きなため息を漏らし、ついてきてと言って糸井は歩き出した。

「ここじゃ話しにくいからさ」

案内された先は第三棟にある図書資料室だった。

普段使われることのない資料が収蔵されているそこは、放課後、文芸部の部室として利用されている。自分はその数少ない部員なんだと糸井は説明した。

「文芸部って、何をする部活なんだ？」

「活字を読むか、組むかしてる」

「活字っていうと——現国の教科書に載ってるような？」

「まあそう。詩、小説、評論、エッセイといったあたりが定番」

「自分でも書いてるのか」

「もちろん。……大したものじゃないけれど」

ふっと高橋は思い出すことがあった。いつかの若月の言葉だ。

「——物語の苗床」

糸井はおやという顔をした。お前の言葉だろと高橋は訊く。

「前にローコが言ってた。小説を書いてる友達がいるって」

「友達ね」

友達、友達、便利な言葉だよと糸井は皮肉っぽく言った。けれどそれ以上話を広げようとはせず、本題に入ろうと続ける。

「さっきの便箋に、アスカ2《ツー》ってあったよね」

「あれはツーって発音するのか」

「に、でも意味は通るけど、シリーズの二作目って意味でつけられたものだと思うから、ツーって発音するのが妥当だろうね」

「それで、アスカってのはなんなんだ。人の名前か」

「もし2って数字がシリーズを強調しているのなら、人名じゃない。きっと商品名だ。暗号の可能性もあるけれど、その場合、高橋君にだけ判る暗号ってことになる。……アスカ2って聞いて思い当たることはある？」

考えたが何も思い浮かばない。首を横に振ると、糸井は頷いた。

「ならさっきの君の推理が正しいんだと思う」

「さっきの？」

「若月さんが想定した解説役が僕ってやつさ」

開き直ったように糸井の言葉は淀みない。どこか、若月が推理を巡らせる時と雰囲気が似ていた。文芸部員は続ける。

「そのアスカ2を、若月さんは撲滅しようとしている。撲滅——この言葉が使われる対象って、普通に考えたらなんだろう。害虫、病気……」

「犯罪、暴走族、暴力団？」

「そんなふうに社会的に悪とされるものに対して使われることが多いよね。そして商品名のような響きと合わせて考えると、おのずと浮かぶものがないかい」

悪とされる商品といえば、煙草、酒、あとは……

「麻薬か」

「そう。アスカってのは麻薬だよ。断定していい。アンフェアだけど僕は知ってるんだ。アスカって名前の麻薬が昔あったことを。小学校高学年のころ、そういう麻薬があるって噂が広まったんだ。……聞いたことはない？」

「ないな」

「このあたりの出身じゃないの？」

「いや、生まれも育ちも遠海だよ」

「じゃあよっぽどいい育ちだったんだね。それとも、アスカは限定された地区でしか広まっていなかったのかな。——とある植物を乾燥させたものらしくてね、普通の麻薬と違う点は、国内でその植物が栽培されていたという点。なんでこんなこと知っているのかというと、その栽培地を警察が発見し、焼却したというニュースが昔あったから」

そのニュースのあとでアスカの噂は沈静化した。糸井はそう言い、ところがと続けた。

「若月さんの手紙にはアスカ2とある。素直に読み取れば、現在、復活したアスカが蔓延《まんえん》してることになるんだろうね」

「そんなものをローコはひとりで撲滅しようと?」

「そう便箋には書いてある。きっと、アスカ2は若月さんの手の届く範囲で広まっているんだ。遠海市の、それもこの近辺と限定してしまっていいんじゃないかな」

「なぜ」

「彼女が動いているから。そして手紙を取りに戻らなかったから」

原点に立ち戻って考えるよと糸井は続けた。

「手紙は月曜の朝、僕に託された。水曜までに取りに戻らなかったら君に渡すようにってね。そこでまず考えなくちゃいけないのは若月さんの思惑だけれど」

いや待てと高橋は呟いた。気持ちが急いていた。だが糸井はいたって冷静に言葉を選んでいる。その差が苛立たしかった。

「この手紙はもしかして、あいつにとっての保険だったんじゃないか?」

「素直に考えればそれがいちばんしっくり来るね」

ちなみにと糸井は続けた。今日その手紙を君に渡すにあたり、僕は彼女の携帯を呼び出してる。けれど電源が切れているみたいで、定型のアナウンスが流れただけだった。

「手紙が保険なら、彼女は今まさに危うい状況にいるのかもしれない」

両手を上に向けて糸井は肩を竦《すく》めた。焦りの表情はない。皮肉気でもない。ただひどく疲れた様子だ。高橋は尋ねた。

「どうしてそんなに落ち着いているんだ」

「——今言ったこと全部、彼女を信じるならばって条件がつくからね。僕は、若月さんのことを信じていないんだ」

「この手紙が嘘だってのか？」

「まあ、そうかな」

「ローコがこの手の嘘を吐くとは思えないんだが」

「君なら、そうなんだろうね」

壁際に立てかけてあったパイプ椅子を広げ、糸井は腰を下ろした。肘を膝に突いて口元を手で覆い、上目遣いに高橋を見る。その瞳にある感情は——なんだ。

高橋には、羨望《せんぼう》のように感じられた。

糸井の考えていることが判らない。確実と思えることを探し、尋ねた。

「話してる感じだと、糸井はローコと長い付き合いなんじゃないのか。クラスも別なのに、よくあいつのことを知っているふうだ」

「……家が近いんだ。そのせいで幼稚園と小学校が一緒だった。クラスもほとんど同じでね、だから昔はよく話したよ。幼なじみとかいうやつだと思う」

口調に親しげな響きはない。若月さんという呼び名にも固さがあった。単に下の名前で呼ぶのはためらわれるという以上の固さが。

ローコって呼ぶよね、と糸井は続けた。

「若月さんからそう呼んでくれって言われたんじゃない？」

「ああ。それが？」

「若月さんの下の名前は、さんずいに良しと書く浪に子供の子で、浪子《なみこ》って言うんだよ。若月浪子が本名なんだ」

「ローコはあだ名なのか」

「うーん。あだ名は他人からつけられるものだから、ローコは自称って言ったほうがいいね。小学校時代のあだ名は別にある。それを彼女は嫌っていたんだ。イジメっていうほど陰湿ではないけれど、よくからかわれていたよ」

「――それが？」

「想像つかない？　彼女のあだ名」

問われて高橋は考えた。ナミコをローコにしたのなら、ナミという響きに厭がる理由があったことになる。しばらく考え、そうかと頷いた。

「ツキナミ、じゃないか？」

「正解。名前の漢字中二つを取って『月浪《ツキナミ》』。それがあだ名でね、本当に厭がってた。特別でありたい想いが強かったんだろうね。小学生って言ったら、集団の平均から外れたくないって思うほうが普通だろ。若月さんは早熟だったんだ」

高橋には想像がついた。ローコが今の性格のまま小学生をやっていたとは思えない。探偵という目標を見つけておらず行動力の行き場がなければ、自分に苛立つばかりだろう。ツキナミなんて呼び名は、到底受け容れられない。

だからだと思うと糸井は続けた。

「小学生の彼女は色々なことを目標に掲げて、しかもそれを周囲に宣言しては挑戦していた。もちろん実現はしない。実現しないだけならまだしも、周囲を巻き込んで迷惑をかける。しかも飽きっぽい。次から次へと興味の対象が変わる。そのせいで若月さんは、小学五、六年の時にはまた別のあだ名で呼ばれることになった」

今度は糸井は尋ねなかった。声に使命感すら滲ませて告げた。

「ウソツキナミ」

嘘吐き、月並み。

「あだ名にしては長すぎるし、あまりいいネーミングでもない。そんなこんなで友達も減っていって……そういうの女子だと特に気にするからね。仲間外れにされて、それでも寂しいってなれば嘘吐き同士で群れて、よけい嘘吐きになってくもんじゃんか」

高橋は首を振る。そのあたりの機微《きび》は判らなかった。

「でも若月さんはそうじゃなかった。他人と折り合いをつけないんだ。小学校じゃ僕がいちばん長く友達付き合いをしていたと思う。最後に残った友達が男子なんだから、はぶられぶりが察せられるだろ？ 彼女の家は両親が共働きで、しかも放任主義。そのあたりも疎外された一因かもしれない。今だから思えることだけれど」

「——頑張ったんだろうな」

「そうさ。若月さんは頑張ってた」

「いや、お前がさ」

高橋の言葉に糸井は瞼《まぶた》をぎゅっと閉じて下を向いた。しばし肩を震わせる。プライドが勝ったのだろう。顔を上げた時、瞳は濡れていなかった。

「そうだね。僕は彼女の思いつきに付き合った。ピアニストになる、バレリーナになる、ソフトボール選手に、マラソン選手に、女優に、漫画家に、もっともっと色々なものに。ほとんど思い出せないけれど、そんな話をいちいち真剣にして一緒に仲間外れになったりもした。でも、僕の我慢だって無限に続くわけじゃないよ。ある日とうとう限界に達した。若月さんが名探偵になりたいなんて言い出してね」

「——それは」

「いや待って。言いたいことは判る。でも聞いてくれ」

ほとんど懇願《こんがん》だった。高橋は頷いた。糸井は舌を出して唇を湿らせる。

「探偵じゃなく、名探偵だ。小学生にも判る。そんな仕事はない。認定制度や、勲章があるわけでもない。呆れて僕は尋ねたよ。それは漫画の影響かって。違うと彼女は答えた。そして言ったんだ。月島凪を目指すんだって」

「本人と会ったんだってな」

「そう言ってたね。名前のある個人に憧れるのは初めてだったのかな。でも僕はもう信じなかった。心が折れてしまったんだ。なぜって、彼女の考えが見透かせたからだよ」

「どういうふうに」

「思いつきなんだ。何もかも。名字に同じ月って漢字が入ってるとか、あとはナギとナミで響きが似通ってるところも気に入ったんだろう」

「……逆じゃないか？」

「え？」

「凪と浪じゃ、漢字の意味がまるで反対だ」

凪とは、浪のない穏やかな状態を指すはずだ。言われてみたらそうだねとなげやりに糸井は言う。小学生の時には気づけなかったな。とにかく――

「もう付き合いきれない。僕は絶交を宣言したよ。小学六年の時だ。それから卒業までろくに話もしなかった。相変わらず彼女は仲間外れにされていたから、なんの問題もないどころか、結果、僕のほうは友達が増えたくらいだ」

「中学は別々だったんだな」

「もちろん。家は近かったけど、住んでるところが学区境の緩衝地域で、進学先が二校から選べたんだ。僕が、若月さんと違うほうを選んだんだよ」

「付き合いきれなかったからか」

「付き合いきれなかった自分を見るたび思い出すからだよ」

中学時代は平和だった。おかげで想い出はひとつもないと糸井は続けた。

「そして西高だ。ここで再会したのは偶然だよ。若月さんの志望校だと判っていれば僕は避けた。せめて試験の時に見かけていれば、解答欄にメチャクチャ書いて落ちようとしただろう。滑り止めの私立は受かっていたんだから」

「そこまでするほどのことか」

「するほどのことなんだよ。——入学式の日、昇降口に貼り出されたクラス名簿で、自分より先に若月さんの名前を見つけた時、冗談抜きに息ができなかったくらいさ。いや、その時はまだ良かった。同姓同名の可能性もあったし、本人だったとしてもクラスが違う。会わなければ話すこともない。それに向こうが僕のことを忘れてるかもしれない」

「……忘れてなければ、ローコのことだ。その日のうちに、だったんじゃないか」

ご名答、と疲れた顔で糸井は言った。

「入学式の放課後、帰ろうとしたところを捕まったよ。名簿を見てすぐ判ったそうだ。昔の絶交宣言には一言も触れず、久しぶり、懐《なつ》かしいねって言われた。拒絶なんてできなかったよ。昔のことにこだわってるなんて思われたくなくってさ。実際はこだわり続けてたのにね。こんなこと、高橋君には判らないだろう」

「判るさ。プライドの問題だろ」

「そうなるのかなあ。とにかく本当に辛かったのはその時さ。若月さんはあまり変わっていないように見えた。ローコと呼んでっていう言い方も、動いていたくて仕方ない感じの性格もね。それだけならまだしも彼女は……その時、いっぱいいっぱいだった僕に言ったんだ。やっと名探偵を目指す目処がついたって」

「……どういうことだ」

糸井は両手で顔を覆い、ごしごしこすりながら言った。

「年齢的なことを言ってたんだと思う。高校生はもう大人みたいなもの。人によっては働き始める。そんな意識からの発言だったんだろうね。でも僕は別の意味で打ちのめされた。彼女が中学の三年間を経ても、名探偵になる夢を諦めていなかったことに」

顔から手を離し、その掌をじっと見て糸井は続ける。

「名探偵は、若月さんにとって本気になれる、あっちこっち寄り道した挙げ句にやっと見つけた、本物の夢だったたってことさ」

「……これからまだ変わるかもしれない」

「それにしたってもう四年以上続いてる。彼女の飽きっぽさを知る僕からすると、本気だと思うしかない。付き合いきれないって離れるきっかけになった目標が、実は本物の夢だったんだ。もう、あと一回だけ彼女を信じていれば」

あと一回だけ信じていればね——糸井は繰り返し、けれどその先が言葉にできないみたいだった。しばらくし形になったのは、脈絡を無視した言葉だった。

「……せめてもう二年ばかり精通が早かったら、違う流れもあったのかなぁ」

深く息を吐いて、糸井は額をこする。

「それで今年の春から、若月さんはちょいちょい絡んでくるようになった。一緒に動いたりはしないけど、話くらいなら聞いてもいい。そう思って相手をしてきた。そのたびに思わされるんだ。彼女の夢は本物だと。——ひどいストレスさ」

「お前が気にするようなことじゃないだろ」

「そうなんだろうね。でも僕にとって彼女は、若月さんは……傷なんだ。見通しの甘さ、芯の弱さ、上っ面だけのプライド、自分のそういう部分を会うたび直視させられる。だからバランスを取るためにひとつだけ決めているんだよ」

「何を」

「若月さんの言うこと、やることは、何ひとつ信用しないと」

高橋は頷いた。実のところ、糸井は若月の手紙を重く見ているのだろう。自分を守るルールによって信じないようにしているだけだ。

考えるまでもなくバカげている。高橋は思いつつ、けれど口にはしなかった。軽んじもしなかった。自分も大差はないと思えたからだ。

殺人計画が高校時代の一大事なんて、誰の理解も得られないだろう。

糸井はローコを信用しないと決めている。けれどもあいつを救いたいとは思っている。だとすれば今訊いておくべきことは——高橋は考え、尋ねた。

「ローコはどう動いたと思う？」

「……僕の話を聞いて、まだ彼女を信じるのかい」

「話を聞いたから信じるんだよ。今のを聞いて俺はこう思った。糸井が離れていったことが、一度掲げた夢は真剣に追わなければならないんだとローコに学ばせたんじゃないかってな。お前との絶交が、あいつの夢を固定したんだ」

糸井はそれを聞いて呆然とし、頭を振って、意識して呼吸を繰り返し、左手で顔を覆った。そして、どっちにしてもと呟いた。

「一緒にはいられなかったってことさ。逆運命だ」

それでもと文芸部員は続ける。ありがとうと。

応えようもない。高橋は黙っていた。糸井は気を取り直したように言う。

「若月さんがどう動くかだったね。……彼女の性格だと、情報は君にも与えられてるんじゃないかな。その気になればすぐ見つけられるように」

「――どういうことだ」

「その封筒。手作りだろう？　既製品を使わないなんて不思議じゃないか。女子力の発露と解釈するには飾りもないし、若月さんの性格ともそぐわない」

高橋は頷き、封筒を外の光に透かしてみた。

内部に何か書かれている。鉛筆書きだったので判らなかったのだ。

糸井がハサミを差し出したので、それを使って切り開く。書かれているのは、推理のおおまかな流れを記した文章のようだった。

かつてアスカは根こそぎ抜かれて焼却場で焼かれた。もし今広まっているのがまったく同じ

ものならアスカ2なんて名前にはせず、そのままアスカで流通させるはず。

何が同じで何が違うのか。

摂取方法は変わらない。それが植物の葉を乾燥させたものであることも。では種類が違うのか。効果が似ていればかつての客は呼び込める？　アスカはなぜ広まったのか。効果はむしろ控えめだったらしい。そこが信用された？　それだけ？　新興の麻薬は手を伸ばされにくい。アスカは国産であることを強調して売られていた。作った人間が直接売りさばいていた。そこが信用された。栽培環境の写真まで添付してあったらしい。青空の下で栽培されている写真なんてすごい。

やっぱりアスカ2も国産だった。でも麻薬じゃなかった。効果の似た脱法ハーブ。

作り手はかつてのアスカを知っている。でもアスカを作っていた人はもう死んでいるという噂。つまり当時の客？　それとも別の誰か？　昔の客は中高生が中心だった。今の客がその時のリピーターなら二十歳前後。もしかして作り手もそう？

アスカは遠海市を中心に広まっていた。アスカ2という麻薬は遠海市近郊でなければブランドとして通用しない。地産地消、コストもリスクもそれが最小。


相変わらずだと高橋は思う。

あやふやな手がかりから一本の線を紡《つむ》ぎ出す。手際は見事だけれど、物証はないのだろう。それでも、この推理の線上にあいつはいるはずなのだ。

切り開いた封筒を糸井に差し出すと、彼は首を横に振り、読まないと言った。

「僕は彼女の言葉を信じない」

「俺の言葉ならいいか？　──昔のアスカが摘発されたのって、いつごろだ」

「二〇〇七年──僕らが小学六年生の夏だ。大量のアスカが回収、焼却処分された」

「季節まで覚えてるんだな」

「先週、若月さんにその時のことを尋ねられたばかりだから」

「なるほど」

「それでなくても忘れるわけがない。──当時、僕は彼女に付き合わされて、その焼却現場を見学しようと自転車を漕いだんだ」

麻薬を焼却処分すると聞いて、野焼きのようなものを想像していたと糸井は言う。

「けれど栽培場所は林の奥だ。火を扱える場所じゃない。第一、麻薬は燃やせばその成分が放出されてしまう。そこらで簡単に焼いていいものでもない。専用の施設で焼却するものだろう。もちろん子供の目に晒すなんてもってのほかだ。そんなわけで僕らが見たのは、ゴミ収集車が林の中から出てきたところだけだった」

「それが小学六年──四年前か」

「そう。結局彼女に付き合ったのはそれが最後だったと思う。それからしばらくして、探偵になりたいとか言い出したんだ」

「その、初代アスカが栽培されていた場所は？」

「……やっぱりそれを訊くんだね」

「本当ならお前が行くほうがふさわしいし、早いと思うんだが」

「僕は彼女を信じない。そのアスカ2の存在自体、若月さんの作り話と思ってるくらいだ。高橋君も、動くなら彼女の自信と性格を覚悟しておいたほうがいい。……物語の苗床って言葉を知ってるなら、吏塚高校も知ってるわけだよね」

　高橋は目を細めた。なぜその名前が出てくるのか判らなかった。きっと、判っていないことはまだほかにもあるんだろうが――

「ローコの元志望校だろ」

「そうなの？　……それは初耳だけど、頷けるよ。死神吏塚って噂、僕も知らないじゃないからね。その吏塚高校の裏手にある林、そのどこかでアスカは栽培されていたって話だ。具体的な場所までは判らない」

「そこに今もアスカが自生しているのか？」

「どうかな。アスカ2って名前は、初代アスカとは別物ってことを意味しているように思う。若月さんの手紙にもそう書いてあるよね。効果の似た脱法ハーブだって。実際にそういうものが出回っているなら、買い手に訊くのが手っ取り早いけれど」

「心当たりがあるのか」

「ないよ。……いや、強《し》いて言えばひとり」

「誰だ」

「若月さんだよ。彼女ならまずモノを手に入れるだろう。自分で試してみるかどうかは別にして、それがいちばんの早道だ」

高橋は頷いた。いずれにしても、もう話している場合ではない。動くべきだ。出て行こうとすると、僕が言うのもなんだけれどと糸井は言った。

「若月さんのこと、頼んだよ」

想いの乗った声だった。それで高橋は尋ねることにした。どういう展開が待っていても悔いの残らないよう、情報をひとつでも多く集めたくて。

「糸井、お前はどうして動かない？ ローコのことが好きなんだろう」

「それは昔の僕だ。若月さんのことが好きだった僕はもういない。なのに、昔の僕が好きだった若月さんは今もいるんだ。ひどい話だよね」

「そうやって気取ってるばかりか」

「もうひとつ事情があるんだ。……小学校の時の彼女のあだ名、ツキナミっていうの、最初に思いついて呼び始めたのは僕なんだよ」

かける言葉はもうなかった。高橋は黙って図書資料室を出た。

五章　アスカ2

まず状況を単純にする必要がある。

高橋は若月の携帯を呼び出し、電源が入っていないか電波の届かないところにいるというアナウンスを聞いて考えた。今確かなのは連絡が取れないということ。日曜の試合会場で見かけたのを最後に、その姿を見てもいない。彼女のｉＰｈｏｎｅにはＧＰＳが搭載されているはずだが、電源が入っていなければ話にならなかった。

手紙の内容を信じるなら、若月はアスカ2という麻薬を撲滅するために動いていた。そしてなんらかのアクシデントに遭い、学校に出てこられなくなった。

糸井はそうした流れすべてを疑っているようだった。若月の筆跡を知らない高橋がもっと穿《うが》った見方をするなら、彼女に加え、糸井の嘘を疑うこともできた。あの文芸部員は向こうからやってきたのだ。騙《だま》そうとする思惑があるかもしれない。

引き替え、自分で動いて集めた情報は比較的信じられる。――それなら。

高橋は書道部が部室にしている作法室へと向かった。

書道部員たちの中に清水はいた。長い髪を柔らかく束ねて結った姿で、手に持った文鎮《ぶんちん》を見つめている。手を挙げると彼に気づき、廊下に出てきてくれた。単刀直入に訊く。

「今週まだローコを見てないよな」

「ローコっていうのは……」

「若月のことだよ」

するとと清水は両手を合わせ、やっぱりと呟いた。高橋が表情で先を促すと、今日の昼休みに私、気になって担任の松原《まつばら》先生に訊いたんですと言う。

「若月さんが休んでいるわけを」

「そうしたら？」

「先生も気にしていて、若月さん宅に連絡してみたそうなんです。ご家族の方が電話に出て、風邪をひいたのでしばらく休ませると仰《おつしや》ったとか」

「風邪？」

「高橋さん、知らなかったんですか」

知らなかったと応えると、うーんと清水は首を傾げた。

「若月さんも高橋さんに連絡ぐらいすればいいと思うんですけれど。こんなに心配してくださってるんですから」

「――いや、そうじゃ」

ない、と言おうとして高橋は口を噤《つぐ》んだ。

風邪で休ませると親が言った――それが本当ならどうして携帯の電源が入っていないのか。

病気ならなおさら電源は入れているだろう。そのほうが安心だ。

もしも風邪というのが嘘で、実は電話に出られないくらいの重病に罹《かか》っているなら、親は担任の問い合わせを待たずに学校へ連絡するはず。

──両親が共働きで、しかも放任主義。

糸井の言葉を高橋は思い出す。もし親もローコの居場所を把握していないとしたら？　風邪をひいたというのが、とりあえずその事実を隠しておく方便だとしたら？　ローコはああいう性格だ。帰りが遅くなったり外泊することも珍しくなかったのかもしれない。娘が帰らないことに慣れていれば、そういう対処もするだろう。

……考えすぎだろうか。

いや、考えすぎならそれでいい。問題は、考えすぎでなかった時にどうなるかだ。

「若月さんに何かあったんですか」

いやとごまかそうとし、高橋は真剣な清水の表情に遮られた。

「高橋さん気づいてますか？　顔、物凄く険しくなってます」

「……かもしれないってだけなんだ。実際は判らない」

「理由があるんですよね。何かあったかもしれないって思う理由」

「……ある」

「それは、月曜に私のクラスへ来た時にはもうあったんですか」

「いや、あの時はまだなかった」

話してはもらえないんですかと清水は尋ねる。そこはすんなり、無理だと言えた。

「簡単に話せるようなことじゃない」

「……私では役に立てないからですか？　それとも、そこまで迷惑をかけられないと思っているからですか？」

高橋が言い淀むと、前にも言いましたが、と強い口調で清水は続ける。我慢してきたことが彼女なりにあるようだった。

「私は高橋さんのことが好きです。両手をぎゅっと握りしめて言う。

……告白した時は、まだ自分の気持ちもちゃんと判っていなければ、あなたのこともよく知りませんでした。部活で活躍されているという噂話と、たまに見かける佇まいだけで憧れていたんです。その節はすみませんでした」

「いや——」

「告白した時も、だからすぐ引き下がれたんだと思います。やらなければならないことがあると言われて、当然だと思えたからですけど、そこを無理に押すような執着が私のほうになかったんだと思います。明日を見通して、長く付き合っていく展望が」

「そんなのはないほうが普通だろ」

だったら高橋さんは普通じゃありませんね。清水はそう、断定するように言った。

「告白を断られてから色々知って、私はあなたのことが好きになる一方なんです。——高橋さんには確かな芯がある。振る舞いを見ていても、こうしてお話をしていても判ります。自分の中に目標となるものがあるんでしょう。それがなんなのかまでは判りませんが、現在と未来を繋ぐものだということは想像がつきます」

他人を自在に殺せるようになりたいと思っているだけだ——高橋はそう言ってしまいたい衝動にかられた。それくらい彼女の言葉は純粋だった。

そこがと清水は続ける。若月さんと似ているんですよと。

「若月さんも強い芯を持っている人です。けれど、なんだかひどく危うい感じもする人です。そこが高橋さんと違います。高橋さんを見ていて安心できるような感じが、若月さんには全然ありません。気づいたらふっといなくなってしまいそうな、桜か粉雪か雛鳥《ひなどり》でも見ているような印象がずっと消えないんです」

それは高橋も頷けた。具体的な行動に付き合わされた自分にしか判らないことだと思っていたが、外から見ている清水にも判ることだったとは。

私は、と彼女の語りは止まらない。

「若月さんのことも好きです。とても元気で、なんだか大変な、けれど気持ちのいい人だと思っています。人を信じることができる、とても頭のいい人なんだなあと。誰とでも友達になれるような人では、ええ、ないのかもしれませんけど」

「他人に迷惑をかけすぎるからな」

まっすぐなのは素敵だと思います——透明感のある声で清水は言う。

「若月さんを案じる理由、話せないのであれば訊きません。けれどもしかして、高橋さんは若月さんから個人的なメッセージを受け取っているのではありませんか」

なぜ判ったのだろう。言葉が継げない高橋に、やっぱりと清水は笑いかける。

「そのくらいしか、人に言えない理由はありませんものね」

「それは……」

人の悪意をまったく考慮に入れない理屈だと思う。若月が監禁されているとか、犯罪に関係しているとか、そうした可能性は考えてもいないんだろう。

彼女の名誉に関わることだから言えない。そんな発想さえないのだ。

だが高橋は反論しなかった。指摘された内容そのものは合っていたからだ。ここで清水の世界観を揺さぶっていいことは何ひとつないからだ。

「──凄いな。まるで名探偵だ」

「それは若月さんでしょう。……変ですね。高橋さん」

「自分でもそう思う。妙に焦ってるんだ。試合の時もこうはならないのに」

「ふふ。でも、それならきっと大丈夫ですよ」

「──大丈夫？」

「若月さんは高橋さんを選んでメッセージを送ったんですよね。それは、高橋さんになら伝わるって信じたからです。こういう言い方をするのは好きではありませんけど、ちゃんと計算していいるはずですよ。若月さんは頭のいい人ですから」

俺になら伝わること。

下駄箱から出した靴を手に昇降口のすのこに座り、高橋は考えていた。

思い出すのは、高橋自身が糸井に語った理屈だ。ローコが手紙を糸井経由で寄越したのは、彼が解説をしてくれるという期待があったからだろうと。

ローコの期待はそこに留まらず、俺にまでいたっていたんだろうか。

俺ならこの手紙で充分判ってくれるだろうと。

手紙を取り出し、そこに記された推理の道筋をもう一度たどってみる。脈絡が薄く、だいぶ曖昧なところで終わっているが、これは推理をそこで止め、あとは行動あるのみだとローコが動き出したことを示しているのだろう。

そして何かに行き当たった。

糸井のように、そのすべてを疑い動かないことは高橋にはできない。

清水のように、そのすべてを信じてしまうことも高橋にはできなかった。

さっき考えたことをまた思う。ローコは本当に風邪をひいて家で休んでいるのかもしれない。その可能性はある。けれどそれならそれでいいのだ。問題はない。そうでなかった時のリスクが大きすぎるから動かなくてはいけないのだ。

あいつは大事な殺害対象なのだから。

誰かに先に殺されてしまう展開は論外として、今まで作り上げてきた流れが断ち切られてしまうことも避けたかった。高橋が吏塚高校の部室棟を作業場に選んだのは、ひとり若月を殺すためなのだ。周囲におかしな性格と認識されていて、行方不明になってもすぐ心配されることがない。小柄で殺したあとの処分がしやすく、誘き出すのも簡単な彼女を。

考えるほど、今若月を失うわけにいかなかった。

それにはまず信じなければいけない。ローコが書いたという手紙も、そこに書かれていた推理も。そしてあいつが、俺になら伝わると期待したということも。

そしてまた疑わなくてはいけない。ローコが何を企んでいたのかを。手紙を読ませることで、俺をどう動かそうともくろんでいたのかを。

手紙を糸井に託したのは、直接渡せばすぐ読まれてしまうかもしれなかったから。裏を返せば、糸井になら読まれても構わなかった。

俺と糸井で何が違う？　ローコとの付き合いなら糸井のほうがずっと長い。俺はざっと二ヶ月半だ。……その二ヶ月半のあいだの出来事にヒントがあるのか。

思い出そうとするまでもなく共通の景色が蘇《よみがえ》る。それらを振り返れば若月の居場所が判る気がした。直感に近く、確信などない。そんなものでも確かめることはできる。けれど確かめたことで立ち現れてくる次の展開が読めなかった。

どうすればその霧を払えるか。

高橋は考えることに慣れていない。それでも若月との付き合いで、推理の手法はそれとなく学んでいる。まず手がかりを組み合わせ、骨組みを作るのだ。それ自体が真実なら最上だが、そうでなくとも動き出すきっかけにはなる。

高橋は携帯を取り出した。時刻は五時近い。陽は沈んだが、まだ空には光が残っている。電話帳から近藤の番号を呼び出した。

「――うーい」

「今、大丈夫か」

通話の向こうは騒がしかった。大丈夫大丈夫と近藤が繰り返してすぐざわめきが遠ざかる。どうしたと問われて、高橋は手短に尋ねた。

「近藤お前、童貞なんだよな」

「いきなり何その質問。……あ、判った。自慢だろ。さては自分だけさっさと童貞が捨てられたもんだから俺に自慢を」

「俺は今学校だ」

「初回が校内とかおまっ、エロ漫画じゃねーか！」

いいから聞けと高橋は言った。オッケー聞くわと近藤は答える。

「カズがこんな時間に電話してくるなんて珍しいしな。ちょっと重たい話が始まりそうだったんで茶化した。すまん」

「いつだったか、ローコにお前、童貞なんだって言われてたな」

「あー、昼休みじゃないか？　つか、確かカズが誰かに告られた日だろ」

「あの時ローコはお前の名前を知っていたよな。……前から知り合いだったのか」

「いや、話をしたのはあん時が二回目だよ。それで童貞なんだとか言ってくんだから、あれも付き合いづれー女子だよな」

これは悪口じゃないぜとすぐに近藤はつけ加える。構わず高橋は尋ねた。

「一回目、最初に話したのはいつだ？」

「いつって、あんま覚えてないぞ。確か……九月だったかな」

「その時俺のことを訊かれなかったか？」

考えすぎかもしれない。だがもしそうなら繋がる線があるのだった。根拠もない思いつきをまず確かめようとするこれは、若月の手法である。

そうだそうだそうだったっけと近藤は簡単に認めた。

「カズがいつも走ってるコースがどのあたりかって訊かれたんだ」

「そのあとでお前、俺と昇降口で出くわしたんじゃないか？」

「おお、そういや吏塚高校の亡霊がどうとか話したっけ」

それは俺がローコと初めて話をした日のことだ。

指摘されて思い出したのか、そうそうと近藤は続ける。あん時は若月があんな性格だと知らなかったから、カズのことが羨ましかったんだよ。

「若月、外見はいいだろ。それもあって、お前は俺の自慢の友人だとか言ったんだ」

「どういうことだよ」

「俺にもプライドがあるってことさ。羨ましいとか妬《ねた》んで言うよりも、凄さを認めたセリフを口にしたほうが、自分は上等な人間だって錯覚できっだろ」

「そういうもんか」

「もんさ」

まー俺のプライドなんて大したことないからこの程度で済んでるがと近藤は言う。

「カズ、自覚してねーと思うから言うけど、お前くらい結果を出してる人間は、本当にプライドが高いやつの対抗心を煽《あお》るんだぜ。いるだけで周りの人間の自意識を刺激するんだ」

「そうか。……気をつけるよ。サンキュ」

「気にすんな。こんな忠告をするのも俺のプライドのためなんだ」

「それでもだよ。──近藤」

「あ?」

「お前は俺の自慢の友人だ」

照れたような笑い声が聞こえた。そうしてから、若月のことでまた何か面倒に巻き込まれてんだろと友人は続ける。

「俺はあと二年ちょい続く高校生活、異性が絡むイベントは避けまくろうと考えてる。そんな俺から見ても、カズと若月はお似合いだよ。二人並ぶ景色がすげえしっくり来てる。だからその、こんなこと言いたくないし、前言ったこととも矛盾するんだが……」

「なんだよ」

「頑張ってくれ。それだけだ」

通話は向こうから切れた。どいつもこいつも──高橋は思う。おめでたいもんだ。

嘲笑《あざわら》ったつもりが、妙な苛立ちを覚えていた。座っているすのこを拳で叩くと、思いがけず大きな音が響く。あたりを見回した。誰もいない。

すでに空は暗く、校舎に残る者も少ないのだろう。

ともかく気になっていたことは判った。おおむね予想どおりだ。昇降口を抜けて自転車置き場へ向かう。行く先は決まっていた。誰かに決めさせられた気もした。それが苛立たしいんだろう。きっとそうだと高橋は思い込むことにした。

急ごう。とにもかくにも今は吏塚高校へ。

◆

いつも走っている舗装道を逸れ、丘の裾で高橋は自転車を停めて歩き出した。

しばらくは砂利道が続く。日が暮れ、一帯はほぼ完全な闇だ。風が穏やかに通り抜け、下生えと枝葉を揺らしてゆく。好都合だと思った。灯りもなく進むいい練習になる。それに草木がこれだけ音を立てていれば、気配を悟られることもないだろう。

何度も通ったルートなので、方角は躰が覚えていた。砂利道から林に入り、闇に包まれても、目が慣れれば地形のシルエットから進むべき道の判別はつく。

やがて吏塚高校敷地のフェンスに行き当たった。その下を潜り、部室棟裏に出る。

作業場の窓枠に手をかけ、手探りで調べてみたが、仕掛けておいた枯葉はそのままだった。誰も侵入していない。窓を開けて中に入る。

高橋はそこで携帯を開き、その光を頼りに制服の上とワイシャツを脱ぎ、着替えとして用意しておいた黒色のシャツを着込んだ。これでいくらか動きやすくなる。そして棚からいくつか道具を選びながら、若月の行動を考え続けた。

ある程度は追跡できていると思う。だが判らないことも多かった。

まず思うのは、麻薬を撲滅するのは探偵の仕事かということ。

何かを探し出すのが探偵なら、隠されている麻薬を見つけることも探偵の仕事になるのかもしれない。だがそんなことを高校生に依頼するやつはいないだろう。

きっとこれはローコの暴走なのだ。だから糸井経由で俺に手紙を渡すしかなかった。誰かから頼まれたなら、頼んだその誰かに手紙を渡したはずだ。

ではなぜローコは俺を選んだのか。

恐らく、吏塚高校が関わっているからだ。というかあいつはそう推理した。だから手紙を出す相手が俺になったのだ。いざという時、俺なら気づけると踏んで。

吏塚高校とアスカ2は関わりがある——手紙を書いた時、ローコはそう考えていた。

今しがた通り抜けてきた林のどこかで、かつてアスカの名で流通する麻薬の原料となる植物は栽培されていたという。そのことをローコは知っていた。だがそれだけじゃ確信するには足りない。ほかにも理由があったんじゃないだろうか。

高橋は拳を額に何度か打ちつけ、九月の出来事を思い出そうとする。

ローコと吏塚に忍び込んだ日、あいつは近藤に、俺のランニングコースを訊いている。会った時の話し方では偶然出くわしたようなことを言っていたが、それは嘘だ。

　俺を待ち構えていたのだ。

　あの日ローコが狙っていたのは、吏塚ではなく俺だったのかもしれない。噂の亡霊を確かめることも目的のひとつだったにせよ、俺に自分を印象づけるほうが強い動機だったとすると……俺が亡霊探しに付き合うことまでは計画になかったはず。だからセキュリティの穴が見つからなかった時、あいつはすぐ諦めようとしたんだろう。

なのに俺が煽ったせいで屋上まで行くことになってしまった。

それだけじゃない。たどりついた屋上で俺が暴走し、ガラスを割って校舎に入ってしまった。そうした展開はさらに想定外だったはず。

もしかして、その過程で何かを見つけたんじゃないだろうか。見た時は意味が判らず、けれどあとで考えると不思議に思える何かを。自分の中で解釈して結論を下すのに、二ヶ月半かかってしまうような何かを。

　あの時ローコが見たものは俺も見ているはずだ。

　思い出せ。何があった?


………

　着替えの黒シャツはもう一着あった。それをすっぽり頭から被り、襟ぐりを覗き穴にして後ろで縛る。そうして作った即席の覆面姿で高橋は部室を出た。装いは全身黒色になり、いくらか闇に紛れやすくなる。

敷地を巡り校舎の窓を見ても、照明の灯った箇所はない。

割れている窓ガラスなども見あたらない。

セキュリティが動いているのは以前に確認済みだった。電気は来ているのだ。だが常時点灯しているはずの非常口灯は見えない。誰もいないのだから節電で消す——当然と言えば当然なのだろうが、セキュリティの厳重さを思えば不自然でもあった。

ここの管理者は侵入者を警戒している。今年の春に廃校となってから、もう半年以上も。

そこだろうかと高橋は思う。ローコが引っかかった点は。

校舎に忍び込んだ時、彼女は予想外だというようなことを言った。セキュリティの運用にもコストがかかる。だから大きな施設は簡単に侵入できる一階にだけセンサーを配置し、二階から上には設置しないはずなのにと。

吏塚のセキュリティはすべての窓に及んでおり、しかもそれが生きていた。屋上のガラス戸を割っても警備員が駆けつけたのだ。廃校にはすぎた設備だ。

ここは実は廃校ではないのではないか。

いや、廃校のほかに別の姿があるとしたら。それも人目を忍ぶ姿があったとしたら。

廃校吏塚の亡霊に、観念的な説明とは別の実体があったとしたら。

たとえば、脱法ハーブ製造工場というような。

ローコがそう考えたとしたら、どう動く？

窓を開ければ警備の人間がやってくる。窓を開けずに侵入するとしたら……

――そうか。

高橋は頷いた。彼女が選んだ方法が判った気がした。

そして、その結果どうなったかも。相変わらず確信はなく、夢に見る景色のようにおぼろだったが、確かめないわけにはいかなかった。

高橋は若月とそうしたように、校舎と体育館を結ぶ外通路の屋根に上がり、校舎の二階ベランダへ飛び移った。

グローブの用意はない。細かな作業ができなくなるので嵌めるつもりもなかった。バンデージだけでは指先が出るので指紋を残してしまうが、警察を招くような事態は想定していない。それに今なら不法侵入で見つかっても大した問題はないのだ。せいぜいボクシングの試合に今後出られなくなるくらいだろう。

バンデージを巻き終え、握った右拳を一度だけ左掌に叩きつける。

ついでにこれからの展開を考え、靴の爪先にも予備のバンデージを巻きつけ縛った。爪先立ちで歩けばソールの摩擦が殺せ、跫音は曖昧になるだろう。

それから高橋は無造作に目の前のガラスを拳で破った。まずガラス中央を一撃し、できた穴を広げるように周囲を砕いていく。一分とかからず窓枠だけになった。

鍵穴の周囲だけ小さく割るわけにはいかなかった。それでは空き巣だと思われてしまう。狙いは、割った窓から侵入することではないのだ。

彼は来た道を戻り地上に降りた。駆け足で校門へ向かう。

ガラスが割れた異状は通報されているはず。屋上のガラス戸を破った時もそうだった。あの時も戸は開けていない。センサーは窓の開閉だけでなく振動も捉えるのだろう。そのため異状を検出しても、侵入者以外の可能性を残してしまうのだ。

窓が割れていても、空き巣の割り方でなく、盗まれたものもなければ、警備の人間は悪戯と思うだろう。風の強い日なら、飛来物で割れた可能性を考えるかもしれない。

そこは、これまでどういった前例があったかで対応が変わるはず。

もし最近似たようなことがあれば警戒するだろう。たとえば、そう、割られたガラスを新調したばかりといった事情があれば。

さて、どうやって警備員を待ち構えるか。

考えながら高橋は動き続けた。

◆

車の走行音が近づいてきた。校門前に停車し、人の降りる気配が続く。

それを高橋は、正面玄関脇の茂みに身を潜め全身で感じ取っていた。

話し声が聞こえる。三人か四人いるようだ。今年の九月、ローコと話していた警備員は二人だった。夜だから警戒を強めているのか。それとも――

校門が重たい音を立てて開き、向こうから三人の人影が現れた。その後ろから二色に塗り分けられた車がゆっくり進んでくる。

歩いている三人の中で、警備員らしい藍色の制服を着ているのはひとりだけだった。

残る二人のうち、ひとりは大柄で厚みがある躰で無地のシャツを膨らませていた。格闘技経験があるのか、耳が潰れている。ボクサーなら階級はヘビー級以上だろう。

もうひとりは痩せていた。暗くてよく判らないが、柄の派手なシャツに白ジャケットを羽織っている。歩き方が軽い。妙な得体の知れなさがあった。

警備員姿の男が玄関扉へ歩み寄って解錠にとりかかった。手間取っている。その後頭部を白ジャケットの男が雑にひっぱたいた。まともなやりとりには見えない。

そこで高橋の視界を塞《ふさ》ぐように車が停まった。横腹に『KUDO警備保障』と文字がペイントしてある。運転席からもうひとり警備員の格好をした男が降りてきて玄関へ急いだ。

現れたのは総勢四人。警備員姿の二人は二十代に見える。白ジャケットの男はずっと上、四十代だろうか。大柄な男は顔より躰の印象が強く、年齢の見当がつかない。

車両が視線を遮ってくれるのをいいことに、高橋は携帯を開いてネットに繋いだ。『KUDO警備保障』で検索をかけてみる。

その名では一件もヒットしなかった。今時、自社のサイトを持たないどころか、連絡先も検索できない警備会社などあるだろうか？　高橋は携帯画面を睨《にら》んで思う。

今ここで誰かに連絡するべきかもしれない。でも誰に？

警察は論外だった。ほかにいくつか思い浮かんだが、どれも適当とは思えない。迷惑をかけたくなかったからではなく、彼自身に後ろめたさがあるせいだった。

高橋は携帯を閉じた。玄関扉がようやく開いたようだ。

その時、遠くで何かが弾ける音が聞こえた。——爆竹のような。

男たちのあいだに緊張が走る。

いいタイミングだと思う。

数分前、木炭と着火剤、それを一斗缶に竹と一緒に入れたものを、吏塚の外周にある側溝に置き、火を点けておいたのだ。ただの爆竹では導火線が燃え尽き次第音が鳴ってしまうが、竹なら火にくべてから音が鳴るまで時間がかかり、その場から離れることができる。簡単な時限装置——若月から教わったやり方だった。

木炭も着火剤も一斗缶も、殺した相手の衣服などの焼却処分を想定し用意してあったものだ。竹は裏手の林にいくらでも生えていた。

相手が複数の場合を考えての仕掛けだったが、さてどうなるか。

白ジャケットの男が何か指示し、警備員姿の二人が二手に分かれて校舎の外周を歩き始めた。自身は大柄な男とともに校内へ入っていく。内側から錠をかける様子はなかった。

四人が視界から消えるのを待ち、高橋は茂みを出た。

玄関扉を開けて校舎に入る。先に入った二人の姿はない。目の前にある階段を上がっていく跫音が聞こえた。そのあとを静かに追う。

高橋が割ったのは向かいにある棟の二階の窓だ。こちら側からだと、二階にある連絡通路を渡って向かうのが最短ルートになる。だが先行する二人は二階で止まらず、さらに階段を上っていった。割れた窓より確認を優先したい何かが上にあるということか。

距離を取って高橋はそのあとを追った。

先を進む二人は四階に到着し、廊下を進んでいく。

廊下は見通しが良く、あまり近づくことができない。高橋が物陰から様子を窺うと、二人は廊下の中ほどにある部屋の前で立ち止まっている。白ジャケットの男のほうが鍵を使って部屋の戸を開け、中に入っていった。大柄な男は廊下のあちこちに懐中電灯を向けている。その光が躰を掠《かす》めそうになり、高橋は頭を引っ込めた。

体勢を低くして再び顔を出すと、白ジャケットの男が部屋から出てきて、大柄な男に何か言っているのが見えた。言われたほうは不機嫌そうに頭を振り、短く何か答える。それから戸に鍵をかけ直して二人は歩き出した。――高橋のほうへ。

階段はさらに上へと続いていた。そちらは屋上、つまり袋小路になる。瞬時に判断し、高橋は階下へ向かった。三階の物陰で耳を澄ませる。

男たちの跫音はさらに階段を上っていった。

屋上に何かあるんだろうか。

高橋はかつて見た景色を思い出そうとする。彼と若月が上ったのは向こうの棟の屋上だ。そこに目を惹くものはなかった。

こちらの棟の屋上には何があったろう。校舎内へ続く塔屋とは別に、建物があったはずだ。それについてローコが何か言っていた気がする。

高橋はそれを思い出しながら四階の廊下に出た。まずは男たちの確認した部屋が気になっていた。バンデージを巻いた爪先で跫音を殺しながら駆け、目当ての部屋前に到着し、けれど摩擦がないせいで滑り、床に手を突いて、転がるように立ち止まった。

部屋の戸に手をかけたが、やはり施錠されている。錠の構造は単純に見えたが、若月のようなピッキング技術はなかった。音を立てず破ることもできそうにない。

高橋は周囲を見た。隣の部屋の引き戸が目に留まり、そちらを試してみると簡単に開いた。中は細長く狭い部屋で、向かいに窓があってベランダに続いている。空の棚が両脇に並んでいるところを見ると、倉庫として使われていたのかもしれない。

警備員が校舎で動いている以上、セキュリティは切られているだろう。高橋は窓を開けて外に出た。そのままベランダ伝いに施錠されていた部屋にたどりつく。

その窓に顔をつけて中を覗いたが、暗くてよく判らない。

窓は施錠されていたが、今度は空き巣の方法をためらわなかった。取り繕《つくろ》ってほかの手を考える時間が惜しい。ここが目的地だという直感もあった。

ビニルテープを取り出し、見えるクレセント錠を囲むように貼りつける。次にマイナスドライバーを取り出し、ガラスとサッシの隙間にこじ入れて捻った。ガラスに罅《ひび》が走るが、テープがあるため全体に及ぶことはない。響く音も小さなものだ。錠のところだけ割り、できた穴から差し入れたドライバーの先端でレバーを押して錠を解いた。

窓を開けて部屋に入る。

そこも隣と同様、狭くてものがない部屋だった。空虚な印象だ。

だが壁際に椅子が置かれ、そこに座る人影があった。

近づくと糞尿の臭いがした。それでも足下に汚れた水たまりなどはできていなかった。小柄な人影は俯いている。西高の制服を着ていた。襟元を飾る見慣れた白いスカーフタイの結び目が崩れているのが彼の目を惹いた。

高橋はしゃがみ、その顎を摑んで顔を上向かせる。

若月だった。

さるぐつわを噛まされた彼女は、しかし瞼を開けていた。覚醒しているのだ。だが瞳は精彩さに欠け、意志の光も窺えない。さるぐつわを噛まされ苦しいはずだが、鼻息は落ち着いている。額に浮いた汗と、張りつく前髪が生々しかった。

見ると両手が後ろで縛られている。脚は縛られていない。少しためらいつつスカートをめくると、紙おむつをさせられていた。交換の手間を考え脚はそのままなのだろう。椅子も床に固定されてはいない。その気になれば、手を縛られたまま立つことも歩くこともできるはず。なのに若月にはそんな抵抗をした様子がない。

「――ローコ」

さるぐつわを外して正面から見つめても、彼女は視線を合わせようとしない。高橋がいることさえ気づかないようだ。

その口元からよだれが一筋垂れた。

そこで彼はやっと、若月に寄り添うようにして立つ点滴台に気づいた。吊り下がる点滴バッグから伸びるチューブは手首に巻かれた包帯に続いている。その下で、注射針がバッグの中身を投与し続けているのだろう。バッグにはなんの記載もない。

若月がおとなしいのは薬の作用か。

高橋は点滴をむしり取った。若月の手を縛っていた縄も解く。だが彼女の反応は鈍い。自分の意志で立つこともできそうにない。

ここから抱えて逃げるのは難しいだろう。またそのつもりも彼にはなかった。

高橋は若月の躰を引きずり、割って侵入した窓の近くに座らせた。

そうしてからベランダへ出て、ガラスに張ったビニルテープを剝がしてから全体を叩き割る。ガラスの破片をよく見ればテープの跡は判るだろうが、構わない。若月が逃げ出そうとして割ったのだと、一瞬でも思わせられれば良かった。

ベランダを伝って隣の部屋へ戻り、窓を閉めて入口のところで耳を澄ませた。

これで四人が帰ってしまうならそれでいい。向こうの棟の窓が割れているのを確認し、けれどそこから侵入した者はいないと結論すればその可能性もあるだろう。

だが高橋はそうした展開をあてにする気になれなかった。若月が侵入して捕まったのは今週月曜だろう。その記憶は彼らの脳裏に新しい。徹底的に捜索するはず。

ではどう動くべきか。

いちばん無難なのはこのまま逃げ出すことだ。ここを根城にしている連中の正体がなんであれ、ローコを拘束しているのは犯罪だ。通報すれば警察が動く。

しかし通報には名乗る必要がある。匿名の通報で警察が動くかは怪しいからだ。また今なら探られて痛い腹はないが、奪われて痛いものはある。作業場とそこに揃えた道具だ。もしここが脱法ハーブ製造に使われており、そのどこかに違法な行いがあれば、警察の捜査は徹底したものになるだろう。その手は部室棟まで及ぶに違いない。

加えてもうひとつ惜しいと思うことがあった。それとも機会と言うべきか。

正常な意識を失った若月の姿を彼は思う。

——いや、今はとりあえずいいか。

高橋がガラスを割って彼らを呼び寄せたのは、校舎に侵入すればどうせ警備員はやってくるのだし、それなら来るのを待ち構えて尾行し、中にある何かまで案内させたほうが早いと考えたからだった。ローコも似たような手を取ったんだろうと思っている。

その目的は達せられた。彼女を見つけることができ、またこの棟の屋上に、彼らにとって大事な何かがあることが判った。しかし四人も来たのは想定外だった。

若月が校舎で捕まっていれば、そうなるまでに一騒動あったはずで、であれば彼らも警戒を強めていることは予想できたはずだ。だが悔やんでも仕方がない。警備員二人くらいならどうにでもなると立てた計画も、変更を余儀なくされる。

「――やるか」

高橋は呟いた。ぞわりと背筋を駆け上がるものがあった。

警察の介入を好まないのは向こうも同じだろう。となれば、見つかった時は真っ向からやり合うことになる。もちろん試合のようなフェアな争いは望めない。相手は四人、また何かしら武器を持っていると考えるべきだった。

こちらはひとりだ。

嚙《かじ》って一年と経っていないボクシングに、多人数を相手に立ち回る技術はない。

二分か三分を1ラウンドとし、一分のインターバルを挟んで3ラウンドで勝負を決めることしか想定していない。一対一で戦う環境が作れても、手間取れば加勢される。相手を一撃で沈めるパンチがボクシングにないわけではないが――それは高校生が競う技量の枠も、高橋の経験と身体が実行できる枠も遙かに超えていた。

ボクシングに頼れないなら、もうひとつの武器を使うしかない。

ひとごろしの覚悟を。

背筋をふたたび何かが駆け上がる。恐怖に似ていたが恐怖ではなかった。全身が震え、けれど力が漲《みなぎ》るのだ。考え、ああそうかと高橋は頷いた。フェアな戦いではない。試合とは違う。それは判っている。だからそうではなくて。

敵と定めた相手が悪人だからだ。

そういう相手を叩くのは初めてだった。今までの人生で、高橋は悪と言い切れる相手と喧嘩をしたことがなかった。いじめっ子とぶつかったことさえない。

けれど今回は違う。集団で何かを企み、それが露見しそうになると若月を監禁するような連中だ。社会的な価値観に照らしてもまっとうな悪である。

つまり俺と同じだ。

自分のために他人を犠牲にしようとする。そんな悪人同士のぶつかり合いに手加減は要らない。守るルールもない。それだけ自由ということ。

自由。

いい響きだなと高橋は思う。

遠くから跫音が近づいてきた。焦っているのか、早足でやって来たのはひとりだけのようだ。若月が監禁されていた部屋の前で錠を解く音が聞こえた。戸が開けられるのに合わせて高橋も潜んでいた部屋の戸を開け、廊下を覗いた。

誰もいない。跫音の主は若月のいる部屋に入ったようだ。

その部屋の入口まで進み、中を覗くと、警備員の格好をした背中が見えた。

やはりひとりだ。

男は、若月が窓際まで移動しているのを見て絶句しているようだった。予想外の景色だったのだろう。高橋は身を屈《かが》め忍び足でその背後まで進み、こちらを向いている背中、その脇腹に近いところに渾身《こんしん》のボディアッパーを叩き込んだ。

腎臓打ち《キドニーブロー》。ボクシングでは反則である。

喰らったことがない高橋にその痛みは判らない。伝聞では血の小便が止まらなくなるという話だが――相手は呻《うめ》くこともできず躰を反らし、膝からくずおれた。打たれた箇所を手で押さえつつ、顔が右肩越しにこちらを向く。

その顎に左フックを叩き込んだ。カウンターの格好になる。

膝を突いた者に攻撃を加えることも反則だった。当然、腰の高さまで下がった顎を打った経験もない。綺麗に入れば脳震盪《のうしんとう》を起こしてKOが取れるパンチだが、わずかにポイントがずれていたのか、相手は顔を傾げたまま手を挙げた。負けを認めるジェスチャーだ。

追い打ちで高橋は上から体重を乗せたブローを顔面に叩き込む。鼻の軟骨がひしゃげる手応えが拳に残り、今度こそ相手は床に倒れた。

しばらく見ていても動かない。意識が飛んだようだ。高橋はその躰を裏返し、両腕の手首をポケットのビニルテープで巻いた。脚のほうは自由にしておく。

ひとり、まずは沈められたと思う。拳は痛めずに済み、息も乱れていない。首尾は上々、不意打ちが綺麗に決まってくれた格好だ。

「あー」

急に声が聞こえ、反射的に高橋はそちらを見た。

若月が笑っていた。意志のある笑い方ではなかった。赤ん坊が見せるような笑みだ。開いた口から垂れたよだれが床まで糸を引いている。

敵をひとり倒したことより、まだ倒さなければならない敵がいることより、そんな彼女の反応を怖いと思う。なぜかは考えないようにした。

今は動くことだ。意識を切らすな。高橋は床に倒れた男を見て思う。

こいつは外を見回っていたはず。それがここへ来たのは、この部屋の窓が割れているのを外から見つけたからだろう。単身で来たのは、そう警戒していなかったからか、あるいは密かにローコに悪戯しようとでもしていたのか。

ふと高橋は、なぜローコは監禁されていたのだろうと考えた。

始末するならさっさと殺してしまえばいい。点滴を与え、紙おむつをあてがってまで生かしておく必要はない。何かに利用しようとしたのか？

たとえば人身売買――薬を投与し思考を殺しているのもそのためであるとか。

高橋は首を振った。いまいち現実味がない。若月は制服姿だ。調べれば身元もすぐ判る。そうした相手を売り買いするのはリスクが高い気がした。彼女のほうから望めば違うのかもしれないが、それはもっと現実味がない想像だった。

とにかくどうする。ここで待つか、ほかに移動するか。

高橋は動くことにした。

すでにひとり倒したのだ。これで、待っていても連中が帰ってくれる展開はなくなった。それなら動いて先手を取り続けたほうがいい。

二階まで下り、連絡通路を渡って向かいの棟へ急いだ。目指すは最初にガラスを割った二階の教室である。行き先に理由はない。勘だった。

走ったせいで荒くなる息を抑え、教室を覗いてみる。

警備員姿をしたもうひとりが割れたガラスの前で携帯を使っていた。高橋に背を向け甲高い声で、そうなんですよと頷いている。

「ええ、またガラスが割れてしまって――普段は誰も使ってませんから急ぐことはないんですが。はは。今日はもう遅いので、明日の――あ、午前中に頼めますか？　……大丈夫？　それならそうしてもらえると、はい、こっちも助かります」

じゃあそういうことでと男は通話を終え、携帯をしまった。

その時にはもう、高橋は背後に忍び寄っていた。会話の途中で手を出しては通話相手に怪しまれてしまう。また呼吸を整える時間も欲しかった。

ふたたびのキドニーブローを目の前の男に叩き込んだ。

◆

あと二人。心に唱えながら高橋は来た経路を戻った。

目指すは屋上――男二人が向かった先だ。階段を駆け上がり、塔屋のガラス戸に手をかける。もし開いていれば二人はまだ屋上にいるということだ。

ガラス戸はすんなり開いた。

屋上へ出る。風は寒いくらいで、汗をかいた身には心地好い。シャツで作った覆面も取り去ってしまいたかった。だがそんな暇はなかった。

そこは見晴らしが良く、隠れる場所がない。屋上にある別の建物——若月が機械室と言っていたその入口までまっすぐ見通せるのだ。

当然、向こうからこちらもまた。

機械室のドアが開いていた。そしてその開いたドアの前で白ジャケットを着た男が佇み、暇そうに煙草をふかしている。

男は高橋に気づくと、おやという顔をして、すぐさま凶悪な笑みを浮かべた。

「どちらさんで？」

声に歳が窺えた。さっきは四十代に見えたが、もっと上かもしれないと思う。

もうひとりいた大柄な男の姿はなかった。機械室の中にいるのだろうか。そちらは暗くて様子が判らない。

高橋は無言で進んだ。応じるように白ジャケットの男は煙草を捨て、ポケットから何かを取り出した。軽く振ると金属が擦れる音とともに伸びる。警棒のたぐいらしい。男はそれを振り回し、空気を裂《さ》く音を響かせた。威嚇というより準備運動のようだ。

警棒相手に拳で挑んだ経験は高橋にない。

だが不利には感じなかった。若いだけ動ける自負もある。いちばん厄介に見えた大柄な男もいない。それに警棒は長いぶん懐《ふところ》に入れば勝機もあるはず。

二メートルほどの距離から高橋は身を屈めて突進した。

「はっ！」

男が振る警棒を左肩で受け止める。激痛が走った。ついパンチと同じように受けてしまったが、速度の乗った金属の衝撃はグローブ越しに喰らう拳の比ではない。

それでも高橋はフックを繰り出す。相手はそれを上体を反らして避けた。スウェーバックだ。こういうことに慣れているのか。

立ち止まるな。パンチはまとめて打つ。ボクシングの基本だった。

踏み込んで左フック。キレがない。肩に喰らった一撃のせいだ。右ストレート。これは相手の頬を捉えた。ぐっと呻きつつ、男は視線を外さない。

やはり戦い慣れている。

そこで男が振った警棒を、高橋は下がって避けた。もう受けるわけにはいかなかった。

「――クソが」

男は警棒を両手で握った。そのまま近づいてくる。力を込めればそのぶん振りは大きくなり、回避は簡単になるはず。思う高橋の視線は警棒に流れた。

それこそ相手の狙いだったのだろう。警棒が振り上げられ――そちらに意識を取られた高橋は、鋭い前蹴りをもろに喰らってしまった。意図しない声が漏れる。男の舌打ちが聞こえた。喰らったのは腹だ。金的を狙っていたのだろう。

「手間かけさせんな」

背筋が伸ばせない。男が近づいてくる。気配で警棒を振り上げたのが判った。

避けなければ。ステップは間に合わない。せめて躰を捻って軸をずらす。

辛うじて間に合った。頭部への攻撃が逸れて左肩に当たる。さっきもらった場所に近かった。痛む肩を押さえたくなる。だが守っている場合ではない。

躰を屈めたまま右フック。手応えがあった。脇腹だ。しかし体重が乗っていない。

「ぐっ。——このっ」

男の声に怒りが混じっている。なんとか高橋は背筋を伸ばした。男が警棒を横に払う。脚が重い。下がるのが間に合わず、左腕で受けざるを得なかった。

激痛が走り、左はもう使えないなと思う。

それでも、いや、だからこそ高橋は前へ出た。

ルールのない戦いだ。下がって勝つ景色は浮かばなかった。

白ジャケットの男は舌打ちし、警棒を左手に持ち替え、右手を懐に入れて何か取り出した。

小ぶりなナイフだ。

そして左手の警棒を下に構え、右手のナイフを目の高さに構える。明らかに何かの型に沿った構えだった。本気を出すということだろう。

その時だった。

ぬっとその背後の暗闇——機械室から太い手が伸びてきて、ナイフを持った男の手首を摑んだ。追って野太い声が響く。

「アホか」

白ジャケットの男は振り返り、いやしかしと続けた。

反論を、けれど大柄な男は許さなかった。もう片方の手で相手の首筋を摑み、まったく無造作にその躰を機械室のドアに叩きつける。ぐはっと空気を吐いて白ジャケットの男は倒れ、警棒とナイフが屋上に転がった。

とまどう高橋を差し置いて、そのまま男は無言で倒れた相手に蹴りを加える。制裁らしい。そちらのほうが役が上なのだろう。

やがて気が済んだのか、大柄な男は高橋に向き直り言った。

「下にいる二人と連絡が取れん。やったのはお前か?」

高橋は答えなかった。ただじっと相手を見つめた。ごつい風貌だ。頰から瞼、唇、耳、鼻、どこもかしこも叩かれ鍛えられたらしく太い。瞳だけが鍛えようもなかったというように小さく、優しげに見えるのがちぐはぐだった。改めて観察すれば、歳は白ジャケットの男より下、恐らく三十代と思われた。

まあお前なんだろうなと頭を搔き、男は左拳をまっすぐ伸ばすと、高橋に向けて開いた。

指に挟んでいた紙片を飛ばしたのだと判ったのは、それが胸に当たってひらひら落ちてからだった。紙片を腰のあたりでキャッチして、高橋は俯かずに目の高さまで上げて見る。相手から目を逸らしたくなかった。

名刺だ。宮藤《くどう》総合商会総務部長と肩書きがある。名前は——

「郷本武《ごうもとたけし》ってもんだ」

明朝体でそう記されている。腎臓を打って倒した二人目の警備員――らしき男が持っていた携帯の履歴に、同じ名前があったことを高橋は思い出した。

見たとおりヤクザもんだよと郷本は言う。

「それで、お前は？」

「……………」

「答えねえか。そうだろうな。けどマスクマン、これは答えてくれよ。目的は一体なんだ。返答によっちゃ話し合いの余地がある」

高橋が答えないのを見越したように郷本は続けた。お前は――

「ひとりで来たんだよな。警察には頼らなかった。頼れなかったのかもしれないが、ならアウトローなわけだ。でだ。もしお前の目的が下の階にいるあの高校生、学生証には若月浪子ってあったな。彼女の救出なら、ぜひそうしてくれ」

「……そうしてくれ？」

「始末に困ってたのさ。うちのバカどもが、不法侵入だっつって捕まえて縛り上げちまったからな。躰には手を出してねえようだが、薬漬けにしちまったから、立派な傷害だ。向こうからねだってきたとか言い訳してたが、ろくでもねえやつらだよ」

しかしクズどもをクズだからって理由で見捨てたらヤクザの名折れだと郷本は言う。それこそ自負であるというように。

「しょうがなく調べてみたが、まだ捜索願は出されてねえ。家に帰すなら今のうちなんだが、あの状態じゃ返せねえ。薬が抜けるのが先か、捜索願を出されちまうのが先か。ちょっとドキドキもんなんだよ」

「……今も薬を投与し続けているように見えた」

「あの点滴はブドウ糖だ」

まあ心を落ち着ける薬も入ってるがなと郷本はばつが悪そうに付け加えた。

「そんなわけだから取引の余地があるのさ。家族が捜索願を出してねえのは外聞を気にしてだろう。今のうちにお前が彼女を穏便に帰せるのなら、こっちにとってもいい話だ。連れて帰ってことを収めてくれ。じきに薬も抜けるだろう」

それでかと高橋は思う。監禁しておきながら見張りを常時立てていないことが不思議だったのだが、もしローコが正気に戻って四階のあの部屋から逃げ出したなら、それはそれでよしということだったのだろう。

「……彼女を救いに来たのが理由じゃないとしたら？」

「その場合、来た理由をこっちから訊くことになる。お前の目的と、俺たちの利害が一致するかどうか、話はその判断のあとになるな。言っとくがこっちの目的は言わないぜ。取引なんだから、知りたきゃ調べて指摘するのはそっちの甲斐性だ」

「アスカ2」

駄目元で口にすると、ほおと郷本は声をあげた。感心したという表情だった。とぼけることもできただろうに面白がっているようだ。

「それをここで作っているんだろう」

「正解だ。……まいったな。ピンポイントで銘柄《めいがら》まで当ててくるとは」

若《わか》、と倒れた白ジャケットの男が口を開く。だあってろと郷本は低く言い、もう一撃男に蹴りを加え、だがよと続けた。

「違法ではないぜ。脱法ハーブってやつでな。法律では麻薬であるとは認定されねえんだ。人体への使用を前提に売りゃあ薬事法違反になるがな、ただのお香だと言って売るぶんには問題ない。見てみっか？　この中」

促すように郷本は機械室へ入っていく。しばらくして明かりが灯った。

高橋は入口まで進み、中を覗いた。用途の知れない機器が低い音を立てている。奇妙な臭いが鼻を衝いた。有効成分を精製しているんだと郷本は言う。

「ここで作った粉を適当な葉っぱに――イエローラベルでも玉露《ぎょくろ》でもミントでもいいんだが、まぶしたものを売るのさ。……本当ならこの有効成分自体、海外から輸入するほうがコスト面で有利なんだがな、国産ってのがアスカ2のブランドなんだよ。純国産にこだわるやつには割高でも売れるし、紳士的な商売になりやすい」

言っておくがと郷本はつけ加える。この場所だって無断で借りてるわけじゃない。

「持ち主とも話がついてる。綺麗な商売さ。機械動かす関係上、でかいアンペアが使える広い場所を求めてたこっちと、この不景気と立地で次の利用も考えられない上物《うわもの》を潰しあぐねていたあちらさんとの利害が一致したんだ」

「……」

「てなわけで、アスカ2は脅《おど》しの材料にゃなんないぜ。後ろめたいことは何もない」

「存在しない警備会社を装い、セキュリティで固めてるのにか」

「そりゃあ、よけいな注目を浴びる必要もないからさ。ダッチワイフだって痔《じ》の軟膏だって、発送元を隠して客に届けるもんだ」

「——若月の件は脅しの材料になる」

だな、と郷本は素直に認めた。

「しかしそっちの線で攻めてくるなら本気でやりあうことになるぜ」

「暴力が嫌いなのか」

「本業だよ。だから面倒も判る。殺しとなると屍体の始末まで考えにゃならん。しかも二人分だ。金もかかる。殺すのはほかに手がねえ時だけだ。——それに、俺らとやりあって生き残れたとして、誰か得するかい？　あの子にも悪い噂が立つだろうぜ」

確かに誰も得はしないだろう。高橋には悪を裁く正義感もないのだ。

「だからここは彼女を連れて下がってくれ。そうしたら俺らも変わらず商売を続ける。そんなとこでどうだ。マスクマン」

笑みさえ浮かべながら郷本は言う。高橋は頷いた。大筋では呑める。しかし——

「……条件がひとつある」

「あん？」

「簡単な話だ」

◆

郷本とその他三人は吏塚高校を去った。

警備会社を装った車が去るのを確認してから、高橋は若月を背負い、校舎を出た。

部室棟の裏手に回り、作業場の窓の下で若月を下ろす。壁に凭《もた》れさせ、地べたに座らせた。

そうしてから高橋はポケットを探り、今の今まで使わずにいたペンライトを灯した。

若月は瞼を閉じている。

風の音がうるさくて呼吸音が聞こえない。高橋はペンライトを消し、彼女の首筋に指を当てた。確かな脈拍を感じる。唇に手を近づければ、薄い吐息も感じられた。

生きているのだ。

まだ。

「……ローコ」

名を呼び頬を叩く。反応はない。眠っている。疲労が深いのか、薬の作用か。

ここが正念場だと思い肩を揺すった。呼びかけを繰り返す。

「ローコ……ローコ！」

彼女は応えない。

高橋は膝立ちで若月の両脚に跨《また》がり、その首筋を両手で摑んだ。見た目よりずっと細く感じられる。絞めるどころか、首の骨を折ることさえできそうだ。

少し湿った肌は柔らかく、バンデージを巻いた掌にも体温が伝わってくる。

殺すのは今だ。今なら殺せる。

衝動的な行為ではない。今日最初のガラスを割る時からずっと、若月が吏塚に囚われている想定が事実なら、殺すチャンスと考えていたのだ。

若月は行方不明になっていた。今もまだ世間的には行方不明のままだ。

しかもその行方不明の発端に高橋は関わっていない。

若月は自分の意志で吏塚高校に侵入し、捕まったのだ。このまま行方不明であり続けた場合、疑われるのは郷本たちになる。それゆえ彼らは、若月が家に戻っていないことに気づいても探しはしない。屋上で会った覆面姿の高橋を疑いはするだろうが、放っておくだろう。下手に動けば藪蛇《やぶへび》で自分たちの疑いを濃くしてしまう。

若月を殺してその屍体を消す、これ以上ない条件が整っているのだ。

警察に通報せず、高橋が単身で動いた理由はそれだった。

計画は予定どおり——いやそれ以上の形で進んだとも言える。今、若月は抵抗できる状態にない。殺すには、ちょっと手に力を込め続ければいい。

殺さない理由はもうどこにもない。

どんなに探してもない。

「——ローコ」

彼女はやはり応えない。

それにと高橋は言い訳するように思う。こいつは死ぬべきだと。現実的でない夢を持って、そのために周囲の迷惑も顧みず動き、挙げ句に自分も傷ついてしまう。

意味があるとは思えない。世間にとっても、彼女にとっても。

だから——

「おいローコ。殺すぞ。起きろ」

彼女は応えない。その躰から、力はすっかり抜けている。

高橋の脳裏をいくつかの声が過《よ》ぎった。今日、何人かから投げられた言葉だ。

——若月さんのこと、頼んだよ。

——とても元気で、なんだか大変な、けれど気持ちのいい人だと思っています。

——カズと若月はお似合いだよ。

なぜそんなことを思い出すのだろう。

いや、思い出す言葉はそれだけに止まらない。

——殺すのはほかに手がねえ時だけだ。

職業犯罪者の言葉まで蘇ってくる。判らないことはまだあった。ついさっき、郷本と交わした最後の会話を思い出す。そこで高橋は、自分でも判らない条件を提示したのだ。

どうして俺はあんなことを口にしたのか。

郷本が呑むことは判っていた。けれどそんな条件を思いついたことは解せなかった。

自分はローコを助けに来たのだと、郷本に勘違いさせ続けるためだろうか。

いや、いくらなんでもそれは通らない。実際、郷本はどうして俺がそんな条件をつけ加えるのか、まったく理解したふうではなかった。

もしかして俺は、俺自身を騙そうとしたのか？

ローコを殺しに来たのではなく、助けに来たんだと。

罪悪感を覚えて、事実から目を背《そむ》けようと。

高橋は首を振った。判らなかった。自分の考えが判らないことが、こんなに不安になるとは思わなかった。ローコならこんなことはないのだろう。いつも迷わず行動していた。こいつに訊けば、俺の行動にきちんとした説明をつけてくれるかもしれない。

「ローコ……起きてくれ」

訊きたいことがある。いや、俺のことだけじゃない。お前にも確かめたいことがあるんだ。

「死んだら、もう教えてくれないんだろう？」

当たり前だった。それを動機にした殺人もあるくらいだ。

けれど今、高橋は本気で彼女の声を聞きたいと思った。

――

それとも、と思う。

こんなごちゃごちゃした考えも、殺してしまえば消えてくれるんだろうか。

きっと解体作業に入れば、よけいなことを考える暇はなくなるだろう。そして後戻りできなくなれば、今抱えている疑問すべてを無駄と断じられるようになるはずだ。

それだけが唯一の救いに思えた。殺人の動機には充分だ。いや、その動機は今この瞬間、殺人の練習なんて説明より、ずっと切実に感じられた。

高橋は彼女の首筋を摑む手に、ゆっくりゆっくり力を込めていった。

終章　亡　霊

一二月のその日、遠海西高は穏やかだった。

終業式まで残すところ一週間、空はすっかり冬の白さで、期末テストは終わったばかり、クリスマスまで間があるので浮かれ騒ぐ雰囲気は薄く、それでも抑えきれない気持ちがそこかしこで諫められている。そんな平和な景色である。

「しかしあれだな。恋をしなければならないっていう風潮はどうしたもんかね」

いつもどおりの昼休み、弁当を使いながら近藤がそう切り出した。佐々木がすぐに応じる。

コンドーム先生、本日の議題はなんでしょう。

「童貞、恋愛を語るですか」

「まあそんなとこだ。――いや聞け辰人、カズも」

佐々木のことをデブと呼ばない。真剣な話というサインだなと高橋は読み取った。

「世間が恋愛を煽り立てる風潮は伝統のようだ。映画も音楽もいつだって恋愛とともにあった。クリスマスやバレンタイン、いやそんな行事は関係なし、春は春、夏は夏、四季折々で何かと理由をつけちゃあ、くっつけとそこかしこで囃《はや》し立てやがる」

「居心地は悪いよねえ。不思議とゲームの中じゃ気にならないんだけど」

「でも動こうとはしないだろ？」

「動くって？」

「恋人を作ろうとか」

「……コンドーム先生、自分がそうだからって他人もそうだと考えるのは」

「ハッタリは信憑性《しんぴょうせい》が少しはないと意味ないぞ」

うひゃひゃと佐々木は笑う。ほんでだ、と横やりにもめげず近藤は続けた。

「そんな恋愛を煽る風潮がありつつも、日本の少子化は進む一方だろう。これは一体どういうことだ？　急かされると拒否してしまうのか？」

「いやコンドーム先生、それこそコンドームの使い方が周知徹底された結果ってことなんじゃないの？　先生の言う世間に煽られる恋愛と、出産子育てがすぐ結びつくかどうかは、議論の余地があるんじゃないのかな」

「恋愛は求める。性欲も満たす。けれど子供は要らないってか？」

「そうそう。僕なんか、恋愛と性欲さえ別のものみたいに感じるけど」

射精できれば満足ってところあるしと佐々木が言い、おおいに得るところのある意見だというように近藤は頷いた。そのやりとりを聞きながら高橋は予感した。友人が最終的に言わんとすることが判った気がしたのだ。

しみじみと近藤は呟く。

「みんな性欲のコントロールがうまくなってるってことかもな……」

「そうそう」

「つまり俺みたいなのは年々減りつつあると」

「ちょっとそれは……ノーコメントだけれども……」

気遣う佐々木の姿が珍しく、思わず高橋は笑ってしまう。いやいいんだと芝居がかった口調で近藤は言葉を続けた。

「親に俺ができた時の話を訊いたら、二人とも口を揃えて『ブレーキが見当たらなかった』って言い放ちやがったからな」

「まるで環境が悪かったかのような言いぐさですな」

「すげえだろ」

「ちなみにコンドームは長男だよね。弟とか妹はいる?」

「妹が二人いる。二つ下と四つ下だ」

「妹たちの時はどうだったか訊いてないの」

「仕込んだ理由か? 驚けよ。結婚祝いと就職祝いだとさ」

「そんなご祝儀みたいに……」

っていうか、と高橋は口を挟んだ。

「就職祝いってことは、三人目作るまで無職だったのか」

「定職に就けたって意味らしいな。それまでバイトでやりくりしてたんだと。二人してミュージシャン目指してたらしい。家にデモテープが残ってて、聞いたこともある。ベタベタの反戦ソングでな、お前らの人生それどこじゃねーだろって思ったわ」

「いや、凄いと思うぞそれは。子供抱えてバイトしながら夢目指すとか……」

「実際すげえんだよ。どっちの家からも勘当状態で、二人してアホみたいに働きながら三人の子供育ててんだから」

「長男が少しばかりひねくれた程度で済んでるのが不思議なくらいだな」

茶化す高橋に、そうだと近藤は人差し指を立てて頷いた。そうなんだよカズ！

「あれはなんなんだろうなあ」

「なんのことだ」

「俺の親だよ。――二人とも高校中退で駆け落ちだぞ。どう考えても世間の平均よか苦労してるだろ。なのにあんまひねくれてねえのよ。俺が物心ついた時から覚えてる景色に、二人がしんどそうな顔してる記憶はほとんどないわけさ」

「人間ができてるんだな。よっぽど」

「――マジでそう思うか？　それだけはないぞ。絶対違う」

「違う？」

「どっちも無軌道無計画が身上だってのは間違いない。とにかく俺ができて駆け落ちするまでの行動は全部勢いだったんだ」

なるほどと佐々木が頷く。よくある、子供ができて変わったってやつだね。

ところが近藤はそれにも頷かなかった。

「俺ができてからも勢いだよ。じゃなかったら、二年経ってようやく籍が入れられるってなタイミングに合わせて二人目仕込もうとか考えねえよ。苦労すんの判りきってるだろ。そんなことも判らないほど二人してバカだったのかって、俺は訊いたよ」

したらなんて答えたと思う？　その問いに、けれど高橋も佐々木も答えられなかった。茶化すタイミングでないことだけは判っていた。

「俺が生まれたせいで、自分たちはバイトでも人並みに稼げるようになった。それなら、二人目が生まれれば人の倍稼げるようになるはずだと考えたそうだ」

「……なるほど」

「なるほどじゃねえ、バカだろ！　そんな理屈が通ったら保存則の破れだ。現代物理学の敗北だよ。二人子供ができれば倍稼げるようになるじゃなく、倍稼がなくちゃいけなくなるが正しい。――俺はそう思う」

思うんだけどなと小さく呟き、友人は自信なさそうに頭を掻き回した。

「どっちも譲《ゆず》らねえんだよ。俺のほうが間違ってるって言うのさ。実際に三人目が生まれたら三倍稼げるようになったっつって聞かねえの。俺とか妹たちは、だから二人の中で、頑張って金を稼ぐ理由をくれた存在になってんだ」

へぇーと佐々木が心底感心したような声を漏らす。

「それはなんかの宗教を信じてるとかじゃなくて……だよね？」

「だったら判りやすいんだけどな。俺の親はどっちもページ跨いで書かれた文章を読むような人間じゃない。体系だった思想は受けつけねえよ。自分たちの人生から拾った教訓だ。他人から教わったもんじゃないから、よけいに譲らない」

でもと近藤は続けた。そういうのが本当の信念なんだろうなとも思うのさ。

「とにかく疑わず信じる。それが強さの源《みなもと》なのも確かなんだ。無理が通って道理が引っ込んでんだよ。元が理屈じゃないから、理屈でも砕かれねえし」

道徳の教科書に載りそうなエピソードだねえと佐々木は言う。

「それで、コンドームは何が言いたいの」

「俺にはそんな元気がないってことさ。考える前に動いて、結果を受け止め、そこから自分なりに信じられる法則を拾い上げる——そんな真似はとてもできない。動く前に考えるし、大抵のことは面倒だからいいやで片づける」

「うん。まあ判るよ」

「どっちがいいかまでは問わねえぞ。——話をぐいっと戻すとだ。テレビや映画やその他諸々で恋愛が語られることは、受け取るがわにこう、事前シミュレーションの習慣を強いてるんじゃないかと思うわけ。広く受け容れられる物語ったらハッピーエンドだし、そうなると行動に出るハードルも上がるだろ。付き合うからには成功しないとダメ、みたいなさ」

性交だけに、という下《シモ》の句を三人とも我慢しているような間が訪れた。

「……あー、つまり逆効果だと」

言葉を選んで口にした佐々木に、近藤は救われたような顔で頷く。

「まあ冷静な人間が増えるのは長い目で見ればいいことなんだろうが、歴史を繋げてくのはいつだって行動する人間だろ。歴史を繋ぎたいわけじゃないけれど、そうしていけるやつへの憧れみたいなものは俺にもある」

だからな、と彼は言って高橋の肩を摑んだ。

「カズ、元気を出せ」

「……なんで急に俺に来る？」

訊きながら言われる予感があったので、努《つと》めて高橋は笑ってみせた。その笑みさえ近藤の目には痛々しく映るらしい。友人は言う。

「お前は面倒臭がらず行動できるやつだろ。歴史を繋いでいけるやつだ。いないやつに囚われるのはらしくない。いつもの元気を見せてくれ。こっちがわにくんな」

「……元気ないように見えるか？」

「見えるよ。もうありありと。前みたく毎日走ってもいないみたいじゃないか」

確かにねーと佐々木も頷いてみせる。最近の高橋は前と違う気がするよと。

「新人戦が終わって、来年まで公式試合はないからな」

「……そうじゃないだろ。これは、まあ、友人だから言わせてもらうんだけど、若月のことが引っかかってるんだろ」

「いや、それは」

高橋の言葉を遮るように、そっかーと佐々木が横で頷く。

「彼女が出てこなくなってから、結構経つよね」

一ヶ月以上になると近藤は言う。そんなになるかと高橋は答えた。

「そう気にしているわけじゃ――」

「言うな。気持ちは判るなんて口が裂けても言えないが、俺がお前だったら今のお前より落ち込んでただろうことは想像がつく」

カズ、と近藤は彼の目を見て続ける。

「俺は色々と若月に関する噂を聞くんだ」

「どんな？」

「難しい病気にかかってるとか、行方不明になってるとか」

「病気で休むなんてあいつらしくないな。まだ行方不明のほうがしっくり来る」

「ひどいのになると、死んでるって噂まである」

ははっと高橋は笑いながら、わざとらしくなかったか不安になる。だが不自然だったとしても、今の近藤なら、高橋のどんな振る舞いも自分の解釈に寄せてしまうだろう。

「なんにしても一ヶ月学校に来ないのは異常だ。気にするのは当然さ」

「まあ、心配ではあるよ」

高橋は教室の天井を見て、窓を見て、入口に目を留めて思う。平和だなと。

ここは普段と変わりがない。

そのことに苛立つ生徒もいるだろうが、高橋は違った。

この日常こそ尊《とうと》いと感じ、それは佐藤誠もきっと同じだったんだろうと想像する。

彼の凄さは殺した数にあるのではない。殺しの手際にあるのでもない。まして知識人連中が言うところの心の闇にあるのでもない。

殺しながら日常を乱さなかったところにあるのだ。

警察に捕まらなかったことは、その結果でしかない。

それにしてもと高橋は思う。そこまで俺は変わったように見られていたのか。面倒臭がりの近藤がわざわざ言うんだからよっぽどなんだろうな。

自覚はしていた。あの夜が分岐点だったと今でも思う。若月の首に手をかけ、信念が大いに揺らいだのだ。しかし揺らいだぶん、前より強固になったとも感じている。

もう後戻りはできないのだとも。

高橋は教室の入口を見ながら、なおも訴える友人の言葉を聞いていた。

「だからってそこまで影響されちまうのは違うだろ。行動する者は行動し続けるところにその美しさがあるんだ。自分が立ち止まってるせいか、俺にはそれがよく判る。高橋、お前の凄さは、目標に向かい行動し続けるところにあるんだぜ」

「……いや、なんか、ありがとうな」

「礼はこっちが言いたい。そういうお前がいてくれて、自分と比べることで、俺は俺が判るんだ。そして童貞であることに自信を持ち続けていられるんだ」

「──近藤君、まだ童貞なんだ」

びくっと肩を震わせて近藤は振り向いた。既視感のある景色だった。

近藤はそこにいた彼女を見て、うわおと声を上げる。

「なに？　亡霊でも見たような顔して」

「……わ、わ、若月じゃん！」

「そうだけど？」

どういうことと問いたげに若月は高橋を見る。近藤も高橋を見ていた。

彼は肩を竦めるだけだった。佐々木が楽しそうに笑い出す。友人が深刻に語っていた話が、根底から崩れ去ったことが嬉しいのだろう。

久しぶりだなと高橋は言った。平然と彼女は頷き、本当にねと応える。

「世界一周でもしてたのか」

「そこらへんは夢が叶ったあとにとってあんだよね。名探偵は海外に消えるものでもあるし」

その言葉で、自分でも驚くほど躰に力が漲るのを高橋は感じた。冗談を言ってみようという気分にもなれた。それでと続ける。

「今日は誰が俺に告白するんだ？」

「あたし」

「うわお！」

ふたたび近藤が声をあげる。正直、やかましい。

そういうことだからちょっと和也君借りるねと若月は言い、近藤は本当に嬉しそうに何度も頷いた。冗談として通じているのかどうか怪しげだ。

高橋は頭を掻いて立ち上がった。彼のほうにも彼女に告白したいことがあった。

◆

「昼休み、じき終わるぞ」

「五限目は潰すつもりで付き合ってよ。どうせ学期末だし自習でしょ」

高橋が頷くと、廊下を歩きながら、いや実はさと彼女は喋り出した。あたしも和也君に会うのは放課後にしようと思ってたんだけどね。

「昼休みに登校して教室行ったらさ、みんなして驚いた顔するわけ。そんなに変わったかな。意識して体重戻してきたつもりなんだけど」

「変わってないことがびっくりなんだろ」

病気という噂が事実にせよ、行方不明という噂が事実にせよ、一ヶ月以上も学校を休んで変わった様子がない。冬場にうっすら日焼けまでしているところを見ると、休んでいるあいだも家でじっとしていたわけではないのだろう。

「そうなのかなあ。注目されるのってあんまり悪くないんだけど、遠巻きにしてるみんなの中から清水さんが出てきて言うんだよ。すぐ高橋さんに会ってきてくださいって。物凄い真剣な顔でね。あれは圧倒されたわ」

その景色が想像できてしまい、高橋は苦笑した。

「思わず、和也君もしかして死んじゃった？　とか訊いちゃったよ」

「通じないだろそんな冗談」

「全然。高橋さんに会ってきてくださいってもっかい言われただけ。しょうがないからこうして来たんだけど……どうも清水さん、まだ和也君のこと諦めてないね」

もしかしてと若月は振り返り、目を細める。

「また告白されたんじゃない？」

鋭いなと思う。二週間ほど前、高橋はふたたびの告白を清水から受けていた。その時も前と同じ理由で断ったのだが、清水は清々《せいせい》した顔で、これで期末テストに集中できますと言ったのだ。その反応を受け、俺はお守りかよと思ったのを覚えている。

いずれにしても軽々しく話せることではない。どうだったかなと高橋はぼかした。

「ふふ。――付き合っちゃえばいいのに」

そう言いながら向かうのは、当然のように第三棟の屋上だった。

屋上へ出るドアをまたピッキングで開けるのかと思いきや、若月はちゃんとした鍵で解錠した。訊くと、見えない爆竹の一件の時、合鍵を作ったんだと言う。

彼女に続いて屋上へ出ながら、久々だなと高橋は思った。

若月と会ってからこれまで、何度閉鎖された屋上に出たことか。慣れてしまい何も感じないでいた不自然さに、今になって笑いそうになる。

「ゆっくり話せるところとなると、ま、ここになるよね」

「だな」

「——和也君にはまず、ありがとうを言わなくちゃいけない」

若月は自分の足下を見ながらそう言った。なんのことだと高橋は返す。

助けてくれたんでしょと屋上の縁へ歩きながら彼女は続けた。その足取りが微かにふらついている。まだ本調子ではないようだ。

「助けた？」

「閉じ込められてたあたしを」

「……なんのことだ？　糸井から俺あての手紙は受け取ったよ。アスカ2を撲滅すると書いてあるのも読んだ。糸井に訊いたら、アスカ2ってのは麻薬——いや、脱法ハーブって言うのか、そういうもんなんだってな。俺が知ってるのはそこまでだ」

屋上の縁に設けられた手すりを摑みながら、ふうんと若月は頷く。向こうの景色を眺めるその表情は、高橋からは窺えない。しょうがなく尋ねた。

「なんでまた脱法ハーブなんて撲滅しようと考えたんだ？　あれは違法じゃないんだろ。警察が取り締まれないものを、高校生がどうにかしようだなんて」

「無茶すぎる？」

くるりと振り向いた若月は、口を歪めて笑っていた。

「あたしは自分にできることとできないこと、これでも判ってるつもりなんだよ。そう思ってもらえてないかもしれないけど」

「無鉄砲な印象はあるな。確かに」

「目指す夢が夢だから、ある程度無茶するのはしょうがない。でも、自分にできることを正確に見積もれてないと、計画も立てられないじゃんか」

そうなんだろうなと思う。彼女の計算高い部分も、高橋は認めないではなかった。だから言うことにした。否定される可能性を考えず、まず結論から。

「吏塚高校の前で俺を待ち伏せてたのも、その計画の一環だったんだよな」

若月は深く息を吸って黙り、それからうんと頷く。

「……いつ気づいたの」

「お前が学校に来なくなったあとだよ」

「きっかけとか、何かあった？」

「気づいたのは直感だが、思い返してみるとヒントはあった感じだな。あんなところで出くわしたのは偶然がすぎるとか、校舎屋上までたどり着いたのに、あっさり亡霊の正体探しを諦めようとしたこととか、あと月島凪に憧れていたことを加えてもいいか。お前ほど詳しくないけど、それでもネットで検索したら出てきた情報の中にあった。かの名探偵には懐《ふところがたな》刀として付き従う男がいたと。藍川慎司っていう名前の」

「格好いいよね、そういう関係ってさ」

「もしかしてと思って近藤に訊いたのさ、俺がいつも走ってるコースをローコに教えなかったかって。そうしたら教えたと言った。俺がお前と会った日のことだそうだ。さすがだと思ったよ。聞いてすぐ行動に移すなんてな」

ごめんと若月は俯いて言う。聞こえないふりをして高橋は続けた。

「吏塚の亡霊なんてどうでも良かったんだろう。最初から俺と知り合って、自分の夢に巻き込むことが目的だったわけだ」

いつかの教室での会話を思い出す。高橋との関係を近藤に疑われた時、若月は言った。

——恋人っていうか、あい。

——あい？　愛人？

——じゃなくて、なんだ、ほら、友達？

言いかけた言葉が今なら判る。

「月島凪には藍川慎司がいる。俺をその役に仕立てようとしたんだな」

「……うん」

「小学生の時は、糸井がその役目だったのか？」

それはと勢い込んで言い、若月は首を振った。それはないよと静かに言う。

「その時はまだ、月島凪の存在を知らなかったし」

「それに糸井は思いきり文化系だし、か？　藍川慎司は暴力絡みの案件担当で有名なんだってな。だからボクシング部に目をつけたのか」

「まあそんなとこ。——怒った？」

別にと高橋は答えた。嘘ではなかった。心にはさまざまな感情が渦巻いていたが、怒りだけは見当たらなかった。当然だと思う。ローコが俺を利用しようとした以上に、俺もローコを利用しようとしたんだからな。

ただ、不自然に感じることはあった。

「最初から正直に言っても良かったんじゃないのか。らしくない」

月島凪の名前を出したのも、出会ってしばらくしてからだった。藍川慎司の名にいたっては、今の今まで若月は口にしていない。

人に嫌われたくなかった。拒否されたくなかった。そういう気持ちがあったと考えるには、普段の彼女の行動は強引にすぎるのだ。

「ずっと様子見をしてたのか」

「そうなのかな。岬君《みさき》のことが頭にあったからね」

岬？　と尋ねれば、糸井岬君と若月は答える。そして思い出すような口振りで、昔と同じミスは繰り返したくなかったからと続けた。

「考えたことを全部口にするってさ、聞いてくれる相手に甘えてるのと一緒なんだよね。それで小学生のころ、岬君のことを傷つけちゃったんだ」

「糸井のほうから絶交したって聞いた」

「へえ。彼、そんなことまで話したんだ。……あ、じゃあファーストキスの相手だっていうのも聞いた？」

「……いや、それは聞いてない」

「キスだけじゃなくて、ほかにも色々試したんだけど、やっぱりぴんと来なかったんだよね。いまだにあたしは恋愛ってものがよく判らない」

精通がもう二年早ければ違う展開があったかもしれない。そんなことを糸井が言っていたのを高橋は思い出す。

「――ずいぶんぶっちゃけるんだな」

「だから今は和也君に甘えてるんだよ」

俺に嫌われたいのか？　そうした問いは、その若月の言葉で封じられた。

チャイムが鳴った。昼休みが終わったのだ。話はやはり五限目までに終わらなかった。もちろん気にも留めずに若月は続けた。

「あたしの手紙を読んだのなら、アスカっていう麻薬が昔あったことは知ってるね。そっちは脱法ハーブなんかじゃなく、ガチの麻薬だったんだけど」

「吏塚高校裏の林で栽培されていたんだってな」

「そう。実物を見たことはないけどね。結構流行ってたらしくて、だからアスカ2っていうのは、その時の客をターゲットにしたネーミングなわけ。アスカの販売ルートには吏塚の生徒が関わってたって話もあってさ」

「だからアスカ2も吏塚で作られていると考えて、忍び込んだのか」

引っかかった、と嬉しそうに若月は高橋を指差してみせる。

「あたしが吏塚に忍び込んだって、どーして知ってたのかなあ?」

舌打ちを零しそうになる。首を振って衝動を払い、高橋は言った。

「糸井から聞いたんだよ。あいつがお前を助け出したんだろ」

「その岬君から聞かされたんだけどね。自分は運んだだけで、救い出したのは和也君だって」

「心当たりがない」

「まだとぼけるんだ? あたしもだけど、和也君も今日はらしくないね。……まあいいや、そこはそういうことにしといてあげるよ。ただ、その話をするのはまだ早い」

「早い?」

「あたしがアスカ2をどうして撲滅しようと思ったかの説明が先でしょ。——簡単に言うと、吏塚の亡霊が関わっているかもしれないから、が理由。かつて吏塚高校の近くで栽培されていた麻薬がブランドとして復活する。これもある意味で亡霊じゃない? 謎としては弱いけれど、解くとしたらあたしの役目だと思ったんだ」

そうかと高橋は頷いた。ローコもまた吏塚の亡霊を行動する動機に選んだんだな。

つくづく自分たちは裏表だと感じる。次に訊くことも決まっていた。

「なら、どうして俺を巻き込まなかった?」

それがずっと疑問だった。見えない爆竹の時も彼女はひとりで動いていたが、それについては軽く説明されていた。大会を控える高橋を邪魔したくなかったと。

しかしアスカ2撲滅のために彼女が動き出したのは月曜――大会の終わった翌日だ。

いやそれどころか――

「ローコお前、新人戦の会場にいたよな」

「あー、一回だけ目が合ったと思ったけど、やっぱ気づかれてたか。……途中経過見たら和也君が決勝進出してたからさ、最終日だけね」

「応援に来てくれたのか」

「応援ていうか、見ておきたかったんだよ。和也君の試合を。どんなものかなって」

「わざわざ負け試合を見に来なくてもいいと思うんだが」

「そんなの事前に判らないじゃん。――それにあたしが見た試合、あれ、勝ってると思ったよ。判定で負けたみたいだけど」

「素人目にはそう映るんだろうな。俺はあの結果に納得してる」

「そうかなあ。……もしラウンドがあとひとつふたつ続いてたら絶対に勝ってたよ。相手バテバテだったもん」

「3ラウンド制なんだ。そんな想定は結果論より意味がない」

言いながら彼はシャワー室での野崎を思い出す。あの時の野崎は喋り方に余裕があった。採点法が違っていれば高橋の勝ちだと言いながら、自分が負けたとはまったく思っていなかったのだ。そこに好感を覚えてもいた。

だが今の若月は違う。高橋に勝ったと思って欲しがっているようだ。

あたしはさあ、と彼女は吐くように言う。

「色んな意味で和也君のことを侮ってたんだよね」

「……バカにされてると感じたことはないぞ」

「バカにするというより、見切ってた感じかな。じゃなきゃあんな簡単に話しかけないよ。和也君のことを今くらい知ってたら、もっと違う出会い方を画策したと思う。吏塚屋上のガラス戸を割った時からずっと、あたしは驚かされっぱなしなんだから」

それはこっちのセリフだと高橋は思う。だが若月は、そうだよと勢い込んで続けた。

「やっぱり君は凄い。凄いから……なんだろうね。和也君が付き合ってくれるようになってから、あたし、色々なことがうまくいってたと思うんだよ。失敗続きだった流れが、少しずつ結果を出せるようになってきたっていうかさ。思いどおりにいかないことは多いけど、前なんて、動いたってどこにもいたらず終わるのが普通だったんだから」

「俺は関係ない。お前の努力が実り始めただけだろ」

「そんなふうに思ってられれば良かったんだけどね。疑うじゃん。もしかしてこれは和也君のおかげなんじゃないかって。中学ではずっとひとりだったから、なまじさ。他人と力を合わせて何か成し遂げるってことが、あたしはどっか信じられないんだよ」

それはと高橋は思う。俺も同じだと。結局のところ自分の力しか信じられない。

他人を殺すというのは、そいつの可能性を見切ることでもある。そんな傲慢《ごうまん》な判断は、我の強さだけができることだと信じているくらいだ。

特にあの爆竹の時だよと若月は言う。

「和也君、ここで、あたしが夢を叶えるところが見たいって言ってくれたじゃん。そのために協力してくれるってさ」

「……ああ」

「それ聞いた時、嬉しかったんだよ。面と向かってそんなこと言われたの初めてで。岬君だってそこまでは言ってくれなかった。嬉しいことが——でも我慢できなかったんだ」

「どういうことだよ」

「許せなかったって言うべきかな。名探偵になりたいのはあたしだよ。あたしひとりの夢だ。それならあたしひとりで実現しなくちゃいけない」

「言ってることおかしくないか。それだったら」

最初から声なんてかけるな——冷えた声で若月は彼の言葉を奪う。冷えていたのは声だけだった。顔は笑っていた。こいつはと高橋は思う。今さら気づいた。打ちのめされているんだ。

普段どおりに見えたから判らなかった。だが一ヶ月以上も休んでいたのだ。それだけの期間休まなければならないほど傷ついたのが肉体か精神か、その両方か、高橋には判らない。とにかく今、彼女は以前と同じように見える。

そのことがもう精一杯の努力を示しているのだ。余裕などあるわけはない。

若月は頷いて、だからと言った。

「和也君のことを侮ってたってのは、そういうことなんだよ。——協力はして欲しかった。でもそれは、あたしに把握できる範囲の協力にして欲しかったし、そうなるだろうと思ってたわけ。なのにそうはならなかった。驚かされっぱなしだし、嬉しがらせてもくれるし、しかもそれが全部片手間なんだよね。ボクシングの」

どれだけスーパーマンだよと若月は言う。考えすぎだととっさに高橋は応えた。

「大したことは——やれてない」

本当にやりたいのはボクシングじゃない。殺人なんだ。しかもたった一度の練習さえできていない。お前と比べて、進捗《しんちょく》は大幅に遅れている。

もちろん思うだけで口にはできなかった。ふうんと若月は笑う。

「そんなこともさらっと言えちゃう。それが凄いっての。……都合良く利用されたんだから、本当なら怒るところだよ？　なんでそんな平然としてるの」

おたがいさまだからだ。俺も、お前を殺そうと考えて付き合ってたからだ。

そんな理由は口にできない。高橋はだから、何ひとつ伝えられない。お前のほうが行動しているだけ凄いのだとも。そのぶれない性格は見習いたいと思っているのだとも。

「……あのな、ローコ」

「気を遣わなくていいよ。とにかく和也君の試合を見て覚悟が決まったんだ」

「覚悟？」

「アスカ2をひとりで撲滅する覚悟だよ」

高橋は絶句した。いつかの近藤の言葉を思い出す。

――お前くらい結果を出してる人間は、本当にプライドが高いやつの対抗心を煽るんだぜ。いるだけで周りの人間の自意識を刺激するんだ。

首を振った。危なすぎるだろとだけ、辛うじて口にできた。

「判ってる。だからあたしもためらってたんだけれど、そこに危険があるならむしろ正しい道を歩んでるってことだからね。それはそれで望むところ」

「吏塚に目をつけたのは――」

「決め手になったのは警備員だよ。忍び込んだ時、本当に警備員が来たでしょ。あれがやっぱりおかしい。二十四時間セキュリティのスイッチが入りっぱなしなんてね。そうするコストに見合う何かがあると思った」

「……ただそれだけのことで？」

「アスカ2は国産を謳《うた》ってる。つまりどこかに製造工場がある。それなりの広さと、カモフラージュになる外見《そとみ》を持つ建物で作られてるはず。あとは手紙に書いたとおりだよ。リスクが最小になる商売は地産地消、遠海市で売られているなら遠海市で作られている可能性が高い。吏塚高校ならその条件に合う。確かめる価値はあると思った」

「――俺あての手紙を糸井に託したのは、保険のつもりか」

違うよと若月は首を振る。

「保険って、要は自分の負けに賭ける博打でしょ？　あれは本道。消えたあたしがずたぼろにい、い、い、い、い、いなって発見されることまでが計画だったんだから」

　見つけるのが和也君なら最高だと思って手紙を残したんだと彼女は言いきった。

　高橋は呆然とするしかない。ようやく驚かせられた？　と若月は笑う。

「……ああ、驚いた」

「やったぜ！」

「意味が全然判らない」

「判ってよ。あのね、アスカ2は脱法ハーブなんだよ。アスカのような麻薬じゃない」

「効果は似てるって聞いた」

「そうらしいね。あたしがやったのはアスカ2だけだから比べられないけど。――いや、効果は関係ない。問題は、アスカ2が違法ではないということ」

　たとえ害が同じでも法で取り締まることはできない。郷本もそんなことを言っていたと高橋は思い出す。それでもまだ、彼女の言わんとすることが判らなかった。

　つまりと若月は両手を広げて天を仰いだ。

「アスカ2を撲滅するあたしの望みは、法のバックアップが受けられない。あたしひとりのわがままってことになるの」

「それでも社会正義に基づいては――」

「社会正義！　そんなのが望みなら司法に関わる仕事を目指すよ。あたしはアスカ2って名前の脱法ハーブの正体が知りたかったし、なくしたかっただけ。もっと言うと、アスカ2を作っている人たちをどうにかしたかっただけ」

「どうにか……？」

「作っている人たちが逮捕されれば、アスカ2はそれ以上流通しなくなる。そのためには彼らに別の罪を犯させればいい。警察が動くほどの」

「それって」

「拉致監禁、傷害、暴行、ことによっては致死まで視野に入れれば充分じゃない？」

「ローコ、お前」

郷本の言葉を思い出す。若月を監禁した部下たちは言い訳をしていたと。薬漬けにしてしまったのは、彼女がそうねだったからだ、などと。

それは嘘じゃなかったのか。実際にこいつは――

「脱法ハーブでも、人体への使用を前提にして売れば薬事法違反になる。監禁した相手に無理矢理投与したとなれば、もう完全にアウトだよ。仮に相手がそう望んだんだって訴えたところで、誰も信じないでしょ」

「……自分自身を罠にしたのか」

そんなこと、あっていいのか。

いや、ローコの中では問題にならないのだろうが。

どうしても頷きかねた。高橋はあの夜、吏塚高校の部室棟裏で彼女の首に手をかけた。そして何度も絞め殺そうと試み、結局できなかった。

ローコの命が惜しかったのか、ほかに理由があったのか。

だがとにかく、言い訳もなしに計画を止めることはできない。

だから彼はこう考えた。確かに殺す条件は整っている。しかしそれは自分が動いて揃えた条件じゃない。向こうのほうから勝手に揃った条件だ。こんな状況で殺しても殺人の練習にはならない。今殺すのは殺し損だ、などと。

そうやって取り繕い、躰以上にボロボロになった精神状態で、彼は若月を背負い、林を抜けて丘の裾まで下りたのだ。そして途方に暮れた。

殺して終える計画しかなかったのだ。救急車を呼んだりすればことが大きくなる。問い詰めも厳しいものになるだろう。そんなのとは付き合えなかった。

であれば若月をそっと家に戻すしかない。

それには家の住所を知らなければならないが、プライバシー保護の観点から生徒の住所は公開されていない。知っている人間を探そうと方々に連絡を取れば、その行為自体がことを大きくしてしまうだろう。若月の家を知る人間、それも彼女の利益を考えて動くことのできる人間にピンポイントで訊く必要があった。

幸い、心当たりはひとりいた。

若月の服を探り出てきたｉＰｈｏｎｅの電源を入れると、バッテリはまだ残っていた。ロック画面が四桁のパスコードを要求してきたが、そんなものはとっくに盗み見て覚えている。５《ゴー》６０５《ロオコ》と入力して電話帳にあった番号に連絡をすると、糸井はすぐやってきた。それも、家の車を無免許で運転して。

眠っている若月を見て唇を嚙みしめたのが、糸井が見せた唯一の反応だった。助け出した経《けい》緯《い》も尋ねず、僕が家に送ると言って彼は若月を後部座席に乗せた。

ローコが意識を取り戻しても俺が助けたとは言うな——そう言い損ねたことに高橋が気づいたのは、テールライトを見送り、しばらくしてからだった。

それからずっと、高橋は若月を殺さなかったことを納得できずにいる。

近藤や佐々木が感じていた変化はきっとそれが原因だろう。

人生の目標を失いかけているのだから変化は自然だとも、けれど思いかねた。

殺人の練習なら殺す相手は誰でもいい。ローコじゃなくともいい。一度の挫折で望みが絶たれたように感じるなんておかしい。ローコ殺しのために準備を整えてきたのは事実だが、それが失敗なら失敗で次のターゲットを探せばいいだけの話だ。

たとえばそう、清水なんていいんじゃないか。呼び出せば簡単に応じてくれるだろう。あの性格なら警戒もしない。色々と楽にことを運べそうだ。

そう考えてもダメだった。

なぜだか、ローコでないといけないという想いがあった。

その想いはついさっき、教室に彼女がやってきた時も浮かんだ。

普段どおりの若月を見て、高揚する気分とともに。やっぱりこいつじゃないとな、と。

だが当の本人は打ちのめされている。

警察沙汰になるまでが計画だったと言いながら。

彼女の計画は潰《つい》えたのだ。けれど、それは——

高橋は足を踏み出した。若月の胸ぐらを摑んで捻り上げる。判ってるのかと訊く声は震えていた。表情は怒りに満ちていただろう。やっと覚えられた怒りだ。

「お前、殺されるところだったんだぞ……！」

郷本たちにではなく、俺に。

「命を粗末にしといて何が目標だよ。死んだらなんにもならない」

「岬君に言わせるとね」

襟元を締め上げられながら、他人事のように若月は言う。

「あたしに恋愛が判らないのは、生きることの素晴らしさが判ってないからなんだってさ。次の時代に命を繫ぐことが大切に思えないから、色恋にも熱心になれないんだって」

「それがどうした。そんなやつ、珍しくもないだろ」

言いながら高橋は近藤の喋りを思い出していた。恋愛を避けようとしながら、けれど友人は命を繫ぐことの価値を判っているように思えた。口ではぞんざいに言うが、それも目を逸らさず見つめているからこそと感じられた。

そこまでならねと若月は言った。確かに珍しくもないよね。

「けれど、生きる価値を認められないことが執着のなさにまで行き着くとなると珍しいでしょ。岬君にはっきり言われたもの、あたしは根っこの部分が壊れてるって。痛いのも厭だし、死ぬのも厭だと思ってるけど、普通の人はもっと頭ごなしに拒否するもんなんだって」

でもそれって本当にそうなのかな。彼女は夢見るような口調で問う。

「和也君はどう？　痛いのが厭ならボクシングなんてやらないんじゃない。確率は低いかもしれないけど、リングで命を落とす人もいるでしょ。どうして続けてるの」

人を殺すための体力と技術と度胸をつけるためだ。それは口には出せない。

「痛い目に遭ってでも、勝ちたいからじゃない？」

違う。違うんだ。

だとしたらさと若月は続ける。

「夢とか目標って、程度の差はあっても、正しい価値観を無視して初めて望めることなんじゃない？　いや、夢を持たない人をバカにしてるわけじゃないよ。でもあたしの夢はまともじゃないから、命を粗末にするくらいでちょうどいいかなって思うんだ」

高橋は何か言おうとして、何も言えなかった。

隠している計画が、抱えた夢が、すべての言葉をせき止めていた。

自分の都合だけ考えるなら何も言わなければいい。それなのに若月に何か言うべきだと感じつつ、できないでいる。

高橋は手を離した。俺には資格がないってことかと思う。

無力を感じた。

ごめんねと若月は言う。本心からの言葉だと彼には判った。

「自分がひどいこと言ってるのは判ってる。命の恩人に向かって、助けてくれなくて良かったって言ってるんだもんね」

「そんなことはいい。別に、どうでもな」

高橋は疲れを感じた。

トレーニングでも試合でも、突発的に発生する若月との交流でも、郷本の部下を殴り倒し、彼女を背負って暗闇の林を歩いた時にも感じなかった疲れだった。夢を持つことで負わなければならない疲れなのかもしれなかった。

自由を求めて人を殺せるようになろうとしたのに、今、高橋は不自由を感じている。自分の上に何かが覆い被さっていると感じる。

それでもと言葉を続けるのが精一杯の抵抗だった。

「アスカ2は撲滅できたんじゃないのか?」

「ふふ、やっぱり和也君がやってくれたんだね。……そう、アスカ2はなぜだかいきなり販売中止になったんだって。製造元が売るのをやめちゃったんだとか」

高橋は頷いた。郷本は約束を守ってくれたらしかった。

◆

「アスカ2の名前を変えてくれ」

高橋の申し出を聞いた郷本は、判らないという顔をしてみせた。

「……名前？　商品名のことか」

「そう。アスカという単語を使わなければなんだっていい」

「中身は変えなくていいのか」

「いい。そうしてくれれば、もう二度とあんたらの商売を邪魔することはない」

郷本は顎を触り、ふうんと頷いた。

「ま、パッケージの印刷変えるだけだ。それで済むなら安いもんだが。……どうしてそこまで名前にこだわる？」

アスカ2が流通している限りローコは諦めない。そう思ったからだった。

脱法ハーブの銘柄はいくらでもある。ローコがその中でアスカ2を撲滅しようと考えたのは、きっと名前が目についたからだ。あいつの推理はそれなりの筋道を通るが、謎への関わり方はいつもいいかげんだった。切羽詰まった動機などなく、たまたま見かけたものに飛びつくだけなのだ。アスカ2という名が、単に気に入らなかったのだろう。

その名はかつて吏塚高校裏の林で栽培されていた麻薬からの剽窃《ひょうせつ》であり、かつてそこにあった物語を汚すものだ。そう感じたんじゃないか。

そんないちいちを説明する気はない。高橋は簡単に言った。

「アスカって名前は特別なんだ。軽々しく使っていいものじゃない」

「そんなものかねえ……。まあ判ったよ。取引成立だ」

話が済んだ以上長居は無用とばかりに郷本は立ち去ろうとした。

あばよマスクマンと言い置いて。

黙って見送れなかったのはなぜだろう。高橋はとっさに言い返していた。

「マスクマンじゃない」

振り向いた郷本はにやりと笑い、じゃあなんと呼べばいいんだと尋ねる。

「名前なんてない」

「だったら」

「吏塚の亡霊だよ。俺は」

なかば以上自分に対する言葉だったが、郷本はなるほどねえと首を振った。

「お前が噂の。おー、こわいこわい」

「………」

「守り神てな感じじゃなさそうだが、あとのことは頼むわ」

おい行くぞと白ジャケットの男に言って郷本は歩き出す。

「しかし若。戸締まりが――」

「一晩くらい構わん。どうせ明日ガラス入れに業者と来なきゃいけねえし」

なおもためらう男を怒鳴りつけ、じゃあなと郷本は手を挙げた。

「お前とはまた会う気がするよ。吏塚の亡霊」

郷本たちは去った。

「……吏塚の亡霊か」

歩きながら高橋は呟いた。自覚があったわけでもなければ、ふと思いついた気取りでもなかった。ごく自然にそうだと思え、口にしてしまったのだ。

けれどどこか身になじむ響きでもあった。俺がここにいる原因を遡れば、ローコに唆《そその》かされた道をたどっても、かつてあったアスカという麻薬をたどっても、作業場を守りたい動機をたどっても、吏塚が廃校になったという経緯を通る。

俺は吏塚高校の歴史が終わったことでここにいるのだ。

死人に対し残る念が生きる人間に亡霊を見せてしまうのだとすれば、死によって亡霊は生まれることになる。それは何も人の死ばかりと限らない。

建物の死、概念の死で生まれることもある。

吏塚が廃校になった事実があって今ここに出ている俺は、吏塚の亡霊と言っていいだろう。

そう、いつかローコが言ったとおりに。

潰れてなお亡霊を立ちのぼらせる学校。

高橋はあたりを眺めた。月はまだ出ていない。地上遠くに見える街並みと、星々だけが明かりだった。寂しい寂しい寂しい景色。

人口密度がこれだけ低い土地に現れる、見る者も限られる亡霊だ。

けれど――

納得とともに浮かぶ疑問もあった。どうして俺はアスカ2の名前を変えることを要求し、ローコを気遣ったのだろう？　もうすぐ殺してしまうのに。

殺す時にでも、もう一度考えてみようか。

「アスカ2は流通しなくなったけれど、代わりに新製品が出たんだってさ。きっと同じものが名前を変えただけなんだろうね」

「だとしても、お前の目標は達せられたわけだ」

「和也君のおかげでね」

「何度言わせるんだ。俺じゃない」

「何度否定するの？　いい加減認めなよ」

黙って受け容れても良かった。だが高橋は頑張った。そうすべきなのだと感じた。

「事実と違うからさ。ローコを助けたのは俺じゃないんだ。きっと——」

「きっと？」

「吏塚の亡霊がお前を助けてくれたんだよ」

若月は驚き顔をしてみせ、それから空を向いて笑った。乾いた笑いだった。

「そういうこと言うんだ」

「亡霊を呼んだのはお前の行動だ。間違いない」

「ありがとう。……でも、もういいんだよ」

「もういい？」

うんと若月は頷いた。そして言う。

「吏塚の亡霊の噂は、あたしが流したんだよ」

「――え？」

「死神吏塚って話はもともとあった。それは本当。でも吏塚の亡霊の噂は、あたしが和也君の前で吏塚に忍び込む言い訳のために作った嘘。さっき君が言ったとおり、あの日のあたしの目的は、君と知り合いになることだけだったんだ」

「だって俺はその噂、近藤から――」

「近藤君に和也君のランニングコースを尋ねて、吏塚高校の前を通るって聞いた時に、あたしが彼に吹き込んだんだから、不思議じゃないでしょ」

そうなのか。

心底驚きつつ、高橋が思い出すのは糸井との会話だった。文芸部員は繰り返し、若月の言葉は信じないと言っていたのだ。そう決めていると。

そうするだけの経験をしてきた、ということだろう。

「和也君と話をするならこれだけは言っておかないといけないと思ったんだ。――だからもう、あたしに付き合ってくれなくていいよ。これからはひとりでやるから。ううん、その前に、名探偵って夢をもう一度考え直したいと思う」

違う夢を探してもいいかもねと続けられ、高橋はいよいよとまどった。

それこそまったく予想しない言葉だったからだ。どんな目に遭っても夢に向かい進み続ける。

ローコはそうなのだと頭から信じていた。

「ごめん。色々迷惑ばっかりかけてさ」

「本当に……諦めちゃうのか」

「考え直すってだけだよ。――あはは。大したことじゃない。もともと飽きっぽい人間なんだから。岬君、そんなふうに言ってなかった？」

「言ってたけどよ……」

そういうことだからと若月は伸ばした手を振ってみせた。

「和也君は授業に戻って。あたしはもうちょっとここで黄昏《たそが》れてくから」

彼女に届く言葉はあるだろうか。高橋は考えた。

お前が言ったとおり吏塚の亡霊はいる。それを見破ったんだから間違いなく名探偵だ。

そんな言葉で慰《なぐさ》められないのは判っている。

大体俺は、そこまでローコに名探偵を目指していて欲しいのか？

自分の気持ちさえ判らず、高橋は屋上を去るしかなかった。

階段を下りる途中――告白の踊り場で立ち止まる。一段下がった階段に腰掛け、頭を抱えて下唇を噛んだ。そうして考える。

俺はどうしたかったんだ？

自由な人生が送りたくて殺人を習得しようと思った。それで殺しの技術、屍体解体のノウハウを身につけたがった。そのための場所を確保し、若月という練習相手も見つけられた。機を窺うち、絶好のチャンスが回ってきた。

なのに殺せなかった。

殺さなかったのはローコの命を惜しんだからだろう。それはなぜだ。

「……自由だからか」

選んだ方法は全然違う。けれどローコもまた自由に生きようとしていた。

何度も思ってきたことだ。自分とこいつは裏表だと。

だから殺せなかった。そうした言い訳も心に浮かんでいた。この一ヶ月のあいだ、そうしてようやく感情のバランスを取っていたんじゃないか？

だからさっき教室にローコが現れた時、俺は嬉しかったんだ。

そして、自信をなくしているあいつの姿がショックだったんだ。

なぜといって、ローコを殺す計画はまだ生きているからだ。これだけ色々な想いを巡らせられる相手を殺すのは得がたい機会、効果的な練習と思えるからだ。あいつを殺せればどんな相手だって殺せる。そうした確信は深まるばかりだからだ。

なのにローコのほうに揺らぎがある。今までどおりの自分に疑問を持っている。

「――どうすればいい？」

ローコの自信喪失は、本人の力不足というより、行動に見合う謎を用意してくれない環境への失望によるところが大きいのだろう。

名探偵にふさわしい事件が起こらないため謎とも呼べないものに手を出すしかなく、綺麗な答のない問題に当たるたび精神をすり減らしてきたのだ。

だとすれば——

この遠海西高で、殺人事件のひとつでも起こればいいのか？

殺人が難しすぎるなら行方不明でもいい。それだったら俺の目的とも合致する。適当な相手は誰だ。クラスでも浮いているローコが気にかける人間——清水か糸井あたりが行方不明になれば、喜んで探偵を務める気になってくれるか？

「……バカバカしい」

殺す相手のためにまた違う誰かを殺すだなんて。

高橋は頭を振り、なるべく考えまいとする。これ以上考えると、そのバカバカしいという想いが自分に跳ね返ってくる予感があった。

だがそんなふうに目を逸らしても、力が湧いてくるわけではない。

高橋は今の若月を殺す気になれなかった。あの夜、背負って校舎から出るうちに眠ってしまった彼女を絞め殺せなかったのとはまた違う気持ちだった。言葉で説明することはできそうもない。ただ今の彼女を殺すのは違うと思えた。

とにかく元気を出して欲しい。ただ元どおりになって欲しい。

なのに手立てがない。状況に慣れていないせいもあるが、それより、本音で当たれないという理由のほうが大きかった。人を殺せるようになりたいなんて夢が他人に語れるわけはない。自分の夢そのものに道を塞がれたようなものだ。

だから誰でもいいと高橋は願う。俺じゃ無理なんだ。ローコを元気にしてやってくれないか。

あれでは殺せない。何よりあんなあいつを見ていたくない。

神でも悪魔でも名探偵でもいいから、誰か――

「頼む……」

知らず高橋は握った両手に祈っていた。数分ほども。

応える者はない。

さすがに自嘲の笑みに繋げようとした、その時だ。

屋上へ続くドアが勢いよく開かれた。あわただしく施錠する音が続く。

その気配は陽気で、活発で、見ずとも勢いを感じられるほど。

振り向くと視線が合った。当然、そこにいるのは若月だ。なのに高橋がすぐ了解できなかったのは、彼女の帯びる空気がまったく変わっていたからだった。躁状態というか、焦っているというか、誰かに急かされてでもいるみたいだ。

さっきの彼女を知る目には、別人のように映った。

まるで高橋が出会ったころの――

「あ、和也君！　まだこんなところにいてくれたっ！」

言いながら若月はぱたぱた階段を下りてくる。

「大変なんだよ」

「なんだ。どうした」

「これがあわてずにいられるかって感じ」

若月は持っている携帯をぐいっと突き出した。

画面にはニュースサイトの記事が表示されている。そこに並ぶニュースのどれを読めと言われているのか、高橋には判らなかった。それがなんだと尋ねる。

「金正日《キムジョンイル》！」

北朝鮮の指導者がどうしたというのだろう。

思って画面を見直すと、それらしき見出しがあった。死亡記事のようだ。一昨日のうちに死亡していたと朝鮮中央テレビが報道したらしい。

それでも高橋には意味が判らなかった。

「これがどうかしたか？」

「どうかしたかって！　――ああもう！　月島凪だよ！」

「はあ」

「月島凪はね、日本にいないの！　北朝鮮に行ってんだよ！」

そういえばそんな噂も聞いたなと思う。ネットにあふれかえる無根拠な話だと思って気にも留めなかった。だが若月はその噂を信じているらしい。

「北朝鮮にいるからどうしたんだ」

「彼女は金正日に会いに行ったんだよ。観光気分で！」

「……凄い発想だなそれは」

高橋は皮肉のつもりで口にしたのだが、若月は大きく頷いて誇らしげに、そこが月島凪の、たるゆえんだよと言う。

「退屈を殺すためだけに、そんなことをしでかしちゃうんだ」

「なるほど。真似できないな」

「とにかくそれで二〇〇九年の五月から今まで彼女は行方不明。もう二年以上、北朝鮮に行きっぱなしなんだろうとあたしは思ってた」

それはもう死んでいるんじゃないのか。思いつつ先を促した。

「……それが？」

「まだ判らないの？　金正日が亡くなったんだよ。北朝鮮へ行った理由がなくなったんだ。ってことは、日本に帰ってくるってことじゃん！」

「喜ばしいことだな」

「どこがっ！　あの人が帰ってきたらまた活躍しちゃうに決まってる！　でもってその噂をただ聞かされることになるんだ。……そんなの、あたし、我慢できない！」

どんな理屈だ。これはもうプライドとかいう話でもないんじゃないか。大皿で人数分ない寿司を全種類食べようとする、子供じみたわがままに近い。

そういえばと高橋は思い出す。糸井が言っていたことだ。かつて若月はさまざまな夢を口にしたけれど、名前のある個人に憧れたのは、その名探偵が初めてだったたと。

月島凪という存在は、想像以上に彼女にとって重要なようだった。

とてもじゃないけどまだ張り合えないと若月は言う。

「あの人が帰ってくるまでに、せめて形だけでも作っておかないと」

「かたち？」

「探偵のだよっ」

「いやお前さっき……ええっ？ ——そうなるのか？」

「何か疑問？」

いやと応え、高橋はまじまじと若月を見つめた。やはり勢いが復活している。

彼女にとって自然な流れなのかもしれないが、きっかけはニュース記事をひとつ読んだだけである。これも名探偵の力と言っていいのだろうか。

——いいのかもしれない。

思えば佐藤誠の件だってそう。彼が自首して報道されたから、高橋はその行動に共感し、殺しの技術を身につけようと思ったのだ。自首するきっかけを作ったのが月島凪だというなら、彼が目標を持てたことも名探偵のおかげということになる。

やっぱり裏表なんだな。俺たちは。

「和也君試合に負けたから暇なんだよね？ 今から時間あるっ？」

「授業中だぞ……」

ここに来てようやく、高橋はかつての糸井の気持ちが判った気がした。

行動の早さだけじゃない、若月ローコは気分の上下も激しいのだ。空気が読めないどころの騒ぎじゃない。経緯や脈絡を無視して行動し、それを疑問にも思わないのだから。

これは確かに、付き合わされるほうはたまったものじゃないだろう。

普通の人間には無理だ。

「なんかおかしい?」

えっ、と呟いて高橋は自分の顔をさする。どうも笑っていたようだった。

普通は付き合えないだろうと思うほど面白く感じてしまう。それが表情に出てしまったとしてもしょうがない。だってここは——

ここは告白の踊り場なのだから。

そうだと高橋は頷く。

俺は今までどおりであって欲しかった。殺すのなら元気なローコを殺したかった。あの夜手を下せなかったのも、他人にお膳立てされた状況を嫌ったからじゃない。ローコが眠っていたからでも、薬漬けになっていたからでもない。新人戦の会場まで来ておきながら俺に声をかけなかったローコがらしくなく思え、その理由を尋ねたかったからだ。

高橋はそう信じることにした。

信じて、このローコなら殺せそうだと思った。

もちろん今すぐというわけにはいかない。吏塚高校の作業場は、校舎が郷本たちに使われていると判った今、引き続き利用することはためらわれる。別に新しく用意しなければ。

その準備が整うまで、またローコに気落ちされるわけにはいかない。からりと立ち直れるということは、また簡単に落ち込んでしまうということでもある。

そうならないよう見張っていないと。

結局あれだと言いながら高橋は立ち上がった。尻を叩いて埃を落とす。

「夢は諦めないんだな」

「このタイミングで金正日に死なれるとか、挑発されてるとしか思えないよ」

そんなふうに考えるのは宇宙でお前だけだろう。

「で、何に付き合えって？」

若月は彼の問いを最後まで聞かなかった。すでに階下へ足を踏み出している。

そして、全身に満たした躁気配のまま一度だけ高橋を振り返り——だから、告白というよりも宣告といった口振りで言い放った。

「これから探すんだよ！」

以後、付き合わされる面倒が想像できてしまい、やっぱりあの時殺しておけば良かったかと彼につい考えさせてしまうそれはそれは——眩《まぶ》しい笑みとともに。

殺人者志願の高校生と等身大の青春

松浦正人

次世代をになう新鋭を起用する四六判の新レーベル〈ミステリ・フロンティア〉の第一回配本として、伊坂幸太郎の『アヒルと鴨のコインロッカー』が刊行されたのが、二〇〇三年十一月のことでした。以来、米澤穂信『さよなら妖精』、石持浅海『BG、あるいは死せるカイニス』、梓崎優『叫びと祈り』（以上すべて創元推理文庫）と秀作、話題作をつぎつぎ送りだしていた同レーベルで、創刊十周年を記念する作品として二〇一三年十二月に書き下ろされたのが、本書『亡霊ふたり』です。

作者の詠坂雄二は、光文社の新人発掘企画〈KAPPA-ONE〉に『リロ・グラ・シスタ the little glass sister』（光文社文庫）を投じ、二〇〇七年の夏にカッパ・ノベルスから華々しく登場しました。同書の初刊本のカバー袖に佳多山大地が寄せた、的確な推薦の辞の一節をひいてみましょう――〝アヴァンギャルドでいて古風、フィクショナルでいて切実。学園を舞台に「バブルの頃に生まれた私」が名探偵を演じる新世代ハードボイルドは、今年で二〇周年を迎えた新本格ムーヴメントの原点が、何より〈青春〉を賭けたものであったことを誇らしげに宣言する。現在のミステリシーンに清新な風を吹き込むだろう期待の新人のデビュー作に、あなたもきっと驚かされるはずだ〟。

熱のこもったコメントで、わくわくさせられませんか。本書『亡霊ふたり』もまた学園を舞台にしているのですが、味わいはネガとポジが反転したかに思えるぐらい違います。

具体的にどういうことか。

『リロ・グラ・シスタ』は、探偵、情報屋、そして娼婦といった、チャンドラー的ハードボイルドのイミテーションめく役柄を現代日本の高校生たちにわりふったうえで、校舎の屋上で発見された墜落死体の謎を追いかける物語です。ひねりの利いた筋立て、解決の魅力は充分。しかしそれ以上に印象に残るのは、最後の場面で不意に見えてくる彼らの実人生でしょう。事件が終結し、あたえられた役柄をどうにかまっとうしたからといって、人生がそこで終わるわけではない。十代の彼らが生きていくうえでの不本意や、いたたまれない想いが堰を切ったようにあふれだし……青春ミステリとして同書は、その瞬間、苦く切実に輝いたのです。

ひとくちにいえば、人工的で誇張の利いた筆法の陰に、心の揺れが息をひそめていた。それが『リロ・グラ・シスタ』の肝でした。たいして『亡霊ふたり』では、県立高校の等身大の青春が前面に押しだされ、地に足のついた文体で生きいきと描かれます。

主人公は、遠海西高一年生の高橋和也。弱小ボクシング部に所属していて、階級はウェルター級。友達は多くないものの、くだらない話のできる仲間がいます。自分についての評価はひかえめというか冷静ですが、黙々とトレーニングに励む姿を知る周囲からは一目おかれている。派手ではなくともめだつ、しかしあたりまえの十代の男子です。

この高橋をかこむ男連中が楽しい。クラスに仲のいい友達である近藤大樹と佐々木辰人というのがいまして、三人寄ってのおしゃべりは、油断するとすぐ下ネタ満載の漫才じみたやりとりへと脱線してしまいます。ボクシング部の先輩、林と川上の二人はといえば、すっかり弱小クラブの悲哀をうけいれており（もっとも、アマチュアボクシングは高校生にとってマイナーな競技であるとかで、部にはリングはおろかサンドバッグやパンチングボールの設備さえないことなど、厳しい実情についてきちんと説明があります）、減量をめぐる騒動には脱力させられました。

高橋が「普通に犯罪ですよね、あれ」とつっこむ、林先輩の豪快だけど迷惑な行動にはさすがにおいおいと言いたくなりますが、生きることはしばしば恰好が悪いもの。情けない自分と折り合いをつけながら、近藤以下四人の男たちは必要以上に卑屈にならず、しかも意外と他人のことをよく見てもいて、高橋を日常の平穏につなぎとめるアンカーの役割をはたしています。

このほかにも、高橋に告った同級生の清水が、はじめは影の薄い存在であったのに、自分の考えで動く人へと少しずつ変わっていくさまが、それとなく語られていたりして、等身大の高校生活と人物群像が『亡霊ふたり』の土台をなしていることは確かでしょう。しかしながら、です。ひと筋縄ではいかない作者は、土台にある設定をかけあわせることで、静かなサスペンスが背後に流れる緊張感の高い物語をつくりあげました。

その設定は、さしあたってふたつの部分にわかれます。

第一に、主人公の高橋に、実はひとつ普通でないところがあること。なんと在学中に最低でも一人、人を殺すという目標をひそかにたてていたのです。殺人が難なく行えれば人生をより自由にすごせると、そんなふうに考えて。

第二に、高橋の標的《ターゲット》となった若月ローコという同級生がいささか風変わりな女子で、名探偵になることを夢見て日々奮闘中であること。

こうした設定がくわわると、どんな化学反応が生じるでしょう。

まずは設定の前半にご注目ください。高橋にこの目標があるために、県立高校の平穏な青春の物語が、そのまま一編のクライム・ストーリーに、高橋の犯行以前のときをたどるサスペンス小説に、すりかわってしまうのです。青春小説を楽しんでいるのは間違いないのに、それは同時に、殺人者志願の高校生の日常の物語でもある、というわけです。

たとえば冒頭まもなく、高橋が若月とはじめて出逢う場面をごらんください。ボーイ・ミーツ・ガールを地でいくなりゆきのさなか、高橋は相手が自転車をひいていないことに目をとめ、それがもつ意味を胸の奥で丁寧に読み解いていきます。いい推理です。感心させられるのですが……ミスを犯さない冷静な犯罪者がそこにはいるのかもしれない。

あるいは、二章の臨場感あふれるエピソード。探偵活動にいそしむあまり、若月が上級生の男子を激昂させてしまいます。一触即発となった教室につれてこられた高橋は、どうするか。緊迫した情況はどこへころぶとも知れない。危うさに息つく暇もないそのかん、高橋の判断力や胆力、そして人への配慮はきわだっています。信頼に値する頼もしさといってもいい。けれど、と思うのです。彼は殺人者になろうとしているんだぞ、と。

ああ、誤解のないように。念を押しておくなら、それでもやはり、高橋はあたりまえの十代男子です。高校生として毎日をすごしながら、ただ一点、殺すという選択肢をもてばこの世の中を自由にわたっていけるのではないか、という気づきを自然にうけいれているところが違っているだけです。理性的で慎重で自戒を忘れない胸のうちが、つねに殺人の目標にむけられているわけではない。その目標にしたところで、きっかけはともかく、それが高橋の心をとらえた背景にはいっさいふれられていません。家族の姿がどこにも見えないこともふくめ、そうした語られざる個人史をへて、現在の高橋はできあがっているんでしょう。読者にたいして一見あけっぴろげなように見えて、自分でもつかめない感情と記憶に揺れ動きながら一瞬、一瞬をすごしている。それはつまり、等身大の青春小説とクライム・ストーリーを同時に生きる高橋が、しごくあたりまえの人間だということです。

さて、設定の後半です。

標的《ターゲット》となった同級生の若月ローコが、名探偵になることを夢見ていると、なにが起こるのか。夢を現実のものとすべく若月の猛烈なチャレンジが始まり、県立高校の日常にこんどは謎解きミステリの気配が、推理と探索への満々たる好奇心が、注入されるのです。

小説で近いものをさがすなら、米澤穂信の〈古典部〉シリーズと、〈小市民〉シリーズの名があるでしょう。とくに、それぞれの幕開けの作品である二〇〇一年の『氷菓』（角川文庫）と、二〇〇四年の『春期限定いちごタルト事件』（創元推理文庫）が例としてはふさわしい。どちらも長編ですが、高校生が小さな謎に出くわし、鮮やかな解答を発見するエピソードをひとつひとつかさねていって、結果的にではありますが、はじめてお目見えする探偵役の才能を読者に納得させるという骨組みが共通しています（プロット面のポイントはもう一点あるのですが、両作を未読のかたのために、ここには書きません）。

ひるがえって本書の若月はというと、探偵の才能を積極的に証明すべく、日々謎をさがしてきては解き明かそうと奮闘します。似ているようでいて微妙に違っているでしょう?

またその謎は、〈小市民〉シリーズさながらの序章の案件を別にすると、学園にひろがる奇妙な噂話のなかに見いだされるところが特徴です。これはひとつには詠坂雄二の関心によるのでしょう。二〇〇九年に発表された第三長編『電氣人閒の虞』（光文社文庫）はローカルな都市伝説の秘密にせまっていく、ふたつとないとびきりのミステリでしたし、二〇一四年に実話怪談の競作アンソロジー『そっと、抱きよせて』（角川文庫）に書き下ろした「囁き」は、詠坂本人とおぼしい作家が、怪談めいたできごとに理屈を見いだそうと試行錯誤する短編でしたから。

しかし『亡霊ふたり』においては、それ以上の意味がこめられていそうです。都市伝説とは、そもそも由来がさだめがたいものです。快刀乱麻を断つように解答へ収斂させることは難しい。難航必至の探索になぜのりだしたかといえば、原因のひとつは若月を追いたてる強烈なあせりの感情だと思われます。興味深い謎をはらんだできごとにさえ遭遇しない日常は、若月にとってひたすらもどかしい。それゆえ謎ともつかない噂話にとびつき、必死に犯人の影をたどる羽目になってしまうのです。推理と探索の過程はもちろん楽しく書けています。ですがそのはてに、くたびれた顔をして校舎の屋上にぽつねんとたたずむ若月がいる。それをたとえば、十代らしい青い春の一景などという言い回しでまとめていいのかどうか。

颯爽たる名探偵をめざした高校生女子の行く道は、舗装された道路というわけにはいかないようです。

高橋と若月。殺人者と名探偵としてまじわれば、激しい火花が散るに違いない二人の言動を見守りながら、波瀾の後半戦へと小説は突入するのですが、このあとを書くにあたっては、終盤のクライマックスを避けてとおることができません。したがって、**ここからは本書を読了したかたのみを対象に進めます。どうかご留意ください。**

まず補足から。先に、高橋には語られざる個人史があるかもしれない旨を記しました。若月については四章以降、幼なじみの糸井の立場からそうした歴史の一端がひもとかれます。飽きっぽく、なりたいものを宣言するものの、つぎつぎ興味の対象を変えていった小学生時代の若月。つけられたあだ名の〝月浪《ツキナミ》〟は、あまりに痛切です。トラウマということばを軽々しくつかうべきではないと思いますが、ローコという自称にこだわり、名探偵という目標に追いたてられる現在の彼女を見ていると、心のダメージがなかったとはやはりいえないでしょう。たとえ硬いかさぶたが傷口を覆い隠していたとしても。

そして、いよいよ終盤の山場です。

行方不明となった若月のために、廃校になった私立高校の校舎へ高橋は侵入します。解き放たれたような行動力にどきどきさせられる局面です。しかし、このとき高橋はただ動いているのではありません。若月とはじめて出逢った日のことを思い返しては新たな目で再検討し、当時は気づかなかった意味を丁寧にすくいあげると、それを現在直面している情況にフィードバックして、つぎにどう動くかを決断していくんです。推理と果断な行動力を連係させて動いていることが、このひとつづきの場面のきわだった特徴でしょう。スリリングな道程についていきながら、ふと思います。高橋のもつ可能性はこの一連の働きにあらわれているのではないか。殺人者だの探偵だのといった役柄の分担をこえて、シンプルな目的に一心に集中する。そのときにこそ高橋は、高橋自身であることができるのでは、と。

ともあれ、職業的な犯罪者との対峙をはさんで、真のクライマックスがやってきます。ようやくひきわたされた若月には意識がない。いまなら殺せる。というより、〝殺さない理由はもうどこにもない。／どんなに探してもない〟。しかしながら、将来の殺人のための練習を目的に、ほんとうに殺すのか。殺せるのか。

直前の場面で、暴力が本業だと自認するヤクザは言いました——「殺すのはほかに手がねえ時だけだ」。また、本書のそとに根拠をもとめるという反則をお許しいただければ、高橋が尊敬する大量殺人犯の佐藤誠は、アイロニーと巧妙な仕掛けに彩られた詠坂の第二長編『遠海事件　佐藤誠はなぜ首を切断したのか？』(二〇〇八年初刊／光文社文庫)で、〝人間でいたいのなら、殺してはいけない〟という意見を、当然のこととして胸中つぶやいていました。ましてや、殺人へのハードルの低さが佐藤の第二の天性ですが、その彼にしてからが理由のない殺人はしない。事前のシミュレーションなんて理由は、理由ではないよと、あきれて天を仰いだことでしょう。

要するに高橋の、少なくとももっかの殺人は、プロの犯罪者も佐藤誠自身も手をだしそうにない行為だということです。それをすれば、たぶん人間ではなくなる。その選択肢を、高橋は最終的にしりぞけたのでした。

ただし、あの夜の分岐点をこえるにあたっては、そうした倫理的な選択よりも、背中あわせの好敵手であった若月が、いつのまにか高橋にとって日々の生活に欠かせない存在となっていたことが大きかったのかもしれない、とも解説子は考えます。ともにすごした時間の意味を、彼自身まだつかみかねているようです。その胸のうちを余りの出ないことばでまとめられるとは正直いって思えません。

エピローグがわりの最後の場面で、高橋の気持ちは依然揺れています。惑いは深い。しかし……その本心がどうあれ、クライマックスのあとも人生はつづいているのです。心や情況がさだまらずに、うつろいつづけるのも仕方がないでしょう。ちょうど、はじめにふれた『リロ・グラ・シスタ』の結尾の場面がそうでした。

いっぽう、若月のほうは？　エンディングを読んでいると、名探偵になりたい同級生は推理を語るよりも、おのれの完全犯罪を披露することを楽しんでいるような気色がないではない。一章で廃校に忍びこんだとき、犯人になるドキドキを結構面白がっていた人ですから、先が思いやられます。このぶんでは高橋と若月が凪の海にたどりつくことは当分ないでしょう。それでも、変化のときをどうにかわたっていってくれ。そう願いながら筆をおきたいと思います。

追記。若月が憧れる月島凪は、『遠海事件』で言及されて以後も、詠坂作品のあちこちに見え隠れする不思議な人物です。それから、高橋が若月と出逢った廃校の私立吏塚高校は、第一長編『リロ・グラ・シスタ』の舞台となった学園。本書の一章で説明された事件は、同書に書かれている……はずなのですが、両者を読みくらべると大きな違いがあります。続刊の構想が用意されているのでしょうか？

（二〇二一・八・四）

本書は二〇一三年、小社より刊行された作品の文庫化です。

検印
廃止

著者紹介　1979年生まれ。2007年、光文社の新人発掘企画〈KAPPA-ONE〉に投じた『リロ・グラ・シスタ　the little glass sister』でデビューする。他の著書に、『遠海事件』『電氣人間の虞』『ナウ・ローディング』『人ノ町』『君待秋ラは透きとおる』などがある。

亡霊ふたり

2021年10月15日　初版

著者　詠《よみ》坂《さか》雄《ゆう》二《じ》

発行所　（株）東京創元社
代表者　渋谷健太郎

162-0814/東京都新宿区新小川町1-5
電話　03・3268・8231-営業部
03・3268・8204-編集部
URL　http://www.tsogen.co.jp
フォレスト・本間製本

乱丁・落丁本は、ご面倒ですが小社までご送付ください。送料小社負担にてお取替えいたします。

ISBN978-4-488-44021-3　C0193